Martina Naubert

Massimiliano
Verliebt in Bella Italia
Roman 2

Illustrierte Ausgabe

Besonderen Dank meiner Schreibpartnerin Claudia,
die Hoch und Tief des Schreibens mit mir teilt.

Über das Buch
Illustrierte Ausgabe

Die bis über beide Ohren verliebte deutsche Lisa ist mit ihrem neuen Leben und ihrer frischen Liebe in Bologna überglücklich, als eine geheimnisvolle Nachricht sie in den Süden des Landes, in das einst durch den Vulkanausbruch verschüttete Pompeji lockt. Während sich dort die Ereignisse überstürzen und Lisa und der charmante *Carabiniere* Marco mit kulturellen Unterschieden in ihrer deutsch-italienischen Beziehung kämpfen, spinnt der *geist*reiche Kater Massimiliano seine Fäden, um die beiden in seine ganz eigenen Pläne zu verwickeln. Eine humorvolle Liebeskomödie in Italien mit spritzigen Dialogen, in welcher ein eleganter Hausgeist als Kater in Designeranzug herumspukt.

Über die Autorin

Martina Naubert hat sich in dem Land niedergelassen, welches der Deutschen liebstes Reiseziel ist: Italien. Sie wurde 1960 in Kanada geboren, wuchs in Neumarkt i.d. Opf. auf, ist viel gereist und siedelte schließlich im Jahre 2007 nach Bologna über. Ihre Ausbildung in Transaktionsanalyse beeinflusst ihre Arbeit maßgeblich. Fantasie und Spielerisches sind dabei Kernthemen ihrer Bücher, in denen trotz tieferem Sinn Unterhaltung nie zu kurz kommt. Sie arbeitet heute als Beraterin für Personalentwicklung und Autorin. Sie veröffentlicht ferner Märchen zur Entwicklung der Persönlichkeit auf Basis der Transaktionsanalyse.

Martina Naubert

Massimiliano

Verliebt in Bella Italia

Humorvolle deutsch-italienische
Liebeskomödie in Italien
mit Geist, Witz und Kater

Roman 2

Illustrierte Ausgabe

Massimiliano Verliebt in Bella Italia
(illustrierte Ausgabe)
Copyright © 2019 – Martina Naubert
All rights reserved

© 2019 Herstellung und Verlag:
BoD – Books on Demand, Norderstedt.
ISBN: 9783748192923

„Mit dem Geist ist es wie mit dem Magen:
Man kann ihm nur Dinge zumuten, die er verdauen kann."

Winston Churchill
(Britischer Staatsmann 1874-1965)

„Das Leben und dazu eine Katze,
das ergibt eine unglaubliche Summe, ich schwör's euch!

Rainer Maria Rilke
(Dichter, 1875-1926)

„Wenn man einen Politiker zu Fall bringen will, muss man
nur ein Gerücht über eine saftige Sex-Orgie oder Ähnliches
in Umlauf bringen. Das zieht Menschen an wie Kuhmist die
Fliegen!"

Massimiliano
(Römischer Hausgeist und Kater)

1. Ausbruch

Wer an diesem Ort lebt, so habe ich mir von Marco sagen lassen, der glaubt an Gott, an Schutzheilige und notfalls an Fußballer. An Vernunft und geschriebene Regeln glaubt er nicht.

Das sieht man und das hört man. Überall herrschen lärmendes Gewusel und ein Durcheinander ohne erkennbare Linien.

Ich drehe die Postkarte mit dem kitschig roten Sonnenuntergang über einem stechend blauen Ozean in meiner Hand und werfe einen Blick hinaus auf das offene Mittelmeer vor uns. Es sieht wirklich so aus, dieses Abendrot: Wie gemalt liegt die orange Sonnenkugel auf der Wasserkante am Horizont, bevor sie untertauchen und das Zwielicht um uns in ein schummriges Blau verwandeln wird.

Wir sitzen in einem Restaurant an der Uferpromenade Neapels, den Vesuv friedlich schlummernd in unserem Rücken. Die Stadt legt sich wie eine Gamasche um den Fuß dieses Berges und die lärmenden Straßen schlängeln sich wie Schnürsenkel an ihm empor. Palmen wedeln über unseren Köpfen im leichten Wind, der von der See hereingetragen wird und zahllose Oleander betören Passanten mit einem Farbenmeer an Blüten. Ich fühle mich fast wie im Urlaub.

Ich kritzle einen Gruß an meine Familie in Deutschland auf die Postkarte, die ich im Vorbeilaufen gekauft habe, und stecke den Kuli wieder in meine Handtasche. Dann widme ich mich endlich dem Teller Spaghetti, der seit einiger Zeit dampfend vor mir steht.

Da man an allen Marktständen in dieser Stadt frische *Carciofi*[1] anbietet, hatte ich mir Pasta mit Tomatensauce und Artischocken bestellt. Dies hatte dazu geführt, dass der Koch höchst persönlich an unserem Tisch erschienen war. Auf dessen Schürze waren sämtliche Saucen des Menüs vertreten gewesen, doch mit dem Stolz der südlichen Nation hat er mir erklärt, dass diese Kombination mit seiner Tomatensauce ein absoluter Tabubruch sei. Deshalb brachte mir der Kellner kurz darauf meine Spaghetti und das gewünschte Gemüse auf einem separaten Teller.

Nun kippe eben ich das Grünfutter selbst in die Pasta. Genüsslich schiebe ich die erste Gabel in den Mund. Mein italienischer Freund lehnt dankend ab, als ich ihm anbiete, davon zu kosten.

„Ich kann einfach nicht glauben, dass du einen sprechenden Kater in Anzug und Sonnenbrille als Mitbewohner hast", sagt Marco.

Er nimmt einen großen Zug von seinem *Spritz*[2], als müsse er seine eigenen Worte erst noch hinunterschlucken. Er sitzt in T-Shirt, leichter Sommerhose und getönter Sonnenbrille auf der Nase vor mir. Ein Anblick, der sehr ungewohnt für mich ist. In den wenigen Wochen, die wir uns kennen, habe ich ihn meistens in seiner schwarzen Uniform der *Carabinieri* gesehen.

Seit den ersten Tagen unserer taufrischen Beziehung habe ich mich mit jedem weiteren gefühlt verjüngt. Anstatt wie eine Fünfunddreißigjährige sitze ich nun wie ein verliebter Teenager da. Kauend spiele ich mit einer blonden Strähne meines Haares und himmle diesen Traummann an. Er kann einfach alles tragen! Auch in diesem Freizeit-Outfit sieht er schlicht umwerfend aus. Er würde vermutlich in schäbigsten Klamotten noch fescher wirken als mancher Dressman. Sein dichtes, schwarzes Haar würde sich wellen, wenn er es nicht stets militärisch kurz geschnitten tragen würde. Ich kenne ihn nicht anders als mit bronzefarbenem Teint und in Top-Kondition. Ich frage mich heimlich, wie tief gebräunt er wohl erst aussehen wird, wenn er seine Polizeistation in Bologna - meine neue Wahlheimat - gegen ein paar Tage am Strand hier eintauschen wird.

„Ein sprechender Kater!", wiederholt Marco. Er schüttelt dabei immer

---

[1] Artischocken
[2] Beliebter Aperitif, Aperol oder Campari mit Mineralwasser

wieder verwundert den Kopf.

„*Penato*[3]!" korrigiert ihn der Kater. Der sitzt gemeinsam mit uns am Tisch. „Ich, Massimiliano Penati, bin ein Nachfahre der über zweitausend Jahre alten Dynastie der Penaten!"

Demonstrativ rückt er seine Sonnenbrille gerade. Ein Kellner hatte zunächst versucht, ihn zu verscheuchen, weil er ihn für eine streunende Katze gehalten hatte. Seine Empörung darüber wirkt noch sichtbar nach. Noch immer verfolgt er den Ober mit einem düsteren Blick.

Marco schweigt ihn nachdenklich an.

Ich ergreife seine Hand und drücke sie: „Auch ich habe lange gebraucht, bis ich ihn als sprechendes Wesen in Anzug und Sonnenbrille akzeptieren konnte. Ich weiß, wie es dir geht. Ich war zu Beginn selbst beinahe so weit, den Geist aufzugeben."

„Ja. Das stelle man sich mal vor!"

Massimiliano nimmt seine Brille ab, öffnet ein wenig sein Jackett, macht sich etwas Luft und guckt Marco sehr verschwörerisch an: „Sie wollte mich rauswerfen! Auf die Straße setzen! Dabei kann sie das gar nicht. Es ist nämlich meine Wohnung, in der sie lebt. Und dennoch musste ich alle meine Künste aufwenden, um sie endlich zu überzeugen."

Das stimmt zwar, aber ich sage nichts dazu. Ihm gehört das alte, renovierte Haus im Herzen Bolognas, in dessen Wohnung ich vor einem Jahr eingezogen bin. Als sich der Kater mir dort damals offenbart hatte, war mein erster Gedanke, sofort wieder auszuziehen. Heute bin ich jedoch froh, dass ich geblieben bin, weil ich nach einem Einbruch meinen *Carabiniere* kennengelernt habe.

„Ich kann dir gar nicht sagen, wie glücklich ich bin, dass Massimiliano für dich nun auch sichtbar ist!"

Ich weise mit der flachen Hand auf den Kater, als würde ich das neueste Waschmittel in einer Fernsehwerbung präsentieren. Die Einwürfe meines römischen Hausgeistes übergehe ich damit einfach.

Ich schiebe mir eine neue Ladung Pasta in den Mund.

Marco entgegnet noch immer nichts. Diesmal aber, weil aus seiner Hosentasche zum wiederholten Male ein Glucksen ertönt, das er bisher konsequent ignoriert hat. Nun überfliegt er die Nachricht mit einem schnellen Blick auf das Display seines Handys. Ein Schatten huscht über sein Gesicht.

„*Un attimo*[4]!"

Er springt auf und eilt mit einem Stirnrunzeln in eine Richtung hinter

---

[3] Römischer Hausgeist
[4] einen Moment!

meinem Rücken davon.

Ich drehe mich neugierig um.

Er schlängelt sich, gestikulierend, mit dem Telefon am Ohr, durch die Nachbartische bis zu einem Inder, der den Arm voller langstieliger lachsfarbener Rosen plaudernden Touristen aufdrängt.

Kurz danach kommt Marco, ohne Telefon am Ohr, dafür aber mit drei Rosen in der Hand zurück an unseren Tisch. Ich kann gerade noch rechtzeitig die Nudeln in meinem Mund mit einem großen Schluck Wein hinunterspülen.

Er reicht mir eine Rose nach der anderen mit jeweils einem Satz und einem begleitenden Kuss: „Die ist für deinen Mut, dass du alleine nach Italien gezogen bist. Die hier dafür, dass du uns *Carabinieri* zu deinem Unfall gerufen hast und wir uns so kennengelernt haben. Und die dafür, dass du dich in mich verliebt hast!"

Er richtet sich auf und setzt gespielt kritisch hinzu: „Das hast du doch?"

„Hals über Kopf!"

Als Bestätigung springe ich auf, schlinge meine Arme um seinen Hals und küsse ihn zurück. Die Rosen piksen uns. Die Umarmung fällt deshalb kurz aus.

Während ich an den Blüten rieche, schmilzt mein Herz unter dem Nachhall dieser Worte schneller dahin als die Butter in allen Pfannen dieses stolzen Kochs.

Mein *Carabiniere* lässt sich wieder auf seinem Platz mir gegenüber nieder und greift unvermittelt unser Gespräch von vorhin wieder auf.

Er sieht mich dabei hoffnungsvoll an: „Vielleicht ist es ja nur so etwas wie ein kollektiver Geisteszustand, der uns verbindet, weil wir so verliebt sind? Möglicherweise sehen nur wir beide deinen Kater deshalb mit Designeranzug und Sonnenbrille, weil ..."

„Mein Zustand ist alles andere als kollektiv!", empört sich der Kater. „Leider! Ich bin bedauerlicherweise nur ein einzelner Geist und das ist schwer genug zu ertragen. Das ist gegen meine Natur! Es ist erstaunlich genug, dass ich all die Jahre auf diese Weise überlebt habe! Normalerweise sollten wir Penaten nämlich zu zweit oder zu dritt unterwegs sein."

Marco verschränkt die Arme vor der Brust, als müsse er sich vor einer unbestimmten Bedrohung schützen. Ich werfe Massimiliano einen ungeduldigen Augenaufschlag zu, der sagen soll, dass es hier nicht um ihn geht. Marco tut mir leid, denn ich kann mehr als gut nachempfinden, was er durchmacht.

Für ihn ist diese Entdeckung gerade mal wenige Stunden alt. Erst gestern, anlässlich unseres überraschenden Aufeinandertreffens in der Museumsstadt Pompeji, hat er zum ersten Mal die Stimme des Katers vernommen und ihn gesehen. Im Anzug! Und natürlich mit Sonnenbrille. Das muss verstören!

Ich selbst habe Wochen - nein - Monate gebraucht, um mich an diese ungewöhnliche Existenz in meinen vier Wänden zu gewöhnen. Selbst jetzt weiß ich noch immer sehr wenig über diesen antiken Geist im Körper eines Katers. Und das, obwohl er mir inzwischen so ans Herz gewachsen ist, dass ich die nächste Maschine nach Neapel genommen habe, um ihn nach seinem plötzlichen Verschwinden zu suchen.

Immer noch ist alles, was ich darüber weiß, dass mein mysteriöser Hausgeist-Kater auf einmal weg war. Er hatte mir eine Nachricht hinterlassen, ihn in Pompeji zu treffen. Die hatte ich aber erst nach Tagen entdeckt. Also hatte ich mich sofort auf den Weg hierher gemacht. Dieselbe Nachricht hatte auch Marco kurz nach meiner Abreise gelesen und daraus geschlossen, dass ein anderer Mann dahinterstecke. Deshalb sitzen nun nicht nur ich und der Kater hier, sondern auch er, weil er mir aus Sorge oder Eifersucht - vielleicht auch aus beidem – sofort nachgereist ist.

Doch die Hintergründe dieses plötzlichen Verschwindens des Katers kennen wir beide noch immer nicht. Es interessiert mich brennend, das endlich herauszufinden.

„A proposito[5]: unterwegs sein", greife ich seine letzte Aussage auf und lenke das Gespräch auf diese Frage. Ich picke mit der Gabel ein Artischockenherz auf und balanciere es in der Luft. „Willst du uns nicht endlich verraten, wieso du so überhastet nach Pompeji reisen musstest?"

Mit hochgezogenen Augenbrauen warte ich auf eine Antwort.

„Was heißt hier ‚überhastet'?", entgegnet der Kater pikiert. „Ich bin mit dem Zug gefahren! Und zwar mit mehreren lokalen Bummelverbindungen, die an jeder Milchkanne anhalten! Hast du eine Vorstellung davon, wie lange das gedauert hat?!"

„Lenk nicht ab. Wieso bist du hier?"

Er kräuselt die Lippen und zwirbelt ausführlich sein Schnurrhaar, als müsse er über eine verzwickte Problemstellung nachdenken: „Womit soll ich nur beginnen?!"

„Vielleicht damit, dass du ohne ein Wort einfach verschwunden bist?", rege ich ein wenig bissig an. Meine Sorge hat sich inzwischen in beträchtli-

---

[5] Bei der Gelegenheit; à propos

chen Ärger verwandelt.

„Das stimmt doch gar nicht, ich habe dir schließlich eine Nachricht hinterlassen!", verteidigt sich der Kater. Er streicht sich gemütlich über sein graues Fell wie ein Wohlgenährter über seinen vollen Bauch. „Ich habe dir auf dem Bildschirmschoner deines Computers genau angegeben, wo du mich treffen sollst."

„Er kann einen Computer bedienen?!", ruft Marco aus und beugt sich nach vorne in meine Richtung, als wolle er meine Antwort auf keinen Fall missverstehen, so unbegreiflich scheint er sie schon im Voraus zu finden.

Massimiliano verdreht theatralisch die Augen wie ein Regisseur, der einer zickigen Diva bereits zum x-ten Mal erklärt, wie er sich eine bestimmte Szene vorstellt.

„Da capo!"[6] Er wendet sich in meiner Muttersprache an mich, obwohl seine Worte eindeutig meinem Freund gewidmet sind: „Bitte erkläre ihm, dass ich kein ordinärer Straßenkater bin und dass ich mit zweitausend Jahren Lebenserfahrung auf einen reichen Wissensschatz zurückgreifen kann und im Zuge der technischen Entwicklung eine hohe Anpassungsfähigkeit bewiesen habe."

„Er spricht Deutsch?!"

Marco lässt sich mit diesem Ausruf wieder in die Stuhllehne zurückfallen, ergreift sein Glas und kippt seinen *Spritz* in einem Zug hinunter.

„Er hat mal eine Zeit lang in Bozen gelebt", erkläre ich beinahe wie selbstverständlich, gleichwohl ich selbst keine näheren Hintergründe zu dieser Begebenheit kenne. Und an Massimiliano gewandt, füge ich hinzu: „Wieso hast du nicht mit mir gesprochen, bevor du abgereist bist? Und wie kannst du überhaupt ein Ticket lösen, als Kater?"

„In der Reihenfolge deiner Fragen: Ich habe zwei Tage auf dich gewartet, aber du bist nicht nach Hause gekommen. Und ein Zugticket lösen? Dass ich nicht lache! Nichts ist einfacher als eine Lücke in einem Zug zu finden, in die man als Kater schlüpfen kann."

Touchée.[7]

Es war in der Tat die erste Nacht, die ich bei Marco verbracht hatte. Am darauffolgenden Tag waren wir stundenlang mit seinem Motorrad durch die Apenninen gekurvt und erst spät abends zurückgekommen.

Das will ich jedoch nicht als Entschuldigung gelten lassen. Schließlich habe ich mir wirklich große Sorgen gemacht und wir haben tagelang überall nach ihm gesucht. Ganz zu schweigen davon, dass ich einen überteuer-

---

[6] von vorne, von neuem
[7] Franz.: Treffer

ten, da sehr kurzfristigen Flug von Bologna nach Neapel gebucht habe, um den Kater zurückzuholen.

„Warum hast du es denn so eilig gehabt? Hätte das nicht noch einen Tag warten können?"

„Oh, nein. Ganz und gar nicht."

Der Kater setzt ein wichtiges Gesicht auf und schüttelt den Kopf wie ein Professor, der damit die sträfliche Ignoranz seines Gegenübers deutlich machen will.

„Wenn in Pompeji[8] eine neue Parzelle zur Ausgrabung freigegeben wird, dann muss man schnell sein. Diebe und Wissenschaftler sind das allemal! Wenn ich überhaupt die Chance haben will, jemals einen anderen *penato* zu finden, dann dort! Das habe ich euch doch schon erklärt. Und das ist ein bedeutendes Unterfangen, wofür ich auch deine Hilfe brauche. Denn diesmal ist es das Viertel, in welchem unser Haus stand."

„Du hast in Pompeji gelebt?!"

Nun bin ich es, die einen erstaunten Ausruf tätigt. „Ich dachte, deine Familie kam aus Rom nach Bologna?"

„Auf dem Weg von Pompeji nach Bologna liegt Rom auf der Strecke", belehrt mich der Kater von oben herab und fügt dann hinzu, was mich diese freche Bemerkung überhören lässt: „Nicht alle sind in Pompeji damals umgekommen."

„Nein?"

Marco und ich drücken unsere Überraschung gleichzeitig aus. Irgendwie bin ich immer davon überzeugt gewesen, dass diesen historischen Vulkanausbruch niemand überlebt hat. Wie konnte man einer solchen Naturgewalt auch entkommen? Zumal es damals keine so schnellen Transportmittel gab wie heute!

Und selbst heute – ich sehe, meinen Gedanken folgend, ein wenig besorgt um mich – wäre ein Entkommen aus dieser Stadt bei einer Katastrophe dieser Art geradezu unmöglich!

Massimiliano hat unsere ungeteilte Aufmerksamkeit. Er genießt sie sichtlich, denn er macht einen tiefen Atemzug und richtet sich in seinem

---

[8] Pompeji war eine antike Stadt in Kampanien, am Golf von Neapel gelegen, die wie Herculaneum, Stabiae und Oplontis beim Ausbruch des Vesuvs im Jahr 79 n. Chr. untergegangen ist. Bei dem Ausbruch des Vesuvs wurde die Stadt verschüttet, dabei weitgehend konserviert. Heute ist Pompeji zu einem zentralen Objekt der Archäologie und der Erforschung der antiken Welt geworden.

Stuhl auf, bevor er nach einer künstlichen Pause weiterspricht.

„Manche haben die Stadt rechtzeitig verlassen, als der erste Ascheregen nachgelassen hat. Andere dachten, dass es das war und sind geblieben. Man hatte damals keine Kenntnis über pyroklastische Ströme[9], die einen Vulkanhang herabrollen und alles Leben auslöschen. Die Leute wollten ihre Häuser einfach nicht den Plünderern überlassen. Eine verständliche, aber im Nachhinein tragische Entscheidung. Als sie dann doch aus der Stadt fliehen wollten, war es zu spät und alle Straßen waren verstopft."

Er legt eine weitere Pause ein, in welcher er gedanklich zurück in die Vergangenheit zu reisen scheint: „Ich werde diesen Anblick nie vergessen! Man konnte die Wolke noch von der anderen Seite der Bucht aus sehen, so groß war sie! Wie eine Lawine ist dieser dunkle Staubnebel den Hang hinabgerast, direkt hinein in die Mauern der Stadt und dann hinaus auf das Meer, wo sogar die zur Rettung gesandten Schiffe vernichtet wurden."

Marco und ich folgen seinen Worten mit angehaltenem Atem und offenen Mündern. Unwillkürlich greifen meine Finger an die Lippen, als wollten sie meiner Erschütterung ob der Vorstellung dieses Dramas durch Sprechverbot Ausdruck verleihen.

„Meine Familie ist vorübergehend in das Landhaus bei den Thermen am anderen Ende der Bucht von Neapel gezogen. Und als wir später hörten, dass von unserer Stadt und *Herculaneum* und *Stabiae* und *Oplontis* nichts übrig ist, sind wir weiter gezogen nach Rom, zu Verwandten und von dort nach Bologna."

„Du hast den Vulkanausbruch von Pompeji miterlebt?!", jaule ich mit Nachdruck in der Stimme. Ich höre mich an wie ein überdrehter Teenager. „Du bist ein Zeitzeuge? Ja, weißt du denn, was das bedeutet?!"

„Nein. Was?"

Diesmal sind es Marco und der Kater, die ihrer Verwunderung gleichzeitig Luft machen und mich erwartungsvoll ansehen.

Ich war schon immer fasziniert von diesem geschichtlichen Ereignis. Deshalb bin ich so gefangen von seiner Erzählung, dass sich mir die Haare in meinem Nacken aufstellen und ich mich dadurch von meinen ursprünglichen Fragen an ihn völlig ablenken lasse.

„Seit Jahrhunderten forscht man und macht Ausgrabungen ..."

---

[9] Ein pyroklastischer Strom entsteht, wenn Gesteinsbrocken und Magma zu besonders feiner vulkanischer Asche zerrissen werden und sie zusammen mit den austretenden Gasen mit bis zu 700 km/h den Hang hinab gleiten, wobei eine enorme Zerstörungskraft entfaltet wird. Selbst große Wasserflächen (z. B. offene Meerwasserflächen) werden mühelos überwunden. Im Inneren des Stroms können Temperaturen zwischen 300 und 800 °C herrschen, abhängig von der Größe des Stroms.

„... eigentlich so richtig erst seit 1860! Das Gedächtnis der Menschheit ist kurz. Sie haben die Städte lange Zeit völlig vergessen", fällt mir der Kater ins Wort. Und mehr zu sich selbst, als zu uns, murmelt er: „Unglaublich, wenn man es recht bedenkt!"

Sein Einwurf vermag mich nicht zu bremsen. Ich fahre fort: „... fast alles, was man über das römische Leben weiß, weiß man aus Pompeji! Und diese Sache mit der Wolke kennt man überhaupt erst seit hundert Jahren. Und du, du hast das alles erlebt und selbst gesehen! Du könntest den Archäologen und Wissenschaftlern wertvolle Dinge erzählen."

„Das könnte ich über zweitausend Jahre menschlicher Geschichte", erwidert der Kater entgegen seiner sonstigen Art wortkarg. Er streicht sich abermals sehr konzentriert und mit wiederholenden Bewegungen sein dunkelgraues Fell mit dem weißen Kragen glatt.

„Da hat er recht", bestätigt Marco schlicht.

Der Kater nickt ihm daraufhin zufrieden zu.

Ich drehe nachdenklich meine Gabel in den inzwischen lauwarmen Spaghetti, sehr darauf bedacht, die langen Nudeln ohne den dazu gelieferten Löffel aufzudrehen, so wie das in diesem Land jedes Kind kann.

„Ihr Menschen macht es euch immer unnötig schwer! Der hier ....", und der Kater deutet mit der Pfote auf meinen Freund, „... kann mich sehen und hören und dennoch glaubt er nicht an mich. Und du willst, dass ich *Wissenschaftler* von meiner Existenz überzeuge?!"

Er buchstabiert die akademische Berufsgruppe beinahe, so sehr betont er den Begriff.

Wie immer, wenn Massimiliano die Menschheit als Gesamtes in ihrer Unvollkommenheit als Argument heranzieht, hat er damit das letzte Wort. Was soll man darauf auch noch sagen?

Ich widme mich wieder meinem Essen.

Seine Antwort hat meine Aufmerksamkeit jedoch wieder auf die Gegenwart gelenkt: Auf Marco, der alle Mühe hat, mit den Ereignissen der letzten Stunden Schritt zu halten. Er wirkt irgendwie nervös. Ob es der Anruf war oder die Konfrontation mit einem vorlauten Kater, die seine gute Laune verdrängt hat, lässt sich schwer sagen.

Es erinnert mich jedenfalls an die Notwendigkeit, die Zeit für unseren Rückflug im Auge zu behalten. Ich werfe einen schnellen Blick auf meine Armbanduhr.

Ich habe den letzten Flug zurück nach Bologna für heute, Sonntagabend, gebucht und den halben Nachmittag damit zugebracht, einen begleitenden Katzentransport zu organisieren.

„Wenn ich hier fertig bin, sollten wir aufbrechen", sage ich daher zu Marco. „Wann geht dein Flug eigentlich?"

In den sich überschlagenden Ereignissen der letzten Stunden hatten wir keine Gelegenheit gehabt über unsere Rückreise zu sprechen.

„Ich habe keinen Flug. Ich fahre in zwei Wochen mit dem Zug zurück. Ich habe noch etwas zu erledigen."

Die Antwort des *Carabiniere* lässt meine übervolle Gabel mit einem zu großen Batzen umwickelter Spaghetti auf den Teller sinken und mich erstaunt innehalten.

Ich hatte mich geschmeichelt gefühlt, dass der neue Mann in meinem Leben mir, ohne Kosten und Aufwand zu scheuen, nachgereist ist, weil ihn Sorge oder Eifersucht oder beides getrieben hat. Ich war selbstredend davon ausgegangen, dass er mit mir zurück nach Bologna reisen würde.

Mein Ego zieht sich mit der Entdeckung, dass dem nicht so ist, ein wenig eingeschnappt zurück.

„Das trifft sich gut!", unterbricht Massimiliano indessen meinen Rückzug.

„Was trifft sich gut?", frage ich forschend. Ich vermeide den Augenkontakt mit Marco, weil ich nicht will, dass er die Kränkung meiner Eitelkeit bemerkt.

„Ich habe auch noch zu tun", erklärt Massimiliano mit wichtig machender Gestik.

„Wie bitte?"

Ich war nach seiner geheimnisvollen Nachricht auf meinem Computer in aller Eile für das Wochenende gekommen, um nach ihm zu suchen und habe abermals selbstverständlich angenommen, dass natürlich auch er mit mir zurückreisen würde, sobald ich ihn gefunden haben würde. Deswegen war ich schließlich angereist! Ich wollte ihn - wie misslich auch immer seine Lage sein sollte - retten und zurück nach Hause holen.

„Ich habe bereits einen Flug für dich organisiert. *Du* kommst mit mir nach Bologna!", stelle ich, ganz meinem Plan entsprechend, richtig.

„Einen Flug?" Massimilianos Nackenhaar stellt sich auf, als stehe er einem gefährlichen Kampfhund gegenüber.

„Ja. Das war ganz schön aufwendig!", maule ich. „Ein begleitender Tiertransport, so kurzfristig, ist nicht so einfach zu haben."

„Tiertransport?!"

Die Verachtung, die mich mit diesem Wort trifft, gleicht der eines renommierten Künstlers, dessen Gemälde man für einen Trödelpreis erstehen will.

„Ich werde bestimmt nicht in so einen Käfig klettern! Niemals! Ich reise mit dem Zug zurück, so, wie ich gekommen bin. Vielleicht mit einem etwas Schnelleren diesmal, aber definitiv mit der Bahn!"

Ich schiebe den Teller Pasta von mir und verschränke die Arme vor meiner Brust. Wütend puste ich eine widerspenstige Strähne aus meiner Stirn.

„Wieso bin ich überhaupt hierhergekommen?", frage ich provozierend beleidigt.

„Ich hoffe doch: meinetwegen!", tönt der Kater mit der Selbstverständlichkeit des Wissenden.

„Und wieso bist *du* überhaupt hierhergekommen?", fahre ich auch Marco an.

„Deinetwegen!", antwortet Marco wie aus der Pistole geschossen.

Einen Augenblick lang schweigen wir uns gegenseitig an.

Ich bin so fassungslos, dass ich keine Worte parat habe. Da betreibe ich einen solchen Aufwand um das Wohlergehen meines Hausgeistes und weder er noch mein Freund reisen mit mir zurück!

Ich schmolle.

Marco spricht als erster wieder: „*Guarda*[10], ich habe zufällig sowieso Urlaub. Sonst hätte ich Dir gar nicht so spontan hinterherreisen können. Und da ich schon mal hier bin, besuche ich meine Familie, ehe ich wieder zurückfahre."

Bevor ich darauf eingehen kann – denn ich hatte keine Ahnung davon, dass Marcos Familie in dieser Gegend lebt – schwatzt der Kater auch wieder los.

„Ich brauche deine Hilfe hier auch", erklärt er mit vieldeutigem Augenaufschlag. „Deshalb habe ich dir diese Nachricht überhaupt geschrieben. War das nicht klar? Wieso reist du also schon wieder ab?"

„Ich muss morgen wieder an meinem Arbeitsplatz in Bologna sein!", zische ich zwischen den Zähnen.

Es ärgert mich, dass ich aus rein emotionaler Reaktion heraus überstürzt hierher geflogen bin. Mein Freund war immerhin noch so gelassen, einen Besuch bei seiner Familie einzuplanen! Und mein römischer Hausgeist, der für diesen Schlamassel verantwortlich ist, schafft es wieder einmal, sich eloquent aus der Verantwortung zu stehlen und dabei noch seinen Kopf durchzusetzen. Ich hätte gute Lust, ihn alleine zurückzulassen!

Aber meine Neugierde ist größer und deshalb frage ich, wenn auch

---

[10] Schau!

kurz angebunden: „Wofür brauchst du meine Hilfe?"

„Es gibt gewisse Dinge, die können nur Menschen tun", antwortet Massimiliano geheimnisvoll.

Marco ergreift das Wort, bevor der Kater weitere Gründe auflisten oder ich nachforschen kann, was genau diese mysteriösen Dinge sind.

Er beugt sich in meine Richtung, ergreift liebevoll meine Hand und strahlt mich derart verführerisch an, dass ich alleine davon beinahe in die Knie sinke.

„Du könntest heimfliegen, das Nötige regeln und auch eine Woche Urlaub nehmen. Und dann kommst du wieder zurück. Dann verbringen wir hier ein paar Tage zusammen, ich zeige dir die Gegend und wir fahren gemeinsam zurück? Klingt das nicht wunderbar?"

Damit steigert er in übertriebener Intensität sein Nicken, was mich wirklich beinahe zu überschwänglicher Zustimmung hinreißt.

Aber ich springe trotzdem nicht gleich mit Begeisterung über diese Idee in die Luft. Mein deutsches Pflichtbewusstsein nagelt meine Spontanität beharrlich fest.

Mit einem Wink des Kopfes in die Richtung des Katers fügt Marco hinzu: „Und er kann inzwischen seinen Geschäften hier nachgehen."

Massimiliano macht ein sehr zufriedenes Gesicht.

Ich habe meine neue Arbeitsstelle in Bologna erst kürzlich angetreten und kann unmöglich bereits um Urlaub bitten. Außerdem sind meine Ersparnisse, nicht zuletzt durch diesen spontanen Ausflug in den Süden, auf einen erschreckend niedrigen Stand gesunken. Andererseits ist Marcos Angebot verlockend. Auch der Gedanke, Massimiliano bei seiner Recherche in Pompeji zu unterstützen, reizt mich sehr, obwohl ich das ihm gegenüber noch nicht offen eingestehen will.

Entweder hat Marco super feine Antennen oder er kann Gedanken lesen. Denn genau in diese hinein bietet er mir an, ein Zugticket zu bezahlen und fügt hinzu, dass wir selbstverständlich bei seiner Familie wohnen werden. Er hebelt mit einem Satz alle Gegenargumente finanzieller Art aus.

Massimiliano macht ein noch zufriedeneres Gesicht.

„Ich kann nicht bereits nach so kurzer Zeit Urlaub beantragen", lehne ich kopfschüttelnd ab.

„Du bist in Italien! Natürlich kannst du das", erwidert Marco lässig. Er lacht kurz auf. Die beiden kleinen Grübchen, die sich dabei auf seinen Wangen abzeichnen, ziehen mich magisch in ihren Bann. Die hatte ich bisher noch gar nicht an ihm bemerkt.-Heimtückisch!

„Ich werde meinen Vater bitten, dir eine schriftliche Einladung zu schicken. Du wirst sehen, das wirkt bei deinem Vorgesetzen Wunder", sprechen die beiden Grübchen indes zu mir.

„Wieso? Ist er der Chef der Mafia?!"

Ich lache kurz und künstlich, in den Tonfall einer lächerlich machenden Arroganz verfallend. Mein gekränktes Ego treibt mich trotz meiner Verliebtheit noch immer an.

Marco wird schlagartig ernst.

Seine blauen Augen verwandeln sich in blitzende Dolche und durchbohren mich in einer Art, wie ich es an ihm noch nie gesehen habe. Noch bevor ich bemerke, dass ich etwas falsch gemacht habe, legt er Geld für unseren Verzehr auf den Tisch.

„*Un tassi, per favore!*"[11], ruft er dem Kellner zu.

Er greift noch einmal in die Tasche und legt einen größeren Schein daneben: „Das dürfte bis zum Flughafen genügen! Es tut mir leid, wenn ich dich mit meiner Gastfreundschaft bedrängt habe."

Er erhebt sich: „Ich wünsche dir einen guten Flug."

Und damit dreht er auf dem Absatz um und entfernt sich.

„Marco!", rufe ich ihm hinterher und springe ebenfalls auf. Seine heftige Reaktion ist wie eine schallende Ohrfeige für mich. Ich eile ihm hinterher und halte ihn am Arm fest.

„Nun übertreibe nicht! Ich habe das nicht so gemeint!"

Er dreht sich noch einmal kurz um und sieht mich wieder mit röntgenartiger Fixierung in seinen klaren Augen an: „Doch. Das hast du."

Er sagt es so ruhig und ohne Betonung, dass ich wie angewurzelt stehe. Es trifft mich ins Knochenmark. Sämtliche, mir auf den Lippen liegenden Entschuldigungen werden im Keim erstickt.

Marco wendet sich ohne weitere Worte ab und verschwindet im Menschengewühl hinter der nächsten Ecke, bevor ich realisiere, was geschehen ist.

Es verstreichen mehrere stockende Atemzüge. Erst allmählich bin ich in der Lage, mich zu bewegen.

„Warte doch!"

Mein Ruf erstickt im Lärm eines Schwarms vorbeiknatternder Motorräder und Vespas. Ich bleibe nach ein paar Schritten an der Ecke stehen, um die er verschwunden ist. Im Gewirr umhereilender Menschen ist es unmöglich, ihn überhaupt noch auszumachen. Wie unter Schock stehe ich

---

[11] Ein Taxi, bitte!

da und schaue, unfähig einen klaren Gedanken zu fassen.

Wie ist es möglich, dass sich die Dinge von Urlaubsstimmung und Rosenhimmel innerhalb weniger Augenblicke in ein solches Drama verdreht haben?!

Meine Seele ist diesem Tempo der Veränderung nicht gewachsen! Sie sitzt noch drüben am Restauranttisch, genießt den Sonnenuntergang und schwärmt diesen Traum von Mann an, der seit kurzem in mein Leben getreten ist. Die Bedeutung seiner letzten Worte tröpfelt erst allmählich in mein Bewusstsein.

„Überlass das mir!", befiehlt eine energische Stimme neben mir und schiebt mich zurück in Richtung des Kellners, der bereits zusammen mit dem wartenden Taxifahrer winkt. „Du fliegst jetzt nach Bologna zurück und kommst baldmöglichst wieder. Ich kümmere mich um ihn."

Und im Wegspringen ruft mir Massimiliano über den Rücken zu: „Komm, sobald du kannst! Ich werde jeden Tag um zwölf Uhr im Haus des Fauns[12] sein!"

Und schon sehe ich nur noch seine weiße Schwanzspitze, wie sie als letztes Teil von ihm ebenfalls um eine Ecke verschwindet.

„Aber ..."

Der Kellner kommt mit der Rechnung wedelnd herbeigelaufen.

„Signora! *Non basta*[13]!"

Gedanklich renne ich noch immer hinter Marco und dem Kater her. Der Mann muss mich am Arm zupfen, damit ich mich endlich seinem Anliegen zuwende.

„Was?"

„Das reicht nicht!", wiederholt er und zieht mich zurück an den Tisch. Dort zählt er mir die von Marco hinterlassenen Scheine ab und weist dann mit dem Finger auf die Summe der Rechnung.

„Wie bitte?!"

Mit Entsetzen reiße ich dem Mann den Zettel aus der Hand, aber der Betrag wird deshalb nicht kleiner.

„Das kann nicht stimmen!", schüttle ich dann den Kopf. „Ich hatte nur einen Teller Spaghetti!"

Der Ober besteht mit zuckenden Schultern auf den ausgewiesenen Preis.

Ein Taxifahrer lässt seinen Wagen mit aktiviertem Warnblinken in der

---

[12] Faun: altitalischer Gott der Natur und des Waldes. Die Villa des Fauns ist ein stattliches Anwesen in Pompeji, in dem eine Statue des Fauns (antiker römischer Gott) gefunden wurde.
[13] Das reicht nicht!

zweiten Reihe auf der Straße stehen und kommt gestikulierend zu uns an den Tisch gelaufen: „Was ist nun mit dem Taxi?"

Ein vehementes Hupkonzert hebt kurz hinter ihm an, doch dann schlängelt sich der Verkehr einfach an dem Hindernis vorbei.

„Die Rechnung weist nicht die Positionen einzeln auf", meckere ich. „Meine Spaghetti kosten laut Karte vierfünfzig! Wie kommt der Rest der Rechnung zustande?"

Ich kann mich des Preises deshalb so genau entsinnen, weil ich überrascht über das im Vergleich zu Bologna günstige Angebot gewesen war.

Der Taxifahrer schielt über meine Schulter auf den Beleg: „Nur Spaghetti und Getränke, eh? Das ist zu viel! *Madonna!*[14] Diese Artischocken sind ja teurer als Gold! Auf dem Markt kosten *Carciofi* nur ein paar Cent."

Der Kellner, der sich nun von der unerwarteten Unterstützung durch den Taxichauffeur vermutlich in der Minderheit empfindet, ruft etwas über seinen Rücken in das Lokal. Kurz darauf eilt der Koch in Mütze und mit schwingendem Kochlöffel herbei, als wäre er soeben einem Cartoon entsprungen. Bevor ich mich versehe, schreien sich Taxifahrer, Kellner und Koch in breitestem *Napolitano*[15] an und fuchteln dabei mit den Armen.

Zu Passivität verdammt, denn ich verstehe kein Wort mehr, schaue ich nur noch von einem zum anderen. Eine Einheimische erhebt sich vom Nachbartisch und wirft sich ebenfalls lautstark in das Streitgetümmel. Es erschließt sich mir weder ihre Motivation noch auf welcher Seite sie kämpft.

Schließlich schlussfolgere ich, auf Seite des Gastes. Denn der Kellner steckt das Geld nach einer Weile in seine Börse und der Koch wedelt die Frau und den Taxichauffeur wie lästige Schmeißfliegen in Richtung der Straße fort.

„Ich habe Ihnen doch gesagt, dass man das so nicht essen kann!", mault er mich dann in deutlichem Italienisch an. Er wirft einen missbilligenden Blick auf den halb vollen Teller Pasta mit den darin vermischten Artischocken. „Erst freveln und dann nicht bezahlen!"

Ich schnappe nach Luft, um endlich auch etwas zu meiner Verteidigung loszuwerden. Aber der Taxifahrer zieht mich bereits am Arm in Richtung des Wagens: „Es ist eine Schande für die ganze Stadt! Solche Leute ruinieren den Ruf Neapels! Und wir ehrlichen Menschen haben dann unse-

---

[14] Heilige Mutter Gottes!
[15] Neapolitanisch ist eine romanische Sprache, wie sie in der Stadt Neapel gesprochen wird (neapolitanisch: *Napule*, italienisch: *Napoli*).

re liebe Mühe, das wieder gut zu machen. Wie stehen wir denn vor der Welt da?! Eine Schande ist das!" Dann dreht er sich nochmal um und schwingt die Faust: *„Che vergogna! Vergognatevi!*[16]"

Er öffnet mir den Wagenschlag, läuft um das Auto in den dichten Verkehr, blafft unterwegs kurz einen ihn anhupenden Fahrer an und klettert schließlich hinter das Steuer.

„Wie kann man eine schöne Frau so mies behandeln!?", lächelt er mir zu. Er bügelt mit dieser Freundlichkeit tatsächlich ein wenig die Falten aus meiner emotionalen Apokalypse.

„Zum Flughafen", bestätigt er mir dann in völliger Ruhe, stellt die Warnblinkanlage ab, den Zähler ein und drängt sich sofort mit der Schnauze des Wagens zwischen die, dicht an dicht stehenden Fahrzeuge.

---

[16] Welche Schande! Schämt Euch!

2. Schwindel

Mein einsamer Rückflug nach Bologna gleicht einer Achterbahnfahrt.

Mehrmals sackt die Maschine um einige Meter ab in ein Luftloch. Es ruft allgemeines Aufschreien hervor, gefolgt von zunehmender Stille und steigender Anspannung bei den Passagieren.

Ich versuche, mich abzulenken und blättere in einer Zeitung, die mir die Flugbegleiterin bei Betreten der Maschine vorausschauend aufgedrängt hat.

Mein Blick bleibt an einer Schlagzeile hängen: *Mysteriöser Diebstahl in Pompeji.*

Ich überfliege die Zeilen und lese, dass drei erstaunlich gut erhaltene Tontäfelchen des römischen Kaisers Tiberius mit Schriftzeichen in einem Haus gefunden worden waren. Diese sind jedoch spurlos verschwunden, obwohl der streng abgesperrte und gesicherte Bereich weder aufgebrochen noch beschädigt ist. Die Polizei kann sich dieses Mysterium nicht erklären. In einem anderen Artikel auf der gegenüberliegenden Seite berichtet ein Journalist auf sehr humorvolle Weise über die verdrehte Welt der heutigen Zeit und lässt sich über einen aktuellen Fall aus: Zwei Deutsche haben einem Neapolitaner auf Capri die Geldbörse gestohlen[17].

Ein Getränkebecher ergießt seinen Inhalt aus der Hand eines Stewards quer über die Reihe der Passagiere vor mir. Daraufhin wird nun auch der karge Bordservice, den es überraschenderweise auf diesem Flug tatsächlich noch gibt, eingestellt. Sogar das Bordpersonal schnallt sich nun auf seinen Sitzen fest. Sie üben sich in zuversichtlichem Lächeln, das aber nur verkrampft wirkt.

Das ist kein gutes Zeichen, denke ich. So etwas haben Flugbegleiter auf meinen zahlreichen Flügen bisher noch nie getan! Ich stopfe die Zeitung in die Tasche des Sitzes vor mir.

Es passt jedoch zu meiner Gefühlswelt. Der Schock über Marcos harte Reaktion sitzt mir wie eine Zecke im Genick: Je weiter Zeit verstreicht, umso mehr verlassen mich die Kräfte und umso vergifteter fühle ich mich.

Wie paralysiert klebe ich auf meinem Platz und starre aus dem kleinen ovalen Fenster, vor dem sich bedrohliche Luftverwirbelungen um eine beträchtlich schwingende Tragfläche schlingen. Wenn ich mich nicht ernsthaft um die sichere Ankunft dieser Maschine sorgen müsste, würde ich vermutlich im Morast meines Elends völlig zerfließen.

Ich hatte doch nur einen unbedachten Scherz gemacht! Eine vermeintlich witzige Einleitung, die mir die Tür öffnen sollte, durch welche ich mich dann schmollend zurückziehen hätte können. Wir hätten beide ein paar ironische Bemerkungen ausgetauscht, gelacht und ich meine *Façon* wiedergewonnen, ohne mein Gesicht zu verlieren.

Ich finde die ganze Sache überhaupt nicht tragisch! Wieso also, um alles in der Welt, macht Marco so ein Drama daraus?

Ein weiteres Luftloch schubst meinen Magen in Richtung meines Halses. Diesmal schreit kaum noch ein Passagier auf, dafür verkrampfen sie sich umso leidenschaftlicher in die Sitze. Der Kapitän versucht gerade ein paar beruhigende Worte über Luftwirbel und -schichten zu platzieren, als mir definitiv schlecht wird.

Ich springe auf, presse mein Taschentuch vor den Mund und schlängle eilig in Richtung der Toilette.

„Bleiben Sie bitte sitzen!", alarmiert mich ein Flugbegleiter vom anderen Ende der Maschine. Er eilt nun ebenfalls den Gang entlang, um mir hinterher zu hechten. Beide werden wir von einer Seite zur anderen geschleudert. Aber ich bin schneller. Ich kicke die Tür zur Toilette auf und ein erneutes Absacken der Maschine stößt mich in die Kabine.

---

[17] Ganz Italien lachte über diesen Fall, der sich im Juni 2018 tatsächlich ereignete.

Mehrfach hatte ich versucht, Marco vor dem Abflug anzurufen.

Mehrfach sind meine Versuche nur auf der Mailbox gelandet.

Mehrfach habe ich Entschuldigungen hinterlassen.

Es ist die Summe dieser vergeblichen Wiederholungen, die mir den Magen umstülpt. Der turbulente Flug erledigt dabei nur den Rest.

Als ich die Tür aus der Kabine wieder öffne, wartet der Steward mit einem feuchten Erfrischungstuch und strenger Miene davor. Er reicht es mir wortlos zusammen mit einer gefalteten Papiertüte und weist mich an, das nächste Mal sitzen zu bleiben. Dann führt er mich zurück an meinen Platz.

Ich bete zu Gott, dass dieser Flug enden möge; gut enden, füge ich hinzu. Und da ich gerade dabei bin, hänge ich noch ein Post Skriptum an, das Marcos Läuterung erbittet.

Es müssen wohl mehrere Personen in der Maschine ein solches Stoßgebet an den Himmel geschickt haben, denn kurze Zeit darauf hat der Spuk ein jähes Ende. Das Flugzeug gleitet ruhig in den Sinkflug in Richtung Bologna. Ich frage mich, ob mir die butterweiche Landung nur wegen der zuvor erlebten Turbulenzen so göttlich vorkommt, oder ob es tatsächlich Hilfe einer höheren Macht gibt? Seit Massimiliano in mein Leben getreten ist, beginne ich allerhand für möglich zu halten, das ich zuvor kategorisch ins Reich des Unmöglichen verbannt habe.

Kaum habe ich festen Boden unter den Füßen, starte ich wieder mit meinen Versuchen, Marco telefonisch zu erreichen.

Vergebens.

Im Taxi zu meiner Wohnung tippe ich mit fiebrigen Fingern eine E-Mail-Nachricht, deren Inhalt meine verbalen Wiedergutmachungsversuche wiederholt.

Keine Reaktion.

Der liebe Gott war vermutlich mit dem Flugzeug genug beschäftigt gewesen. Er konnte sich nicht auch noch darum kümmern.

Als ich vor dem Altbau meiner Wohnung aus dem Wagen steige und meinen Rollkoffer auf den Boden setze, überrascht mich die Stimme eines meiner Freunde, der aus der Dunkelheit auf mich zu tritt.

„Da bist du ja!", grüßt Maximilian, mein Landsmann und Arzt. „Wir wollten gerade zu dir."

Im Grunde verdanke ich es dem *penato*, dass wir uns kennen. Ich hatte damals einen deutschen Arzt gesucht, weil auch ich zu Beginn meiner Begegnung mit einem sprechenden Kater in Designeranzug an Halluzinationen geglaubt hatte.

Max nimmt mir höflich den Trolley ab, um mein Bezahlen des Taxifahrers zu erleichtern.

Sein Partner Enzo tritt aus seinem Schatten ebenfalls in den Lichtkegel der Straßenlaterne, unter der das Taxi vor meiner Tür angehalten hat.

Der Wagen entfernt sich und ich schaue meine beiden, unverhofften und im Augenblick sehr ungelegenen Besucher an. Ich krame nach meinem Schlüssel.

„Wo kommst du denn her? Warst du in Deutschland?", fragt Max.

„Nein. Neapel", antworte ich schlicht. Mir ist nicht nach vielen Worten. Mein Herz ist zu intensiv mit dem Chaos meiner Gefühlswallung beschäftigt.

„Was machst du denn in Neapel?", forscht mein Landsmann weiter. Beide Männer folgen mir auf das große Holztor zu, welches ich aufsperre und damit den Weg in das großzügige Treppenhaus vor dem Hinterhof freigebe.

„Das ist eine lange Geschichte!", puste ich erschöpft. Ich hoffe, dass die Androhung einer endlosen Story genug ist, um sie von näherem Nachfragen abzuhalten.

Der Eindruck, den ich mache, muss jedoch von auffallend verzweifelter Art sein, denn Maximilian merkt sofort, dass etwas nicht stimmt.

„Ärger mit der Liebe?", formuliert er treffsicher.

„Sieht man es mir an?", frage ich kleinlaut, ohne die Treppe zu meiner Wohnung zu betreten.

Ich bleibe stehen, meine beiden Begleiter folgen meinem Beispiel.

Maximilian nickt. Dennoch will er mit ärztlichem Fürsorgeton wissen: „Was ist denn passiert?"

Langsam steige ich nun doch die abgetretenen Steinstufen der geschwungenen Treppe nach oben; gefolgt von den beiden, die mein Gepäck tragen.

Ich zögere, ob ich mein so frisches Beziehungsdrama bei meinen Freunden sofort ausbreiten will? Aber Maximilian ist mein Hausarzt und ist mir als solcher schon bei anderen Problemen zur Seite gestanden. Also erzähle ich in kurzen Worten die Misere, allerdings ohne meinen Hausgeist zu erwähnen. Max hat nie die volle Wahrheit über Massimiliano erfahren und hält mich für geheilt. Das soll auch so bleiben.

Oben am Ende der Treppe angekommen, entriegle ich die gefühlt tausend Schließen meiner Sicherheitstür zu meinem kleinen Ein-Zimmer-Apartment. Ich halte die Tür für meine Gäste auf und knipse das Licht an.

„*Das* hast du gesagt?!", entfährt es dem kleineren Enzo mit großer Gestik, als ich die Szene mit meinem Scherz erläutere.

Ich sehe ihn erschrocken an: „Wieso?"

Max und Enzo tauschen einen vielsagenden Blick, der das Potenzial hat, mich völlig aus der Fassung zu bringen.

„Was ist daran so schlimm?!", verteidige ich mich beinahe hysterisch, aber eher, weil mein unerwarteter Besuch nun anstatt Trost noch heftigere Schuldgefühle hervorruft. Das leitet einen Prozess ein, den ich mit großem Kraftaufwand bisher erfolgreich abgewendet habe: Panik überfällt mich.

„*Ma*![18] Einem *Carabiniere* so etwas zu unterstellen, ist schon heftig", meint Enzo gedehnt. „Aber einem *Carabiniere* aus dem Süden ..."

Er überlässt es meiner amoklaufenden Fantasie, in welche Kategorie dies einzuordnen ist. Ich frage mich, ob meine Anspielung auf die Mafia deshalb ein so heikles Thema ist, weil man tatsächlich auch in der Polizeitruppe nicht selten Mitglieder krimineller Organisationen dieser Art findet, oder ob die Unterstellung an sich bereits eine unaussprechliche Beleidigung ist?

Ich kneife die Lippen zusammen.

Dem Deutschen, der schon ein paar Jahre mehr Italienerfahrung hat als ich, werfe ich einen hilfesuchenden Blick zu. *Er* muss mich doch verstehen!

Max lässt sich auf meinem Sofa nieder und schlägt die Beine übereinander.

„Das ist ein Thema, das man in diesem Land besser nicht offen anspricht", meint er vorsichtig. „Das tut man einfach nicht. Jede Kultur hat so ihre Tabus, das verstehen wir Deutschen doch ganz gut, oder?"

Mit aufgerissenen Augen starre ich ihn an. Was will er mir damit sagen? Dass ich eine moralische Schranke, wie sie nur in diesem Land existiert, durchbrochen habe, oder dass mehr dahinterstecken könnte?

Ich beschließe, nichts mehr darauf zu antworten, da die Tragödie in meinem Kopf ohnehin schon ausreichend zügellos tobt. Ich will auch nichts mehr hören, weil ich spüre, dass die beiden alles nur noch schlimmer für mich machen werden.

Mit einem Tritt schubse ich meinen Rollkoffer unter das Bett, stelle drei Weingläser auf den Tisch und nehme eine Flasche trockenen *Lambrusco*[19] aus dem Kühlschrank. Das ist genau, was ich jetzt brauche!

„Was verschafft mir eigentlich die Ehre eures Besuches?", frage ich, zielstrebig das Thema wechselnd.

„Ach ja, genau!"

---

[18] Wörtlich: aber; in diesem Fall: Nun, naja,
[19] typischer trockener Rotwein der Gegend um Modena, prickelnd, wird kalt und frisch getrunken

Max springt auf die Beine und schnappt sich eines der Gläser, die ich gerade halbvoll geschenkt habe.

„Enzo und ich werden zusammenziehen!", verkündet er und sieht mich an, als erwarte er von mir rauschenden Beifall. „Und rate mal, wo unsere neue Wohnung ist?"

Ich zucke die Achseln und nehme einen großen Schluck aus meinem Glas.

Es tut gut.

„Hier, an der kleinen *Piazza San Martino*!", lacht mein Arzt und zeigt mit dem Arm in die Richtung, wo hinter meiner Hauswand vermutlich die neue Wohnung liegt. „Dort drüben, im vierten Stock, du weißt schon, im Gebäude des Restaurants."

Sie werden also über meinem Stammlokal einziehen.

„Wir werden Nachbarn!", lächle ich, stoße mit ihm an und schicke ein wenig überzeugendes „*Bellissimo!*" hinterher.

Eigentlich freue ich mich über diese Nachricht, meinen Freund gleich um die Ecke zu wissen. Jedoch im Augenblick habe ich wirklich andere Sorgen.

„Mit großer Terrasse auf dem Dach!", ergänzt Enzo. Er gesellt sich besitzergreifend an Maximilians Seite, wie er das immer tut, wenn andere Menschen sich mit ihnen unterhalten.

„Es ist traumhaft!" Enzo fährt mit der Hand durch die Luft, als trage er ein Gedicht vor. „Man hat einen faszinierenden Blick über die Dächer Bolognas und auf die beiden Türme! Bezaubernd." Er dehnt das letzte Wort ergiebig aus und betont dabei jeden Buchstaben.

„Ich bin schon gespannt, es zu sehen", sage ich ehrlich, denn das bin ich wirklich.

„Wenn wir eingezogen sein werden", bremst mich Enzo sofort aus. Um dies unmissverständlich zu machen, streckt er mir gleichzeitig die Innenseite seiner flachen Hand entgegen. Er wirkt wie ein Schupo, der den chaotischen Verkehrsfluss vor Roms Kolosseum während der *ora di punta*[20] manuell regeln muss. „Zuerst muss alles eingerichtet und dekoriert werden! Und dann werden wir natürlich eine Party geben."

„Wir wollten dich fragen, ob wir ein paar Sachen während des Umzugs hier bei dir einstellen dürfen?", rückt Max endlich mit dem Anlass des Besuches heraus. „Es ist nicht viel und auch nicht für lange. Nur so lange wir renovieren."

---

[20] Rushhour, Stoßzeit

Ich zucke wieder die Achseln und nehme noch einen weiteren großen Schluck aus meinem Glas. Schon fühle ich mich etwas benommen, mein Kopf wird leicht.

„Klar!", sage ich. „Viel Raum ist hier nicht, aber ein bisschen was kann man schon abstellen."

„Danke. Auf gute Nachbarschaft!", prostet mir mein Arzt zu und ich stoße mit ihnen an.

„Auf gute Nachbarschaft!"

Nach einer schlaflosen Nacht steht mein Entschluss fest: Ich muss sofort wieder nach Neapel!

Unmöglich werde ich in der Lage sein, konzentriert zu arbeiten. Mein Pflichtbewusstsein, das mich zuvor noch fest im Griff hatte, unterliegt nun. Es ist das Allerwichtigste, wieder Frieden zwischen Marco und mir herzustellen.

Kaum an meinem Arbeitsplatz angekommen, gehe ich schnurstracks in das Büro meines Chefs und bitte ihn um eine Woche ungeplanten Urlaub.

Als Erstes schüttelt er den Kopf, worauf ich meinen Antrag auf ein paar Tage reduziere. Daraufhin erinnert er mich an das bedeutungsvolle Angebot, welches wir noch überarbeiten müssen. Dann an die Tatsache, dass ich noch gar keinen rechtlichen Anspruch habe.

„Meine Großmutter ist tot!", schießt es aus mir hervor, worauf er mich wesentlich nachsichtiger anblickt und mir sein Beileid ausspricht.

Es war nicht meine Absicht, das zu sagen. Die Worte haben sich irgendwie verselbständigt. Immerhin es ist nicht völlig gelogen. Sie ist ja tot, allerdings schon seit ein paar Jahren.

Da ich damit jedoch ein wenig Milde ausgelöst habe, füge ich schnell hinzu: „Ich brauche eine Woche."

Eine Furche zeichnet sich auf der Stirn meines Vorgesetzten ab: „Wann ist denn die Beerdigung?"

„Ich muss mich kümmern", weiche ich einer Antwort aus und füge der Geschichte noch ein paar geschwindelte Details hinzu: „Meine Mutter ist im Krankenhaus und mein Vater ist völlig überfordert mit der Situation. Ich nehme natürlich unbezahlten Urlaub. Und ich arbeite das später wieder nach."

Mein Chef gibt sich noch nicht geschlagen.

„Keine Geschwister?", will er wissen. Diese Frage kann ich guten Gewissens verneinen.

Er brummt.

Das nehme ich als einen Gesinnungswechsel auf und setze ein aus dem Herzen kommendes „es tut mir leid!" hinterher. Ich bedaure es wirklich zutiefst, zu solchen Mitteln greifen zu müssen und kann es deshalb im Brustton der Überzeugung von mir geben.

„Für einen Todesfall kann man ja nichts", meint er ein wenig nachsichtiger. „Es kommt einfach wirklich ungelegen. Dieses Angebot ist wichtig. Aber es hilft ja nichts."

Er ringt mir die Zusage ab, so schnell als möglich zurückzukommen. Ich bedanke mich und mache mich sofort auf und davon.

Auf der Straße werfe ich einen schnellen Blick in den Himmel: „Verzeih mir, Oma!"

Zwar bin ich nicht abergläubisch, hoffe aber doch, dass ich mit meinem Schwindel nichts heraufbeschwöre. Es ist ganz und gar nicht meine Art, so dreist zu lügen und ich bin selbst über mich erstaunt, dass ich es, ohne rot zu werden, so überzeugend fertiggebracht habe.

Aber wie soll ich es jetzt anstellen, die Sache mit Marco wieder einzurenken? Ich weiß ja nicht einmal, wo er in Neapel wohnt und wie ich ihn finden kann?

Die einzige Hoffnung bleibt Massimiliano.

Vielleicht hat mein Hausgeist ihn tatsächlich nicht aus den Augen verloren und kann mich auf seine Spur bringen?

3. Mafiosi

Diesmal habe ich das billigste *Agriturismo*[21] gebucht, das ich finden konnte. Es liegt direkt im neuen Pompeji, ganz nah an einem der Zugänge zum antiken Pompeji.

Und ich habe mich für den Zug entschieden. Nach dem turbulenten Flug war das keine so schwierige Wahl, ganz abgesehen von meiner inzwischen reichlich angespannten finanziellen Lage.

In Neapel angekommen, schwinge ich meinen Koffer in den völlig überfüllten Stadtbus und erkämpfe mir einen Stehplatz vor der hinteren Ausgangstür.

Die Fahrt geht um knappe Kurven, noch schmalere Ecken und durch beengte Häuserreihen, deren Statik durch Wäscheleinen gefestigt zu sein scheint – ein Phänomen, das man im Norden des Landes mit Naserümpfen betrachtet. Aber die erschreckend hohen Berge blauer Müllsäcke, die sich seitlich der Straßen beinahe überall meterhoch auftürmen, finde ich wesentlich naserümpfenswerter. Die sind mir bei meinem letzten Besuch gar nicht aufgefallen!

„Was ist denn hier los?", fühle ich mich spontan genötigt, den dicht neben mir stehenden Studenten zu fragen. Dieser nimmt erbsengroße Kopfhörer aus den Ohren und sieht mich sichtbar ungeduldig an. Ich wie-

---

[21] Ursprüngl. :Urlaub auf dem Bauernhof, mittlerweile B&B

derhole meine Frage etwas genauer.

Er wirft den Kopf auf die Seite, gibt ein abgehacktes *„eh!"* von sich und meint dann gelassen: *„Sciopero."*[22]

Damit verschwinden die Stöpsel wieder in seinen Gehörgängen und seine Aufmerksamkeit im Gedröhn seines Smartphones.

Ich verziehe das Gesicht: teilweise aufgrund der Müllberge, zum Teil wegen des verkümmerten Kommunikationsverhaltens dieses Burschen.

„Mafiosi!", flüstert mir die ältere Frau zu meiner anderen Seite zu.

Sie zieht mich noch näher zu sich, als ich sowieso schon stehe, mein Ohr direkt an ihren Mund. Sie erklärt leise, dass die Müllabfuhr fest in den Händen der Mafia sei und diese die Stadt regelmäßig mit Streik erpresst.

Damit lässt sie mich wieder los und wirft ihren Kopf mit verächtlich vorgeschobenem Kinn in den Nacken. Das erübrigt weitere Worte. Es ist auch gut so, denn bei dem hiesigen Dialekt habe ich alle Mühe, überhaupt etwas zu verstehen.

Nun lebe ich bereits seit ein paar Monaten in Italien, aber erst seit dem ich diesen unglücklichen Ausspruch getätigt habe, scheint mich das unschöne Thema der *Cosa Nostra*[23] direkt zu verfolgen! Vielleicht hatte ich es aber bisher auch nur ausgeblendet, weil ich mit meinen kleinen alltäglichen Sorgen zu sehr beschäftigt gewesen war? Oder ist es gar mein *Carabiniere*, der es in mein Leben bringt?

Ich strecke mich über die wippenden Köpfe meiner Mitreisenden, um meine Haltestelle zu erspähen. Laut meinem Navi müsste der Bus jeden Moment dort ankommen. In Vorbereitung darauf kämpfe ich mich schon mal zur Tür durch.

Aber der Bus fährt an der Haltestelle vorbei. Vergeblich drücke ich den Halteknopf. Mehrfach. Der Bus fährt einfach weiter.

Er hält am nächsten Bushäuschen, einen guten Kilometer weiter. Der junge Mann drängelt sich an mir vorbei hinaus, die ältere Frau hievt ihre vollen Einkaufstüten durch die geöffnete Tür und auch ich schicke mich an, auf die Straße zu treten.

„Ihr Ticket, bitte!"

Eine in Uniform gekleidete, ernst dreinblickende Frau baut sich vor mir auf, als müsse sie meine Flucht befürchten.

Mit einer Hand krame ich nach meinem Fahrschein in der Tasche, mit der anderen halte ich meinen Rollkoffer fest. Er wird von den links und

---

[22] Streik
[23] wörtlich: unsere Sache; hat sich jedoch zum übergreifenden Begriff für organisiertes Verbrechen entwickelt

rechts heraus- und hineinströmenden Fahrgästen immer wieder angerempelt. Die Kontrolleurin ignoriert sie alle. Ihr Interesse gilt einzig meinem *biglietto*[24].

Endlich ziehe ich das verknitterte Stück Papier heraus und halte es ihr hin. Sie wirft einen kurzen Blick darauf und macht ein triumphierendes Gesicht: „Der ist nicht entwertet!"

Mittlerweile sind alle anderen Mitfahrenden unbehelligt einer Kontrolle aus- und eingestiegen und der Omnibus fährt lärmend wieder an.

„Ich habe das Ticket ordnungsgemäß am Bahnhof gekauft", erkläre ich der Frau verständnislos.

Ich muss nicht lange auf Aufklärung warten.

„Sie müssen den Fahrschein im Bus abstempeln", bedeutet sie nüchtern und beginnt etwas auf ihren Block zu kritzeln, ohne mich dabei anzuschauen.

Noch immer stehe ich in naiver Unschuld vor ihr, wie das ahnungslose Lamm vor der weißen Pfote des bösen Wolfes.

Sie reißt das Stück Papier aus ihrem Block und hält es mir unter die Nase.

„*Cosa*?!"[25], entfährt es mir, als ich ein Bußgeld von zweihundert Euro entziffere.

Die Kontrolleurin bleibt übertrieben gelassen und zuckt die Achseln: „Wer versucht *portoghese*[26] zu machen, sollte damit rechnen, auch den Preis dafür zu zahlen."

Ich verstehe überhaupt nicht, wie sie mich mit meinem blonden Haar für eine Portugiesin halten kann, fühle mich aber durch die Bedrohung des Bußgeldes auf das höchste Maß ungerecht behandelt. Von der Höhe der geforderten Summe ganz zu schweigen.

„In Bologna muss man das nicht. Da kauft man nur das Ticket. Woher soll ich das denn wissen?!", verteidige ich mich. „Der Mann am Schalter hätte mich als Fremde darauf aufmerksam machen müssen."

„Das muss man auch in Bologna", korrigiert sie mich.

---

[24] Fahrschein
[25] Was?

[26] Italien gilt als Paradies der "*portoghesi*". Die wahren Portugiesen haben nichts mit dem Heer derer zu tun, die sich ohne Fahrkarte der städtischen Verkehrsmittel bedienen. Von geschätzten fünf Milliarden Benützern der Busse und U-Bahnen pro Jahr fährt in Italien eine Milliarde gratis. Die Regierung hat die Strafen für Schwarzfahrer deshalb auf 200 Euro verdoppelt.

Sie sieht mich unberührt an wie ein Richter den altbekannten Delinquenten: „Da hatten Sie Glück, dass Sie bisher nicht erwischt wurden."

Ich stemme meine Hände in die Hüften und puste meine Empörung mit einem deutschen „also wirklich!" in ein Kopfschütteln.

Dann rufe ich mich zu Ruhe auf und versuche es mit Vernunft.

„Hören Sie, ich bin keine Schwarzfahrerin! Ich kaufe *immer* ein Busticket und bezahle ordnungsgemäß. Das ist doch der Beweis, dass ich nicht betrügen wollte. Ich habe das nicht gewusst. Ich werde von jetzt an immer alles abstempeln, ich verspreche es."

Mein versöhnliches Lächeln beeindruckt die Frau überhaupt nicht.

„Unwissenheit schützt vor Strafe nicht", antwortet sie nüchtern. Sie steckt ihren Block in abschließender Handlung in die Brusttasche.

Meine Strategie folgt nun einem starken inneren Impuls: "Sie haben niemand sonst kontrolliert! Nur mich! Sie haben mich gezielt als Fremde herausgepickt, weil sie wissen, dass Ausländer diesen Fehler begehen!"

„Ich mache Stichproben", antwortet sie kurz mit einem Zucken um die herabgezogenen Mundwinkel.

„Ich habe keine zweihundert Euro bei mir", lüge ich mit Überzeugung und denke gleichzeitig, dass ich in den letzten Stunden mehr die Unwahrheit gesprochen habe, als in meinem ganzen bisherigen Leben.

„Wir nehmen auch Kreditkarte."

„Ich habe keine Kreditkarte", behaupte ich mit gesteigerter Selbstsicherheit.

„Dort drüben ist ein *bancomat*[27]!"

Sie zeigt mit ihrem Kugelschreiber hinter sich auf die Filiale einer Bank. Dann steckt sie das Schreibgerät ebenfalls in ihre Brusttasche zu dem Block.

„*Mafiosi!*", zische ich leise zwischen den Zähnen hervor, als ich meinen Rollkoffer energisch an ihr vorbei in Richtung der Bank ziehe. Das Wort ist meinem Kurzzeitgedächtnis entsprungen und war schneller, als alle anderen Begriffe, die man auf die Situation hätte anwenden können.

„Was sagen Sie da?!", empört sie sich hinter mir.

Ich laufe unbeirrt zackig weiter auf den Geldautomaten zu. Das Mindeste, was ich für mein verletztes Gerechtigkeitsgefühl tun kann, ist, sie mit Nichtachtung zu strafen.

Dort angekommen, tippe ich mehrmals meinen Pincode in den unglaublich langsam arbeitenden Apparat, der den Vorgang dreimal abbricht

---

[27] Geldautomat

und dann meine Geldkarte unwiderruflich einzieht. Es erscheint ein Schriftzug: *Fuori servizio*[28].

„*Porca miseria!*"[29], fluche ich laut und schlage mit der flachen Hand mehrmals auf die Stelle, in welcher meine Scheckkarte endgültig verschwunden ist. Das Gerät schweigt.

Mit mehrmaligem Kopfwenden suche ich den Eingang der Bank. Mein schweifender Blick bleibt jäh an den auf mich gerichteten Augenpaaren zweier *Carabinieri* hängen, die wie aus dem Nichts aufgetaucht hinter mich getreten sind.

„Kommen Sie bitte mit!", fordert mich einer von ihnen höflich auf.

Mit ihren Armen bilden die beiden eine Gasse, die direkt auf das am Straßenrand wartende schwarze Auto mit dem weißen Schriftzug an den Seiten führt. Daneben steht die feixende Busticketkontrolleurin mit über der Brust verschränkten Armen und nickt gehässig.

„Der Apparat ist kaputt", erkläre ich. „Meine Karte wurde eingezogen!"

Die beiden Männer nicken synchron.

Sie wiederholen ihre Aufforderung, ich die Schilderung meines technischen Problems.

„Wir klären das auf der Polizeiwache."

Mir wird klar, dass Marcos neapolitanische Kollegen tatsächlich im Begriff sind, mich abzuführen: „Wie bitte?"

Sie halten meinen Ausruf für ein Sprachproblem und wiederholen noch einmal ganz langsam: „Wir klären das auf der Polizeiwache."

„Ich habe nichts getan!", verteidige ich mich und denke gleichzeitig, dass dies wohl der eine Satz ist, der Polizisten dazu bringt, auf Durchzug zu schalten. Vermutlich behauptet das jeder, den sie festnehmen.

Aber in meinem Fall ist es die Wahrheit!

Um meiner Unschuld Ausdruck zu verleihen, gebe ich mich vernünftig und folge der Einladung zu dem Alfa Romeo.

Einer der Polizisten nimmt die wortreiche Schilderung der Ticketkontrolleurin in sein Protokoll auf. Während diese sich im Verlauf ihrer Beschreibungen in Rage steigert, wird mir ohne weitere Fragen der Platz im Fond des Wagens angeboten.

---

[28] Außer Betrieb
[29] Schimpfwort

4. Carabinieri

Die Rückbank des Polizeiwagens sehe ich nicht zum ersten Mal. Jedoch sind die *Carabinieri* diesmal nicht halb so charmant, wie mein Marco es bei unserem Kennenlernen war. Ich fühle mich alles andere als hofiert.

„Ich will die Strafe ja bezahlen", beteure ich den beiden Polizisten auf den Vordersitzen zum wiederholten Male.

„Wir klären das auf der Polizeiwache."

Das höre ich nun auch schon mehrfach.

Als Angeklagter hat man immer einen Anruf frei, denke ich auf der weiteren schweigenden Fahrt in das Quartier. Marco ist der Einzige, den ich in dieser Stadt kenne, aber die Wahrscheinlichkeit, dass er mit mir sprechen wird, ist gleich Null. Doch es ist die einzige Chance, die ich habe.

„Ich möchte gerne mein Recht in Anspruch nehmen und Sie bitten, einen Anruf für mich zu tätigen", sage ich deshalb von der Rückbank nach vorne zu den beiden Polizisten.

„Wir sind nicht in Hollywood", antwortet der Fahrer. „Sie können anrufen, wen Sie wollen."

„Würden Sie bitte Marco Marino für mich anrufen?", frage ich indes weiter, weil ich hoffe, dass Marco einen Anruf der *Carabinieri* entgegennehmen wird.

Die beiden wechseln einen Blick, der mir nicht entgeht: *„Der* Marco Marino? Der *Carabiniere* Marco Marino?"

„Ja, der", bestätige ich zögerlich, „Sie kennen ihn?" Ich bin überrascht. Was hat diese Reaktion zu bedeuten? Aber der Mann auf dem Beifahrersitz unterlässt jede weitere Reaktion, sieht lediglich seinen Kollegen mit einem Kopfwinken kurz an und schweigt dann wieder.

Der Wagen parkt vor einem mit Rundbögen verzierten, beigefarbenen Gebäude, in welches wir hineingehen. Man bittet mich, auf dem Gang zu warten.

Also warte ich.

Nach einer halben Ewigkeit lasse ich mich auf einem klapprigen Stuhl, der an der Wand steht, nieder. Wegen so einer Lappalie gleich aufs Polizeipräsidium gefahren zu werden, finde ich reichlich übertrieben!

Trotzdem bin ich deswegen sehr nervös. Meine Vernunft sichert mir zu, dass sich die Angelegenheit bestimmt bald aufklären wird. Schließlich hatte ich ein gültiges Busticket erstanden; das beweist meinen guten Willen. Und ich hoffe mit Inbrunst, dass die Polizisten Marco wirklich anrufen und dieser das Telefonat annehmen und die Angelegenheit regeln wird. Woher kennen sie ihn eigentlich, geht es mir wieder durch den Kopf?

Es vergehen zwei Stunden, ohne dass irgendjemand nach mir sieht. Ich schiele den Gang hinunter in Richtung der großen Tür, in welcher die beiden Polizisten verschwunden sind. Vielleicht hat man mich vergessen?

Gerade, als ich einen heimlichen Abgang ernsthaft in Erwägung ziehe, geht die Tür auf.

Ein *Carabiniere* betritt den Flur und schreitet entschlossenen Schrittes auf mich zu.

Als er näher kommt, erkenne ich meinen *Carabiniere!*

„Marco!"

Überglücklich springe ich von meinem Klappstuhl auf und laufe ihm entgegen: „Danke! Danke, dass du gekommen bist!"

Ich falle ihm um den Hals.

Er nimmt mich in die Arme.

Er drückt mich so fest, dass mir die Luft wegbleibt.

„Es tut mir leid!", murmelt er in mein Haar.

„Nein, mir tut es leid, dass ich dir Umstände mache. Aber die haben mich einfach mitgenommen!", stammle ich nun doch ziemlich erschüttert.

Er lässt mich los, küsst mich, drückt mich wieder und wiederholt in einem Fort: *„Mi dispiace!*[30] *Sono un coglione*[31]!"

Wir entschuldigen uns eine Weile - jeder für sich und doch zusammen und unterbrochen von Küssen und Umarmungen. Dann schauen wir uns endlich in die Augen. Wir müssen lachen.

„Ich war ein dummer Hitzkopf", sagt er noch einmal und ich beeile mich, meine Schuld an der unglücklichen Situation zu beteuern: „Nein, ich habe mich falsch verhalten! Du wolltest nett zu mir sein und ich war einfach nur zickig."

Marco atmet tief und hörbar durch.

Er drückt mir einen abschließenden, dicken Kuss auf die Stirn.

„Dann lass uns die dumme Sache vergessen. Du kannst übrigens gehen. Komm!"

Er greift nach meiner Hand. Ich schnappe mir meinen Trolley und laufe hinter ihm her. Draußen vor der Tür nimmt er ihn mir ab und erzählt:

„Ich bin ziemlich sauer auf meine Kollegen hier! Die haben sich nämlich persönlich angegriffen gefühlt, weil die Kontrolleurin gesagt hat, du hättest alle Italiener in Uniform beleidigt. Deshalb haben sie den Vorgang erst recht unnötig aufgebläht. Es hat mich viel Anstrengung gekostet, sie zu beruhigen. Sie wollen dich aber mit dieser Anzeige partout nicht vom Haken lassen. Ausgerechnet aus dem Mund einer Deutschen wollen sie das nicht auf sich sitzen lassen. So nach dem Motto: Wir wissen zwar selbst, dass bei uns nicht alles mit rechten Dingen zugeht, aber Einer von Außen – und damit sind sogar die Landsleute aus dem Norden gemeint! - darf uns das nicht sagen! Ich muss mal sehen, was ich da noch tun kann. Heute ist da nichts auszurichten."

„Du meinst, jetzt wollen sie umso mehr beweisen, dass sie nach Recht und Ordnung arbeiten?"

„So ähnlich."

Er winkt, trotz der ausführlichen Erklärung ab, als sei all das nun nicht mehr der Rede Wert: „Aber *ich* weiß ja, dass du es nicht so gemeint hast."

„Ich werde nie wieder dieses unsägliche Wort aussprechen!", versichere ich im Versuch einer kleinen humorvollen Geste, die Hand zum Schwur hochgehalten.

Wir sind an einem Geländewagen, der schon bessere Tage gesehen hat, angekommen und Marco hält mir die Tür auf.

„Steig ein!"

---

[30] es tut mir leid
[31] Ich bin ein Depp

Dankbar verpasse ich ihm einen letzten dicken Kuss und schwinge mich auf den Beifahrersitz.

Ich fühle mich erleichtert wie ein Schwerstarbeiter, dem man den gewaltigen Zentnersack endlich von den Schultern nimmt. Ich kann es gar nicht fassen, wie überraschend sich die Dinge auf einmal geklärt haben.

Damit ist der Anlass meiner erneuten Reise eigentlich erledigt. Jetzt muss ich nur noch meine eingezogene Scheckkarte wieder einsammeln und wohl oder übel das Bußgeld bezahlen. Aber zumindest ist damit alles wieder im Lot. Marco und ich werden nun ein paar traumhafte Tage hier verbringen und dann zusammen wieder nach Hause fahren.

Dieser springt mit einem Satz auf den Fahrersitz. Ich schlinge meine Arme um seinen Hals: „Ich bin so froh, dass wir unser Missverständnis aus der Welt geschafft haben!"

„*Anch'io!*", lächelt er mich an und fügt dann allerliebst hinzu: „Verzeih mir, wenn ich dir Kummer bereitet habe!"

Mein Herz macht einen Salto.

Doch meine Euphorie wird von seinem nächsten Satz schon wieder ein wenig ausgebremst: „Meine Mutter will dich unbedingt kennenlernen!"

Das ist nicht gerade, was ich nach einer Versöhnung hören will. Und einer resoluten italienischen *mamma* unter die Augen zu treten, macht mir sogar ein bisschen Angst. Viel lieber würde ich die Zeit hier mit Marco alleine verbringen!

„Äh, ich muss erst den Kater einfangen", weiche ich deshalb der indirekten Einladung schnell aus.

Ein gedämpftes Vibrieren dringt aus Marcos Hosentasche. Er zieht sein Handy heraus, wirft einen schnellen Blick auf das Display und drückt das Gespräch weg.

„Kein Problem", meint er abwesend und schiebt das Telefon zurück in die Tasche. Doch noch bevor er den Motor starten kann, drängt es sich wieder energisch dazwischen.

Ungehalten nimmt er im gleichzeitigen Aussteigen aus dem Wagen das Gespräch an, schlägt die Tür hinter sich zu und läuft ein paar Schritte weg, so dass ich nicht mehr hören kann, was er spricht. Langsam beginnen diese ständigen, mysteriösen Anrufe mich zu nerven.

5. Überraschung

Der Kater sitzt mit übereinandergeschlagenen Beinen auf einem verzierten Marmorsockel, der einst den Fuß einer Säule gebildet haben muss.

Ein großer, goldbrauner Straßenhund liegt unweit im Schatten eines Oleanders und beäugt die wenigen Passanten, die um die Mittagszeit durch Garten und Haus des Fauns schlendern. Die Umgebung ist geprägt von antiken Säulen - teilweise stehend, oft jedoch in Stücken umherliegend -, alten Pflasterstraßen und zahlreichen noch intakten Mauern der einstigen Gebäude. Pompeji beeindruckt durch beinahe sichtbare Konservierung des einstigen Lebens in diesen Straßen.

Wir machen einen großen Bogen um die Bestie und nähern uns Massimiliano von der anderen Seite. Die wilden Hunde dieser antiken Stadt sind uns suspekt.

„Sehr schön, dass du es schon früher geschafft hast", begrüßt er mich, als wäre es das Selbstverständlichste der Welt, dass ich ein weiteres Mal nach Pompeij gekommen bin und hüpft von seinem Sockel auf die Beine. Er klopft sich die Anzughose glatt, lässt aber das Jackett lässig offen. „Ich sehe, ihr habt euch schon versöhnt. Umso besser! Dann können wir uns jetzt auf das Wesentliche konzentrieren. Fahren wir in dein Hotel!"

„Ich denke, ich soll dir helfen?", wundere ich mich.

Nachdem ich heute schon meine Scheckkarte aus den Fängen der Bank gerettet habe, bin ich bereit für neue Abenteuer. Mittlerweile bin ich sogar neugierig, welche Recherchen wir machen werden. Ich kann mich gegen die Faszination, die seine geheimnisvollen Aktionen im alten Pompeji bergen, nicht länger wehren.

„Oh, das tust du, das tust du!", versichert mir der Kater. „Es wird Zeit, dass ich in einem ordentlichen Haus unterkomme. Ich habe nun lange genug in diesen Häusern hier gewohnt. Sie sind wirklich nicht mehr standesgemäß. Keine Bar, kein fließendes Wasser, keine Wasserspülung für die Toilette, kein Sonnenschutz, kein ..."

„Das hatten diese Häuser früher wohl auch nicht", falle ich ihm verärgert ins Wort.

„Na, ganz im Gegenteil!", legt Massimiliano sofort los. „Da muss ich dich aber korrigieren! Viele dieser Villen hatten fließendes Wasser und in meiner gab es Toiletten mit Spülung. Die Bäder hier waren von luxuriöser Eleganz. Jeder konnte in so ein Bad gehen. Und überall gab es Sonnensegel. Und zahlreiche Brunnen, die laufend mit frischem Wasser über die Aquädukte gespeist wurden. Man konnte stets frisches Wasser trinken. Das heißt, wenn man nicht gerade in einer der zahlreichen Kneipen den Modedrink Honigwein mit Peperoni zu sich nahm, das war sozusagen der damalige Spritz."

Der Kater wirft mir einen verschmitzten Blick zu. Ich weiß, dass er will, dass ich näher nachfrage, was es mit diesem Getränk genau auf sich hat. Aber den Gefallen tue ich ihm nicht mehr, nachdem ich ihm zu meinem Bedauern schon fahrlässig eine Steilvorlage zu einem ausschweifenden Monolog geliefert habe.

„Das ist also die Hilfe, die du von mir brauchst?", überprüfe ich kritisch. „Ich soll dich nur in einem ordentlichen Hotel unterbringen? Deswegen musste ich nochmals den weiten Weg hier her machen?!"

„Ich kann ja wohl kaum selbst ein Zimmer nehmen", erwidert Massimiliano verständnislos. „Natürlich brauche ich dich dazu. Außerdem ist es mit der eröffneten Jagdsaison hier nun geradezu lebensgefährlich! Als Kater wird man schnell mit einem Hasen verwechselt."

„Da hat er nicht unrecht", bemerkt Marco nickend.

„Ich habe zweimal die Reise hier her gemacht, unter einem Vorwand Urlaub erschwindelt, mir jede Menge Ärger eingehandelt und einen Haufen Geld ausgegeben, und alles nur, damit du hier besser wohnst?!"

Meine Enttäuschung wandelt sich allmählich in Groll, denn ich habe den Eindruck, wieder einmal in die Falle des Katers getappt zu sein.

„Nanana", macht mein Hausgeist und winkt mit der Pfote vor meinem Gesicht herum, als schwinge er einen ermahnenden Zeigefinger. „Ärger und Urlaub erschwindeln hast du dir schon selbst zuzuschreiben. Du hättest schließlich gleich Marcos Einladung annehmen können."

„Da hat er schon wieder recht!", nickt Marco, scheint sonst aber wenig Notiz von unserer Konversation zu nehmen. Das Glucksen seines Mobiltelefons lenkt ihn wieder einmal ab.

Der Kater beobachtet den *Carabiniere* mit zusammengezogenen Augenbrauen. Dieser macht eine unwirsche Bewegung, dreht ab, entfernt sich ein paar Schritte und zischt unverständliche Sätze in das Gerät.

Ich brumme unmutig.

Massimiliano zuckt nur die Achseln und wendet sich wieder mir zu: „Wo bist du denn untergebracht?"

Ich schaue abwartend auf Marco, da ich selbst nicht weiß, was seine Pläne hinsichtlich dieser Frage sind.

Dieser hat flugs wieder aufgelegt und sogar sehr genau zugehört: „Ich habe uns ein hübsches Hotel reserviert, aber bevor wir dort hinfahren, habe ich noch etwas auf Capri zu erledigen."

„Wie schön!", begeistere ich mich sofort. „Capri kenne ich noch nicht!"

„Ich werde keine Zeit haben, mich um dich zu kümmern", erklärt er vorsichtig und setzt dann schnell hinzu, als er meinen enttäuschten Blick auffängt: „Aber wenn du Lust hast, könntest du dir die Insel derweilen ein wenig anschauen?"

„Ich komme mit", entscheidet Massimiliano sofort.

Ich sehe ihn fragend an. Zuerst war Pompeji das Zentrum seines Interesses und nun kann er es nicht erwarten, den Ort zu verlassen?

Doch vielleicht geht es ihm wie mir: Auch ich hatte gehofft, Spannendes in Pompeji zu entdecken, doch diese neue Idee finde ich mindestens ebenso reizvoll. Eher zur Bestätigung als aus Interesse forsche ich nach dem Grund dieses Planes: „Was hast du denn auf Capri zu tun?"

„Ich muss etwas erledigen."

Marco zuckt lässig die Achseln und wendet sich bereits ab, als wolle er damit signalisieren, dass weitere Worte überflüssig sind.

Ich runzle kurz die Stirn, und ich frage mich, warum er so ein Geheimnis darum macht.

Wir wenden uns zum Gehen, drehen aber sofort ab in die andere Richtung, als wir den Hund von zuvor plötzlich gefährlich nahe erblicken. Er hat seinen Platz unter dem Oleander aufgegeben und sitzt, uns scharf fixierend, nur wenige Meter vor uns.

„Sie ist harmlos", winkt der Kater ab und geht unbeirrt weiter, provozierend nahe an der Nase des Vierbeiners vorbei. Dieser knurrt ihn zwar kurz leise an, bleibt aber sitzen.

Marco und ich ziehen es jedoch vor, die sichere Route aus den Ruinen des Hauses zu nehmen und wir machen einen respektvollen Bogen um das Tier.

„Hunde, die bellen, beißen nicht", belehrt uns der Kater herablassend, der schon wartend an der Tür steht. „Sie ist ein wenig eigenwillig, aber nicht gefährlich."

„Sie? Woher weißt du, dass es eine *sie* ist?", erwidere ich, bleibe stehen und blicke mich wieder zu dem Hund um, als könnte ich seine Aussage durch Ferndiagnose überprüfen.

„Muss ich dir wirklich erklären, was der Unterschied zwischen männlich und weiblich ist?", fragt Massimiliano mit hochgezogenen Augenbrauen.

Marco schmunzelt verstohlen. Obwohl es eigentlich der Kater verdient hätte, blaffe ich ihn von der Seite an.

„*Sei un tesorino!*[32]", lacht dieser und zieht mich im Arm mit sich. „Komm, sonst verpassen wir die Fähre!"

Ermüdet von Wind und Sonne kehren wir am Abend des übernächsten Tages mit der letzten Fähre wieder zurück aufs Festland. Ein Sturm hatte uns überraschend für eine Nacht auf der Insel festgehalten. Als wir an Land gehen, bricht die Dämmerung bereits herein.

Marco chauffiert uns mit großer Heimlichtuerei und einem „lass dich überraschen" zu unserem Nachtquartier. Nach einer halben Stunde Fahrt, entlang endloser Lichtpunkte, die aufgereiht wie an einer Perlenkette die nächtliche Bucht von Neapel schmücken, biegen wir schließlich ab in eine Parkanlage.

Ein stattliches Tor, gerahmt mit zwei noch schmuckeren Säulen auf jeder Seite, lädt ein, den mit Zypressen gesäumten, kerzengeraden Fahrweg zu nehmen. An dessen Ende zeigt sich in einer Entfernung von ungefähr einem Kilometer ein charmantes, in sonnengelb gehaltenes Haus mit grünen Fensterflügeln. Laternen weisen uns den Weg. Die Auffahrt wirkt auf mich wie der Eintritt zu einem Fünfsternehotel.

---

[32] du bist ein Schätzchen

Eine einladende Empfangshalle in hellem Marmor leitet uns zu einem gemütlichen Zimmer mit Blick in eine beleuchtete Parkanlage. Marco war bereits im Besitz des Zimmerschlüssels.

Die Vorhänge und Bettdecke werfen so farbenfrohe, aufeinander abgestimmte Blumenmuster in den Raum, dass man glaubt, den betörenden Duft einer frischen Sommerwiese förmlich zu riechen.

Ich werfe mich rücklings auf das Himmelbett und rufe, die Arme ausbreitend: „Wie werden wir heute Nacht gut schlafen!"

Marco hat darauf bestanden, mich in dieses Hotel einzuladen und diesmal habe ich es nicht gewagt, die Geste auszuschlagen.

Der Kater hat sich, trotz der späten Stunde, sofort auf einen Streifzug um das Gebäude gemacht, die Gegend erforschen, wie er behauptete. Wir sind nicht böse darüber, weil es uns ein wenig Privatsphäre lässt.

Ich räkle mich auf dem Bett. Mit aufgeknöpfter Bluse versuche ich eine wortlose Einladung verführerisch auszusprechen.

Marco steht jedoch mit dem Rücken zu mir und fängt an, seiner disziplinierenden Militärerziehung folgend, unsere Sachen aus den Koffern ordentlich in den Schrank zu räumen.

„Komm her!", flüstere ich deshalb und winke mit dem Zeigefinger.

Sofort breitet sich ein genüssliches Grinsen auf seinem Gesicht aus.

Mit einem Griff streift er sein Hemd ab, kickt die Schuhe weg und lässt sich tief brummend von der Seite zu mir aufs Bett rollen. Seine Stimme vibriert über meinen Bauch, als er sich mit tausend Küssen nach oben zu meinem Gesicht arbeitet. Ein schwacher Rest von Aftershave hat sich mit dem salzigen Duft des Meeres auf seiner braunen Haut zu einer betörenden Mischung vereint. Ich atme dieses Opium tief ein und ein Feuerwerk explodiert in mir.

Was für ein aphrodisierender Mann! Ich kann es noch immer nicht fassen, dass dieser hinreißende Typ tatsächlich so in mich vernarrt ist!

Mit einem gedehnten Seufzer ergebe ich mich seinen Liebkosungen. Genießerisch schließe ich die Augen und lasse mich verwöhnen.

Die Koffer können warten.

Eine Tür knallt.

„Ooouh!"

Eine Männerstimme zieht den Buchstaben lautstark betont in die Länge.

Es folgt das Lamento eines kleineren Kindes, das sich nicht weniger hörbar ausführlich beschwert, dass es nicht alleine ins Badezimmer darf, dass dies ungerecht sei, dass es in der Lage sei, das alleine zu machen und dass immer nur die Großen bestimmen dürften. Der vermeintliche Vater beendet die Diskussion mit einem abgehackten „ä!".

Italienische Eltern drücken mit zwei Buchstaben aus, was in meiner Muttersprache mindestens drei Sätze benötigt: Zuerst bringen sie ihre Sprösslinge mit einem O[33] und dann einem E[34] zur Raison. Das finde ich grundsätzlich bewunderungswürdig, jedoch nicht um diese Uhrzeit.

Meine Armbanduhr zeigt sechs Uhr an.

Ich blinzle.

Auch Marco, der neben mir liegt, ist von dem Gezeter aufgewacht. Er brummt unwillig und schlingt im Halbschlaf seinen Arm um mich.

Massimiliano ist nicht im Zimmer. Er hat offensichtlich nicht hier mit uns übernachtet.

Schlaftrunken ziehe ich mir das Kissen schützend über den Kopf und versuche, noch ein wenig weiterzuschlafen.

Wieder hämmert eine schlagende Tür. Diesmal beginnt eine Frauenstimme auf dem Flur erheblich ausführlicher als zuvor der Vater, demselben zu erklären, wie die Kleidungsstücke des Kindes richtig angezogen werden. Sie ergeht sich so deutlich vernehmbar in einem Schwall an Details, als müssten alle anderen Gäste ebenfalls genau über dieses Procedere informiert werden.

In dieses Gezeter hinein vibriert Marcos Handy auf dem Nachttischchen neben uns. Im Halbschlaf drängt sich mir die Erinnerung an dasselbe Geräusch auf, das mich am Abend zuvor in meinen süßen Schlummer begleitet hat.

Wer ruft ihn nur zu solchen Zeiten immer wieder an?

Auch Marco ist nun wach. Mit einem flüchtigen Blick auf die Anzeige drückt er das Gespräch weg, springt mit einem Satz aus dem Bett und reißt die Tür zum Gang auf.

„Ooouh! Es gibt hier auch noch andere Gäste!"

Es hebt ein kurzer, jedoch heftiger Wortwechsel zwischen Mutter und Vater und meinem *Carabiniere* an. Diesmal knallt Marco die Tür.

Dafür ist auf dem Gang dann Ruhe.

Nun sind bestimmt alle Gäste im Hotel hellwach. Auch wir finden keinen Schlaf mehr. Leider hat sich mit dem Lärm auch jegliche romantische

---

[33] sinngemäß: jetzt reicht es! Jetzt ist aber gut! Genug von diesem Theater! Können/kannst Sie/Du nicht aufpassen?!

[34] In diesem Fall sinngemäß: So ist das Leben! Da gibt es jetzt nichts mehr zu diskutieren! Das ist zwar hart, aber das muss man so hinnehmen! Dem ist nichts mehr hinzuzufügen!

Stimmung verzogen. Wir stehen auf.

Während ich ins Bad unter die Dusche entschwinde, macht sich Marco daran, unsere Sachen aus den Koffern endlich in den Schrank zu räumen.

Träumend und noch immer in den Liebkosungen der letzten Stunden schwelgend, lasse ich das warme Wasser über meinen Kopf rieseln.

Was für eine Nacht!

Unsere Versöhnung hat jeglichen Rest an Vernunft in mir niedergerungen. Am liebsten würde ich den Rest meines Lebens hier in diesem wunderhübschen Hotel in den Armen meines leidenschaftlichen Italieners verbringen! Pflichtgefühl oder schlechtes Gewissen über meine erschwindelte Freiheit sind in dieser Nacht endgültig auf dem Altar der Seligkeit geopfert worden.

In Bademantel und mit einem Handtuch als Turban um den Kopf gewickelt, trete ich wie aus einem türkischen Hamam[35] zurück in unser Zimmer. Dampf qualmt aus der Tür hinter mir. Ich fühle mich leicht und entspannt und zu allem bereit.

Doch Marco steht bereits angekleidet vor den offenstehenden Schranktüren. Er dreht und wendet etwas in den Händen.

„Ma che cos'è questo?[36]*“*, murmelt er wie zu sich selbst.

Er hat das Stück offensichtlich aus einem unserer Koffer genommen. Die nächste Frage richtet er an mich:

„Was schleppst du in deinem Gepäck herum?!"

Ich trete zu ihm und küsse ihn kurz in den Nacken, bevor ich meine Aufmerksamkeit dem Gegenstand in seiner Hand zuwende.

Ich habe das Teil noch nie zuvor gesehen.

„Was ist das?", frage nun auch ich und nehme ihm einen flachen Tondachziegel aus der Hand. Ich betrachte das schmutzige Teil mit spitzen Fingern und wachsender Verwunderung von allen Seiten.

„Hier sind noch mehr!"

Marco holt zwei identische Stücke aus meinem Koffer und hält sie neben jenes in meiner Hand.

„Du hast ja einen richtigen Schutthaufen in deinem Koffer!?", wundert sich mein *Carabiniere.*

Anstatt der Tafeln wende ich mich jedoch entsetzt dem restlichen Inhalt meines Gepäckes zu. Meine Kleidungsstücke sind über und über verdreckt.

Ich werfe die Tonschindel in meiner Hand auf den Bettüberwurf. Dann

---

[35] Türkisches Dampfbad
[36] Aber was ist das denn?

ziehe ich meine ruinierte Seidenbluse und einen ehemals weißen Pullover aus meinem Koffer.

„Das geht nie wieder raus!", jammere ich und halte die Kleidungsstücke prüfend vor mich in die Luft, wie einst Klementine aus der Waschmittelwerbung.

„Wieso hast du das schmutzige Zeug nicht in eine separate Tasche gepackt?", fragt Marco das Offensichtliche.

Er legt eine der Tafeln ebenfalls beiseite. Die andere führt er nahe an seine Augen, die sich zu investigierenden Schlitzen verengen.

Bevor ich ihm erklären kann, dass ich nichts dergleichen eingepackt habe, winkt er mich zu sich: „Schau Dir das an! Lies mal!"

Frustriert werfe ich die Kleidungsstücke neben den Koffer auf den Boden und trete zu ihm.

Wir entziffern mühsam die Schriftzeichen auf der Terracottatafel. Es sind antike Buchstaben. Nur einige römische Ziffern erkenne ich als solche und ein Wort, welches ich als ‚Tiberius' entschlüssle.

Ich wage es kaum, den Gedanken zu Ende zu denken, der in diesem Moment von mir Besitz ergreift. Mit offenem Mund und Entsetzen in der Stimme stoße ich hervor: „Massimiliano!"

Marco zeigt auf die Schrift.

Er, seinerseits, folgt seinen eigenen Schlussfolgerungen: „Die Tontafeln … die geraubten Tafeln des Tiberius … das müssen sie sein!"

Abermals dreht und wendet er die tönernen Gegenstände, dann tritt er ins Tageslicht des Fensters und studiert die schlecht erkennbaren Worte aus der Nähe.

Ich verfalle indes in grenzenlose Bestürzung. Der Kater muss die Tafeln entwendet und sie irgendwann in einem unbeobachteten Moment in meinen Koffer geschmuggelt haben! Das ist es also, wofür er meine Hilfe braucht! Ich soll sein Diebesgut unbemerkt nach Bologna schaffen!

Mit dieser Erkenntnis überfällt mich Panik: Um Himmels willen! Wenn ich – nein wir! - damit erwischt werden!

Aufgeregt beginne ich im Zimmer auf und ab zu laufen. Marco scheint sich inzwischen von der Echtheit der Antiquität überzeugt zu haben und sieht mich an.

„Lisa! Das geht zu weit!"

Ich bleibe stehen und sehe ihn verwundert an.

„So etwas ist kein Souvenir, das man einfach mitnehmen kann. Das ist Eigentum des Staates Italien! Das gehört in ein Museum."

„Natürlich geht das zu weit", bestätige ich ihm heftig nickend. Wieder nehme ich meinen panikartigen Spaziergang durch das Zimmer auf. „Freilich gehört das in ein Museum! Meinst du, ich weiß das nicht?"

„Wieso tust du dann so etwas?" Marco legt das Stück, das er als letztes in der Hand gehalten hat, ebenfalls auf das Bett neben die anderen.

„Das war doch nicht ich!", erkläre ich ihm mit Nachdruck. „Das war Massimiliano!"

Marco holt tief Luft: „*Oh Dio mio!*[37] Lisa! Du kannst nicht eine Katze vorschieben, um einen solchen Diebstahl zu begehen!" Dann fügt er mit etwas Abstand zögernd hinzu: „Selbst, wenn sie spricht und ...". Er schüttelt den begonnen Satz ab.

Ich starre ihn baff an.

Marco glaubt, dass ich lüge!

Er denkt, ich würde Massimiliano vorschieben, um selbst einen so dreisten Diebstahl zu begehen.

Ich lasse mutlos die Arme sinken.

„Lisa!", fährt Marco fort, ergreift meine beiden Hände und spricht mit mir, wie mit einem aus dem Irrenhaus entflohenen Patienten, den man überzeugen will, selbständig zurückzukehren. „Wenn sie dich damit erwischen, bekommst du richtig Ärger. Dagegen ist die Anzeige der Beamtenbeleidigung ein Kaffeekränzchen!"

„*Basta!*"

Ich entreiße ihm meine Hände, die ich bis dahin brav stillgehalten habe.

„Genug damit! Ich war das nicht! Massimiliano ist durchaus in der Lage, so etwas zu tun. Im Gegenteil: Es ist sogar sehr typisch für ihn! Mit seinen zweitausend Jahren mangelt es ihm völlig an Gefühl für die Konsequenzen einer solchen Tat in der Gegenwart, verstehst du?"

Marco scheint von meinem Wutausbruch momentan überrascht. Jedoch reagiert er professionell ruhig, wie ein Kommissar, der den emotionalen Kontrollverlust des Gesetzesbrechers einzuordnen weiß. Sein Gesichtsausdruck verrät, dass er an seiner These festhält und sich durch mein Verhalten nur noch bestärkt fühlt.

„Okay", sagt er, um damit - ganz Polizist - beruhigend auf mich einzuwirken.

Was mich noch rasender macht. Ich wende mich beleidigt ab und verschränke die Arme vor meiner Brust.

„Ich werde dich nicht im Stich lassen," spricht er ungeachtet dessen

---

[37] Oh, mein Gott!

weiter. „Wir bringen das in Ordnung. Irgendwie. Ich weiß zwar noch nicht wie, aber wir werden das bereinigen. Vertrau mir. Ich überlege mir etwas."

„Vertrau *du* mir lieber erst mal!"

Tränen schießen mir in die Augen. Tränen der Wut, Tränen der Panik, Tränen der Enttäuschung darüber, dass er mir nicht glaubt.

Er nimmt mich in die Arme: „Beruhige dich."

„Ich will und kann mich aber nicht beruhigen!", zetere ich empört und winde mich aus seiner Umklammerung.

Ich reiße mir das feuchte Handtuch vom Kopf und wickele die Tafeln hastig darin ein. Suchend nach einem Versteck drehe ich mich ein paar Mal um die eigene Achse.

„Wir müssen zusehen, dass kein Zimmermädchen hier reinkommt und sie beim Aufräumen findet!"

Marco nimmt mir sanft das Handtuchpaket aus der Hand, als sei ich eine mit Vorsicht zu behandelnde Hysterikerin.

„Ich bringe sie an einen sicheren Ort. *Non preoccuparti!*[38] Und dann überlegen wir in Ruhe, was wir tun werden. Zieh dich inzwischen an, *dai*[39]!"

Er küsst mich mit einem *„stai calma!"*[40] kurz auf die Wange. Damit schlüpft er auch schon zur Tür hinaus.

Ich lasse mich wütend auf das Bett plumpsen.

Diesmal ist der Kater zu weit gegangen! Diesmal werde ich ihm gehörig den Kopf waschen!

Er wird noch meine gerade erst begonnene Liebe ruinieren, wenn er so weiter macht. Ihm habe ich es zu verdanken, dass Marco mich zu so einer Tat für fähig hält! Gerade erst haben wir unser gegenseitiges Vertrauen wieder gekittet. Nun zeigt sich schon wieder ein Riss im Gewebe unserer Beziehung. Und damit nicht genug! Ein *Carabiniere*, dessen Freundin mit historischem Diebesgut erwischt wird, das gefährdet nicht nur mich, sondern auch ihn!

Noch schlimmer wäre es allerdings, der *Carabiniere* wird auf frischer Tat ertappt, wie er die Fundstücke vergräbt! Mit diesem Gedanken fahre ich mir mit beiden Händen durch die feuchten Haare, als wollte ich sie mir raufen.

Ich springe auf und hechle eine Runde durch das Zimmer. Dann zwinge ich mich zur Ruhe: nachdenken, Lisa! Nachdenken!

---

[38] Mach dir keine Sorgen!
[39] Komm, auf geht's
[40] Bleib ruhig!

Was ist jetzt wichtig?

Wieder lasse ich mich auf dem Bett nieder und lege beide Hände wie in Meditation mit einem tiefen Atemzug auf meine Schenkel.

Das Diebesgut wieder zurückbringen, ja, natürlich. Das wird auch Marco tun, unabhängig davon, was er denkt. Aber wie kann ich ihn von meiner Unschuld überzeugen?

Ich muss den Kater vor Marco zur Rede stellen, damit dieser Zeuge des Geständnisses wird und mit eigenen Ohren hören und verstehen wird, dass ich das nicht getan haben kann. Genau!

Dieser Idee gemäß springe ich wieder auf die Beine, rubble mir dürftig das Haar trocken, ziehe rasch etwas an und sause, mit den Sandalen noch in den Händen, die Treppe hinunter an die Rezeption. Im Laufen ziehe ich sie mir stolpernd über die Füße. Ich muss Massimiliano sofort finden!

Kaum nähere ich mich dem Tresen, wehen mir enthusiastische Worte entgegen: „Finalmente![41] Ich freue mich, Sie kennenzulernen! Wie gefällt es Ihnen bei uns? Sind Sie zufrieden? Haben Sie irgendwelche Wünsche?"

Die Frau hinter der Anmeldung ist in meinem Alter und, im Gegensatz zu mir, korrekt gekleidet. Sie trägt einen adretten dunklen Hosenanzug, streng nach hintengekämmte, tiefschwarze Haare, die sie in einem Pferdeschwanz gezähmt hat und streckt mir freundlich die lackierten langen Fingernägel entgegen.

Ich streife mir eine nasse Haarsträhne hinters Ohr, als könne ich damit meinem Erscheinungsbild mehr Eleganz verleihen. Der überschwänglich freundliche Empfang in diesem Haus ist zwar ausgesprochen lobenswert, kommt mir jedoch, wieder mal, alles andere als gelegen.

„Danke", lächle ich flüchtig und bitte sie vorsichtshalber, kein Zimmermädchen während unseres Aufenthalts hinaufzulassen. Nach dieser miesen Überraschung will ich einfach nur noch auf Nummer sicher gehen.

Sie nickt verständnisvoll.

„Keinen Zimmerservice!", betone ich nochmals und sie nickt wieder, noch immer verschwörerisch dreinblickend. Sie hält uns für frisch verliebt, was wir ja auch sind und vermutet offensichtlich andere Gründe hinter meiner Bitte. Umso besser!

„Wir freuen uns alle sehr, Sie hier zu haben!", betont die junge Frau nochmals mit einem Strahlen, als wollte sie damit die Beleuchtung in der Empfangshalle ersetzen. „Wenn es noch etwas gibt, was wir tun können?"

„Nein, danke", antworte ich, verstört über diese penetrant anhaltende

---

[41] Endlich

Fürsorge. „Wenn Sie zusehen, dass wir in Ruhe gelassen werden ... das wäre nett."

„*Ma, certo!*" Sie zwinkert mir zu wie eine Vertraute anlässlich eines geheimen VIP-Besuches, die lästige Autogrammjäger vom Leibe zu halten hat.

Ich wende mich ab.

Doch meine dringliche Jagd nach dem Übeltäter wird ein weiteres Mal vereitelt.

„Lisa?"

Ich drehe mich um die eigene Achse.

„Lisa!"

Meine italienische Freundin aus Bologna fällt mir um den Hals: „Was machst du denn hier?! Bist du etwa wegen meiner Ausstellung gekommen? *Dai, che bello!*"[42]

„Vittoria!", stottere ich verdattert und kann vor lauter Überraschung nur dumm fragen: „Welche Ausstellung?"

Vittoria zieht mich von dem Empfang weg an das andere Ende der Halle. Sie zeigt auf ein großes Plakat an einem Ständer, auf welchem ihr Name und eine Ausstellung ihrer Bilder mit Tanzperformance für diese Tage angekündigt sind.

„Was für ein Zufall", spreche ich mehr zu mir selbst, als zu ihr. Ich kann es einfach nicht glauben, dass wir uns ausgerechnet in diesem Moment und partout hier über den Weg laufen.

„*Onestamente*"[43], meint sie gedehnt und blinzelt gekünstelt, „ganz so groß ist der Zufall nicht, wie du glaubst." Das Zuzwinkern an diesem Tag scheint sich in meiner Umgebung großer Beliebtheit zu erfreuen.

Ich verstehe, dass ich mit Neugierde auf Vittorias Aussage reagieren sollte, dass sie erwartet, dass ich nachfrage. Aber ich bin nur daran interessiert, den Kater so schnell als möglich zu finden und mit auf unser Zimmer zu schleifen, um ihn eines Verhörs zu unterziehen. Aus den Augenwinkeln suche ich das Umfeld ab, während ich mich bemühe, halbwegs interessiert zu fragen: „Wieso?"

„Maurizio und ich sind uns nähergekommen", gesteht die Künstlerin und zwinkert schon wieder, diesmal verschwörerisch.

„Ehrlich?"

Maurizio und Vittoria? Ich kenne beide gut, aber das hätte ich nicht vermutet. Doch selbst wenn die beiden nun ein Paar sind, so erschließt sich

---

[42] sag bloß, wie schön!
[43] ehrlich gestanden

mir der Zusammenhang ihrer Gegenwart in diesem Hotel noch immer nicht.

Vittoria beginnt aufgeregt, mir von dem, seit ihrer letzten Ausstellung in Bologna sich anbahnenden Techtelmechtel zu berichten. Ich folge ihren Worten nur mit halbem Ohr.

„Suchst du jemanden?", fragt sie mich unvermittelt aus ihrer Geschichte heraus.

„Ähm, ehrlich gesagt: ja."

Das ist die Chance, die Unterhaltung auf einen späteren Zeitpunkt zu vertagen, denn natürlich will ich wissen, was da im Einzelnen geschehen ist. Nur nicht jetzt.

„Marco muss hier irgendwo sein. Wir müssen dringend etwas erledigen. Sehr dringend."

Ganz so schamlos, wie meine jüngsten Schwindeleien finde ich diese Ausrede nicht, selbst wenn ich die Entwicklung der Wahrheitsverbiegung in meinen Aussagen allmählich bedenklich finde.

Mein Ablenkungsmanöver veranlasst Vittoria zu einem noch größeren Freudenausbruch: „Na so was! Marco ist auch hier?! Stell dir vor: Maurizio auch!"

„Was? Der auch?"

Ich kann mich über diese unter normalen Umständen durchaus angenehme Überraschung einfach nicht so freuen. Ich fürchte geradezu, dass die Anwesenheit meiner Freunde hier die Dinge noch mehr verkomplizieren wird. Sie sieht mich enttäuscht an.

„Treffen wir uns heute Abend auf einen Aperitif!", schlage ich deshalb eilig vor, um sie nicht völlig vor den Kopf zu stoßen.

Sie nickt.

„Sei mir nicht böse, aber ich habe es wirklich sehr eilig! Bis heute Abend."

Und damit drücke ich sie kurz und flüchte zur Tür hinaus. Wie sind meine Freunde bloß ausgerechnet auf dieses Hotel gekommen?!

6. Schichten

Am Ende des Hotelparks weiden in der Ferne Büffel hinter Gattern. Sie sind weit genug entfernt, um den Geruch der Tiere nicht in der Nase, das malerische, ländliche Bild jedoch stets vor Augen zu haben.

Ich laufe einmal rund um das Gebäude, entlang des von Blumen und gewaltigen Terracottatrögen, Bäumen und exotischen Pflanzen gesäumten Spazierweges, vorbei an einem Pool. Den hatte ich zuvor gar nicht bemerkt. Ein paar Gäste schwimmen oder liegen in der Sonne auf einem der aufgereihten Liegestühle.

Der Kater ist nicht hier.

Ich gehe weiter, vorbei an einem Anbau, in dem gerade eine Veranstaltung stattfindet. Das Fenster ist mit Sonnenblenden größtenteils verdunkelt, aber ich kann den Vortragenden durch einen Spalt sehen, wie er zu einer Gruppe Menschen spricht. Schließlich erreiche ich das Restaurant, das neben dem Eingang liegt, wo mein Rundgang begonnen hatte.

Unverrichteter Dinge blicke ich noch einmal in Richtung der Büffel und überlege, ob ich einen größeren Kreis um das Hotel absuchen soll.

Marco kommt aus dem Eingang und ergreift im Laufen von hinten meine Hand.

„Alles in Ordnung", raunt er mir zu und zieht mich mit sich. „Das Paket ist erst mal in Sicherheit. Komm, wir laufen eine Runde durch den Park!"

Ich bin erleichtert: „Wo hast du es versteckt?"

„Hinter dem Misthaufen bei den Büffeln. Da sucht bestimmt niemand. Bis da mal wieder jemand hinkommt, haben wir eine Lösung gefunden."

Tatsächlich scheint mir dieses Versteck sicher und ich bin einverstanden mit dem Spaziergang, weil ich hoffe, den Kater vielleicht beim zweiten Mal aufspüren zu können.

„Das Wichtigste ist jetzt, das Diebesgut so schnell wie möglich zurückzubringen", fängt Marco an, sobald wir außer Hörweite anderer Menschen sind. Diese Priorität entspricht ganz und gar nicht meinem Empfinden, aber ich muss ihm widerwillig rechtgeben. Es wäre in der Tat unnütz, die Täterfrage zwischen uns geklärt zu wissen, wenn wir im Besitz der Tafeln erwischt würden.

„Aber wohin zurückgeben?", frage ich. Zwar drängt es mich, mit beinahe unerträglicher Ungeduld, ihn von meiner Unschuld zu überzeugen, aber das muss ich wohl zunächst hintanstellen. Zuerst muss die Gefahr gebannt werden, in der wir uns beide befinden, solange die Fundstücke in unserem Besitz sind.

„Selbstanzeige."

Marco verlangsamt seinen Schritt: „Du sagst, dass du sie offen herumliegen gefunden hast und dachtest, das sei ein nettes Souvenir. Als du dann in der Zeitung davon gelesen hast, hast du sofort bei der Polizei angerufen."

„Das kann doch nicht dein Ernst sein!" Ich bleibe auf dem Fleck stehen. „So etwas würde ich doch nie tun! Das ist ja geradezu dumm naiv! Das glaubt doch kein Mensch!"

„Das spielt keine Rolle", bremst mich der *Carabiniere* in ihm aus. „Essentiell ist, dass wir dich ...", er wirft mir an dieser Stelle des Satzes einen eindringlichen Blick zu, „... und nebenbei gesagt auch mich, aus dieser Misere herausbekommen!"

„Ich will keine Selbstanzeige erstatten", beharre ich. „So weit kommt es noch: dass ich mich selbst für etwas anzeige, was ich nicht getan habe! Am Ende buchten sie mich ein, weil diese lästige Sache mit der Beleidigung noch im Raum steht! Da kommt dann eins zum anderen und am Ende halten sie mich für eine gefährliche Verbrecherin und verweisen mich des Landes!"

„Na, so schnell geht das auch wieder nicht", versucht mich Marco zu beruhigen. „Es ist aber das einzig Vernünftige, was wir tun können."

„Gibt es nicht doch auch eine weniger vernünftige Möglichkeit, die trotzdem funktioniert?", dränge ich ihn. „Vielleicht so etwas wie eine Babyklappe? Du weißt schon, wo man kleine Kinder anonym zur Adoption abgibt, wenn man sie nicht behalten kann? Gibt es so eine Klappe für Diebesgut, das man anonym zurückgeben will?"

„Nein, so etwas gibt es nicht."

Marco schüttelt den Kopf und sieht mich dabei ein wenig mitleidsvoll an: „Das würde öfter aufgebrochen, als befüllt."

Ich habe das Gefühl, dass er mich nun für noch naiver hält.

„Aber das bringt mich auf eine Idee", murmelt er und krault sich nachdenklich das Kinn.

Ich sehe hoffnungsvoll auf: „*Dimmi!*"[44]

„Wir sind heute Abend bei meiner Familie zum Essen eingeladen", fängt er gedehnt an.

Ich falle ihm ins Wort: „Das kommt aber sehr ungelegen im Moment, meinst du nicht? Außerdem verstehe ich nicht, inwiefern das jetzt helfen soll?"

„Es kommt sogar sehr gelegen!", erwidert Marco und zieht mich ein wenig zur Seite, weil ein anderer Gast in Badehose und mit einem Handtuch über den Schultern des Weges kommt.

„Mein Onkel wird auch da sein. Das bedeutet, dass niemand in seiner Villa sein wird. Er wohnt nicht weit vom Haus meiner Eltern. In der *Via Rossini*. Ich erinnere mich, dass er vor Jahren eine Zustellungsbox in seinen Garten einbauen ließ, weil er öfters größere Sendungen erhält und es leid wurde, sie immer auf dem Postamt abzuholen. Das Ding musst du dir wie einen überdimensionalen Briefkasten vorstellen. Dort könnten wir das Paket tatsächlich anonym hineinlegen und es wäre sicher."

Ich lese ihm mit zusammengekniffenen Augen beinahe jedes Wort von seinen Lippen ab, um es zu begreifen, bevor es durch meinen Gehörgang in mein Bewusstsein dringt. Aber ich kann ihm einfach nicht folgen!

„Was soll denn dein Onkel mit dem Diebesgut?"

„Er ist der Leiter des Archäologischen Museums[45], wo diese Tafeln sowieso hinkommen würden."

„Der Leiter des Museums ... ah!"

Das kommt tatsächlich gelegen, denke ich hoch erfreut und werde

---

[44] sag mir!
[45] Den Grundstock für das Archäologische Museum in Neapel bildeten 1787 die Funde aus den beiden Großgrabungen in Herculaneum und in Pompeji.

schon beim Gedanken an dieses Unterfangen nervös.

„Wird er nicht die Polizei informieren?", überlege ich in der Folge. Wäre ich der Leiter eines Museums und würde so einen Raub in meinem Briefkasten finden, würde ich das tun, um mich von jeglichem Verdacht zu befreien.

„Bestimmt", bestätigt Marco meine Überlegungen.

„Und was ist mit Fingerabdrücken?"

Vor meinem geistigen Auge sehe ich schon Heerscharen von Polizisten, einen, mit rot-weiß gestreiftem Plastikband abgesperrten Gartenbereich um den Briefkasten, die Spurensicherung mit Pinzetten und Pinsel, wie sie einen Fingerabdruck von uns entdecken und Marco überführt wird. Er wird sofort vom Dienst suspendiert und beide landen wir in Untersuchungshaft und werden verurteilt.

„Darum kümmere ich mich!", unterbricht Marco meine galoppierende Horrorvision. Aber nun bin ich bereits von dem Schreckensszenario so eingeschüchtert, dass ich den Kopf schüttle:

„Nein! Das ist zu gewagt. Ich kann nicht verlangen, dass du als *Carabiniere* so ein Risiko eingehst. Kommt nicht in Frage!"

Er sieht mich ganz Ohr an.

Dann nickt er zufrieden: „Du hast recht. Die Selbstanzeige ist schlichtweg der richtige Schritt."

Er tätschelt mir dabei liebevoll mit der Hand die Wange. Mir drängt sich das Gefühl auf, dass er mich durch einen psychologischen Schachzug dazu gebracht hat, das zu sagen, was im Grunde seine Absicht war?

Eine Selbstanzeige ist jedoch nach wie vor nicht mein Vorhaben.

Doch einen Plan habe ich durchaus. Ich habe ihn soeben geschmiedet. Danach soll nicht Marco, sondern der Kater das Diebesgut in dem Briefkasten ablegen. Katzenpfoten sind kein Fingerabdruck und verlorene Pelzhaare würden auch keinen Verdacht erwecken. Außerdem ist es die angemessene Erziehungsmaßnahme für sein Vergehen, ihn es selbst wieder in Ordnung bringen zu lassen. So wird er es sich das nächste Mal vorher überlegen, bevor er wieder etwas tut, das mich dermaßen in Verlegenheit bringt.

Ich lächle Marco generelle Zustimmung signalisierend an, während ich noch über die exakte Ausführung nachdenke. Er küsst mich auf die Stirn, als wolle er mich loben, weil ich zur Vernunft gekommen bin.

Das Lächeln auf meinen Lippen droht zu dem *Freeze* einer Miss Universum in Siegespose zu verkümmern, als mir endlich der rettende Einfall kommt. Ich hole Luft, doch ein erneuter Geistesblitz lässt mich verstummen.

Der Plan hat noch einen Vorteil! Wenn ich Marco irgendwie dazu bringen kann, mich bei diesem Vorhaben zu begleiten, ohne selbst darin aktiv zu sein, dann wird er Zeuge der umgekehrten Handlung des Diebstahls. Das wäre der Beweis: Der Kater hat diese Tat vollbracht und ich bin unschuldig.

Da ich annehme, dass Marco diesem Plan freiwillig nicht zustimmen wird, werde ich ihn wohl mit einer List dazu bringen müssen. Ich muss mir also etwas einfallen lassen.

Dass ich den Kater zu meinem Plan verdonnern werden kann, daran habe ich keinen Zweifel. Entweder das, oder ich werde ihm damit drohen, mir Tanzmäuse zuzulegen, deren Käfig er sauber halten muss. Das sollte ihn überzeugen.

„Für welche Uhrzeit sind wir denn eingeladen?", will ich wissen.

„Acht Uhr", beantwortet Marco meine Frage.

Ich werfe einen schnellen Blick auf seine Armbanduhr.

„Ich muss duschen und mich umziehen!"

In Wahrheit muss ich Massimiliano finden und diesen Plan aufgleisen. Und ich habe nur noch drei Stunden, um das zu bewerkstelligen.

„Was, jetzt schon?", wundert sich Marco über diesen Überschuss an Vorbereitungszeit.

„Ich lerne deine Eltern, deine Mutter kennen? Auf keinen Fall trete ich ihr so unter die Augen!", behaupte ich mit gespielter Überzeugung und ziehe demonstrativ an meiner Kleidung und zupfe ein wenig an meinem wirren Haar.

Das einzig Wahre in diesem Satz sind die Worte ‚auf keinen Fall'. Unter keinen Umständen werde ich nämlich Selbstanzeige erstatten, ohne vorher alle anderen Möglichkeiten ausgeschöpft zu haben. Massimiliano muss die Tafeln zurückgeben, und zwar noch heute Nacht!

Der Mann in Marco nimmt mir meine Ausrede tatsächlich ab. Er lächelt nachsichtig: „Und morgen früh fahren wir dann gleich aufs Polizeipräsidium."

„Morgen früh ...".

Ich nicke, lasse das Ende meines Satzes aber bewusst offen. Wenn mein Plan aufgeht, wird sich bis dahin alles in Wohlgefallen aufgelöst haben.

„Übrigens", ich drehe mich im Weggehen nochmals zu Marco um und werfe ihm einen verschwörerischen Blick zu. „Hast du irgendwo Handschellen griffbereit?"

Er zieht überrascht die Augenbrauen hoch: „Du meinst für morgen, wenn wir auf das Präsidium gehen? Nicht doch!"

„Eher für heute Abend", antworte ich geheimnisvoll.

„Nein, nicht hier", grinst er dann, „aber ich kann welche besorgen."

„Tu das! Gleich!", ermutige ich seine heimlichen Gedanken, die deutlich sichtbar auf seinem Gesicht zu lesen sind.

„Auch sofort, wenn es so dringend ist", grinst er noch mehr.

„Gut", bestätige ich keck, wende mich um und lasse ihn stehen. „Warte in der Bar auf mich!"

Einer inneren Eingebung folgend setze ich meine Suche im Hotelinneren fort und finde den Kater tatsächlich im Fernsehraum auf der Couch liegend. Er hat die Pfoten hinter dem Kopf verschränkt, als ruhe er auf unserem Sofa zu Hause.

Er ist alleine und schaut mit ernster Miene auf den Bildschirm, wo gerade eine lautstarke Auseinandersetzung von *uomini e donne*[46] läuft.

„Die Kommunikationsfähigkeit der Menschheit entwickelt sich rückwärts", spricht er in den Fernseher, ohne überhaupt aufzusehen.

Ich schließe die Tür hinter mir.

„Was hast du dir dabei bloß gedacht?!", fahre ich ihn unvermittelt an und stemme, mich vor dem Diwan bedrohlich aufbauend, die Arme in die Hüften.

Er blinzelt und richtet sich auf.

Ich kann meinen Ärger nicht bremsen. Ich rede weiter auf ihn ein, bevor er etwas antworten kann: „Wie kannst du mich in solche Schwierigkeiten bringen!? Und Marco erst! Der riskiert seine Karriere wegen dir! Wenn uns jemand erwischt, sind wir dran, alle beide! Verstehst du?"

„Sprichst du von meinen Rezepten?", fragt Massimiliano und schlägt scheinbar neugierig die Augenlider hoch.

Ich habe eine Szene erwartet, dass er abstreitet, den Unschuldigen spielt, sich mit tausend Ausreden aus der Affäre winden würde. Sein kerzengerades Eingeständnis passt nicht in meine Erwartungshaltung, weshalb ich erst einmal verblüfft innehalte und mich dann auf einen Stuhl setze.

„Das sind Rezepte?", frage ich halb interessiert, halb, um Zeit zu gewinnen und meine Gesprächsführung wieder in den Griff zu bekommen.

„Meine Kochanleitungen", nickt Massimiliano, setzt sich auf und richtet sich so aus, dass er mir frontal gegenübersitzt.

Er macht große runde Augen, legt die Pfoten in den Schoß und fährt

---

[46] Übersetzt: Männer und Frauen, beliebte TV-Dating-Show, in welcher jedes Probedate ausführlich öffentlich diskutiert wird und es damit häufig zu Szenen kommt

mit leidenschaftlichem Pathos in der Stimme fort: „Meine besten Rezepte! Überliefert von Generation zu Generation zu Generation. Es war damals ganz schön mühsam, sie in Ton zu kratzen. Aber Papyrus war in der Nähe des Herdes nicht dienlich. Das leuchtet ein, *capisci*[47]? Deshalb habe ich mir die Mühe gemacht. Und es hat sich gelohnt: Sie sind völlig intakt und in einem Stück und gut lesbar. Als hätte ich geahnt, dass eines Tages ein Vulkan alles in Asche vergraben wird und diese über zweitausend Jahre warten müssen, bis sie wieder ausgegraben werden. Ich werde uns diesen Schichtsalat zubereiten, wenn wir wieder zu Hause sind. Es war mein Meisterwerk! Unser Haus war berühmt für seinen Schichtsalat ...“

„Papperlapapp!“, unterbreche ich ihn energisch. „Da steht eindeutig der Name des ‚Tiberius‘ drauf! Das kann sogar ich lesen!“

„Dieser Name steht da nur, weil *ich* ihn hineingeritzt habe!“, antwortet der Kater und rümpft beleidigt die Nase.

„Du?! Was hast du mit Kaiser Tiberius zu tun?“

Ich bin entschlossen, Massimiliano diesmal zu entlarven.

„Dieser Schichtsalat ist das Rezept des Kochs des Tiberius, der es dem Koch unseres Hauses bei einem Besuch verraten hat. Unser Koch konnte als Sklave aber nicht schreiben und so habe ich das übernommen. Auf einer dieser Tafeln steht ‚Tiberius' Schichtsalat‘, weil ich das Rezept so getauft habe. Die Tafeln gehören mir und waren niemals das Eigentum dieses Kaisers! Das ist wieder einmal so eine Idee von diesen Wahrheitsverdrehern, meine Rezepte ‚Die Tafeln des Tiberius‘ zu nennen, nur weil zufällig dieser Name draufsteht! Ihr Menschen erschafft so mir-nichts-dir-nichts Wahrheiten, nur weil die wirkliche nicht in euer Weltbild passt. Hast du dich jemals gefragt, warum zum Beispiel ...“

„Massimiliano“, unterbreche ich ihn mit Bestimmtheit, aber schon nachsichtiger. Es berührt mich, dass er in seiner Unschuld nur sein Eigentum geholt hat, das für ihn einen so hohen Wert hat. „Du bringst uns damit in große Gefahr.“

Der Kater kräuselt die Lippen: „Zugegeben, so ein altes Rezept kann euren modernen Verdauungsapparat ein wenig strapazieren. Sehr wahrscheinlich sogar.“ Er reibt sich dabei den Bauch. „Aber das Gefahr zu nennen, ist wieder einmal exorbitant übertrieben! Wirklich Lisa, wieso neigst du immer zu solchen Übertreibungen?!“

Ich schnaufe einmal tief durch.

„Hör mir zu!“, sage ich dann mit Entschiedenheit, denn ich habe zu

---

[47] Verstehst du?

wenig Zeit, um lange mit ihm zu debattieren.

Der Kater sieht mich daraufhin schweigend und mit gespitzten Lippen an. Ich erkläre, dass die alte Stadt Pompeji in der heutigen Zeit nicht mehr als eine solche betrachtet wird, sondern eine Art Freilichtmuseum ist.

„Alles, was in diesem Museum gefunden wird, gehört dem Staate Italien. Etwas aus einem Museum zu entwenden, ist daher Diebstahl. Somit gelten in der aktuellen Epoche lebende Menschen, die im Besitz der entwendeten Tontafeln entdeckt werden, als Diebe. Verstehst du?"

Massimiliano verzieht keine Miene, verschränkt aber demonstrativ die Pfoten vor seinem Brustkorb und brummt wie ein Tiger, den man in seinem Mittagsschlaf stört.

Nachsichtig füge ich hinzu: „Ein römischer Hausgeist fällt natürlich nicht unter diesen Gesichtspunkt. Da ein *penato* aber unsichtbar ist und die besagten Tontafeln nicht, ergibt sich schlussfolgernd ein kritisches Problem für die durchaus sichtbaren Menschen in seiner Nähe!"

Massimiliano erhebt sich und schiebt die Pfoten in die Hosentasche: „Das habe ich nicht berücksichtig."

Seine schlagartige Einsicht setzt mich schon wieder schachmatt.

„Du sagst also: Wenn wir damals, als meine Familie und wir *penati* über Rom nach Bologna gezogen sind, diese Rezepte mitgenommen hätten, ..." - er schielt mich von der Seite an - „... dann wären sie heute noch mein Eigentum? Da sie aber zurückgelassen wurden in unserem Haus und dieses heute ein Museum ist, sind sie nicht mehr mein Eigentum?"

Ich runzle die Stirn und antworte dann zögerlich: „Ja. Richtig. Meines Erachtens ist das so. Es gibt vermutlich keinen Präzedenzfall für diese rechtliche Frage. Zumindest nicht für Pompeji."

Ich ergänze die letzte Bemerkung schnell, denn ich kann mir gut vorstellen, dass ähnliche Besitzstreitigkeiten in jüngeren Zeiten, durch politische Grenzverschiebungen hervorgerufen, durchaus vorgekommen sein könnten. Und da ich nicht in juristische Spitzfindigkeiten abdriften will, schließe ich seinen Diskurs mit einer Schlussfolgerung des gesunden Menschenverstandes: „Überdies gibt es außer dir vermutlich niemanden mehr, der aus dieser Zeit noch lebt. Es ist also müßig, diese Rechtslage infrage zu stellen. Und darüber hinaus sind Tiere nach geltendem Recht Sachen. Du bist also keine Rechtsperson. Du könntest gar keine Ansprüche anmelden."

„Da zeigt sich wieder mal die menschliche Arroganz!", posaunt der Kater. Er läuft einmal, die Hände hinter seinem Rücken verschränkt, um das Sofa herum, bevor er wieder vor mir stehen bleibt.

„*Detto questo*[48], was schlägst du vor?"

Abermals trifft mich seine unerwartete Vernunft unvorbereitet und ich kann nicht zügig genug antworten. Er umkreist das Sofa ein zweites Mal, diesmal in der entgegengesetzten Richtung.

„Ich kann die Tafeln nicht zurückbringen, selbst wenn ich das wollte! Sie bewachen das Haus mittlerweile wie eine Bank vor einem großen Geldtransport."

„Das musst du auch nicht", entgegne ich schließlich. „Setz dich und hör mir zu: Ich habe einen Plan."

Und ich erkläre ihm ausführlich mein Vorhaben und welche Rolle er dabei zu spielen hat.

---

[48] Sinngemäß: Nachdem dies klargestellt ist; nachdem dies ausgesprochen ist

7. Sichtbare Beweise

Es bleibt mir sogar noch genügend Zeit, mich tatsächlich ein wenig herzurichten. Bei aller Priorität anderer Dinge ist es mir doch von verhältnismäßiger Bedeutung, einen guten ersten Eindruck auf Marcos Familie zu machen.

Er selbst trägt ein nagelneues Hemd und eine betörende Wolke von Aftershave.

Es ist ein wunderschöner, warmer Herbstabend. Die Sonne hat den ganzen Tag die Luft erwärmt, als wollte sie dem guten Ruf der Nachsaison alle Ehre machen. Erste Fledermäuse sausen auf der Jagd nach Mücken durch die Pinienkronen über unseren Köpfen wie die Vampire aus dem romantischen Hollywoodhype der letzten Jahre. Wie gut, dass sie im wahren Leben keine Vegetarier sind, denke ich.

„Darf ich bitte ans Steuer?", frage ich auf dem Hotelparkplatz, als Marco mir die Beifahrertür wie gewohnt öffnen will. „Ich wollte schon immer mal einen Geländewagen fahren. Wem gehört der eigentlich?"

„Geborgt. Von meinem Bruder."

Er wirft mir fröhlich die Schlüssel zu und steigt selbst auf der rechten Seite ein. Ich hake gedanklich die erste kleine Hürde in meinem Plan als erfolgreich ab: Ich bin im Besitz des Autoschlüssels.

„Sollten wir nicht Wein oder einen Strauß Blumen für deine Mutter mitbringen?", überlege ich scheinbar in letzter Minute.

Er zieht eine Flasche Wein hervor und reicht sie mir mit den Worten: „Sie schätzt Schnittblumen nicht."

Dass er an ein Geschenk denken würde, habe ich sogar in Betracht gezogen. Doch zum Glück hat er keine Pralinen gekauft. Die habe ich aber an der Rezeption erstanden und absichtlich auf dem Zimmer vergessen. Ich bitte ihn, diese doch noch zu holen.

Kaum ist er außer Sichtweite, springt der Kater mit einem Paket unter dem Arm hinter einem Baum hervor und durch die Hintertür des Wagens, die ich bereits offenhalte. Im rückwärtigen Kofferraum duckt er sich so klein, dass man ihn nicht mehr sieht. Nur seine weiße Schwanzspitze lugt noch hervor. Sie verschwindet wie eine Maus in ihrem Loch, als ich ihn darauf hinweise.

Auch Punkt zwei meines Plans hat reibungslos geklappt: Kater und Diebesgut sind im Auto.

Bald darauf erspähe ich Marco mit dem Handy am Ohr und den Pralinen unterm Arm wieder auf den Wagen zukommen. Seine Mimik lässt auf ein unangenehmes Gespräch schließen, und abermals beendet er das Telefonat, bevor er die Wagentür öffnet.

Für einen kurzen Augenblick wallt der Hauch von Verstimmung wieder in mir auf.

Doch seine Erklärungen und die treue Unterstützung in dieser Sache haben meine Bedenken gemindert. Vermutlich ist es wirklich nur seine Familie? Italiener sind ja bekannt dafür, dass sie eine starke familiäre Bindung haben.

„Das ist ihre Lieblingsschokolade! Du bist wirklich großartig! Wie machst du das nur?"

„Tatsächlich?", frage ich, und verschweige, dass ich einfach das Nächstbeste genommen habe, das mir die freundliche Empfangsdame empfohlen hat.

Marco klettert wieder auf den Beifahrersitz und drückt mir ein *bacino*[49] auf die Wange: „Das ist so lieb von dir!"

Seine überschwängliche Freude über meine scheinbar mit großer Sorgfalt gewählte Aufmerksamkeit für seine Mutter macht mich ein wenig verlegen. Doch schon im nächsten Augenblick wechselt Marco das Thema.

„Was ist das denn für ein Gestank!", beschwert er sich, kaum, dass er

---

[49] Küsschen

die Tür geschlossen hat. Er kurbelt das Fenster auf seiner Seite herunter.

Auch ich rieche nun einen scharfen Mief von hinten emporsteigen, behaupte jedoch felsenfest, nichts zu bemerken. Vermutlich hat das Paket das Odeur seines Verstecks absorbiert und dünstet nun, in diesem abgeschlossenen Raum des Autos, entsprechend aus? Ich hoffe inbrünstig, dass die Fahrt nicht von langer Dauer sein wird und Marco nicht noch auf die Idee kommt, hinten nachzusehen.

„Vielleicht ist eine Maus in den Motor gekrochen und verwest dort irgendwo?", lenke ich deshalb ab.

„Eine Maus? Möglich. Das muss ich mir morgen gleich mal ansehen."

Kurze Zeit danach biegen wir bereits in eine Straße unweit des Hotels und fahren auf ein großes, weißes Gebäude zu, welches eher einer Fabrik gleicht als einem Wohnhaus. Er dirigiert mich in der Tat auf dieses Werksgelände und lässt mich den Wagen vor einem Bürogebäude parken.

„Hier wohnt deine Familie?", wundere ich mich.

Marco ist schon im Begriff auszusteigen.

„Nur meine Eltern und mein Bruder. Meine ältere Schwester lebt mit ihrem Mann ein wenig außerhalb."

Ich folge seinem Beispiel.

„Dein Bruder lebt noch bei deinen Eltern? Hatten sie denn einen Nachzügler?", wundere ich mich noch mehr.

Marco lacht aus vollem Halse und nimmt mich in den Arm. Er drückt mir wieder einen herzhaften Kuss auf die Wange.

„In Italien ist es normal, dass Kinder lange bei ihren Eltern bleiben. Besonders Söhne. Manchmal bleiben die sogar das ganze Leben. Mich darfst du nicht als Beispiel nehmen. Ich bin in diesem Punkt eine Ausnahme."

„Da bin ich aber froh", gestehe ich spontan, denn der Gedanke an einen erwachsenen Mann, der sich niemals vom Rockzipfel der Mutter löst, wirkt auf mich sehr unerotisch.

„Lass die Fenster offen, damit das auslüften kann!", regt Marco daraufhin an, was ich sofort in die Tat umsetze. Anschließend lasse ich die Schlüssel wie selbstverständlich in meiner Handtasche verschwinden.

Punkt drei meines Planes ist erledigt: Ich bleibe im Besitz des Autoschlüssels.

Marco lotst mich um das Gebäude herum zu einem Seiteneingang, der in ein Nebenhaus führt. Wir müssen nicht lange warten und die Tür öffnet sich mit Schwung.

Eine lähmende Anspannung kriecht meinen Nacken empor. Meinen Plan durchzuführen und gleichzeitig Marcos Familie kennenzulernen, erfordert mehr Kraft, als ich dachte. Ich mache einen tiefen Atemzug.

„Endlich stellst du uns deine Freundin vor!", frohlockt eine Stimme.

Eine elegant gekleidete, perfekt geschminkte, vollschlanke Frau mittleren Alters erscheint in der Tür und umarmt mich überschwänglich, als sei ich die lang vermisste Erbtante von einem anderen Kontinent. Dann halten mich zwei ausgestreckte Arme auf näheren Betrachtungsabstand.

„Sie ist hübsch!", mustert mich die Frau noch eine Weile eingehend wie eine Dekorateurin die neu eingekleidete Schaufensterpuppe. Dann lässt sie mich unvermittelt los und hält uns die Tür demonstrativ weit auf, um uns in die Wohnung zu weisen.

„*Permesso*[50]", murmle ich, wie ich es gelernt habe.

„Das ist Lisa", stellt Marco mich nun erst formell vor. „Sie kommt aus Deutschland."

„Ah!", lächelt seine Mutter, drückt dann ihrem Sohn jeweils einen Kuss links und rechts auf die Wange.

Danach wendet sie sich, elegant voranschreitend, in Richtung des Wohnzimmers. Im Weggehen wirft sie ihrem Sohn wie nebenbei zu:

„Du hast gar nicht erwähnt, dass sie Deutsche ist. Was ist los mit dir? Musst du dir die Freundin jetzt schon im Ausland holen? Genügen dir die italienischen Mädchen nicht mehr?"

„*Mamma!*", empört sich ihr Sohn, ihr auf den Fersen folgend. „Lisa versteht Italienisch!"

Ich schließe mit den beiden auf und reiche ihr versöhnlich die Schachtel Pralinen, um ihren Faux-pas zu überspielen. Sie nimmt sie mit selbstverständlichem Lächeln entgegen.

„Das ist liebenswürdig", gibt sie übertrieben deutlich und langsam von sich, als sei ich eine senile Person. Sie legt die Box achtlos zur Seite. „Aber ich darf keinen Zucker essen."

Wieder reagiert Marco: „Das ist deine Lieblingsschokolade! *Ma che cosa dici*[51]*!?"*

„Ah, das war sie vielleicht einmal, vor vielen Jahren", winkt seine Mutter ab. „Aber das weißt du natürlich nicht, weil du so weit weg bist und nie anrufst. Setzt euch!"

Damit dreht sie ab und ruft laut in die andere Richtung: „Marisa!"

Sie nimmt in einem der Sessel einer eleganten Sitzgruppe Platz und weist mir mit der Hand einen Stuhl zu, der verloren inmitten der Sitzlandschaft steht. Ich leiste brav Folge, obwohl mich diese Begrüßung bereits ein

---

[50] Mit der Erlaubnis...
[51] Aber was redest du denn da?

wenig brüskiert und ich mich frage, ob Absicht dahintersteckt.

Eine Frau ihres Alters steckt den Kopf durch die Tür. Die Dame des Hauses erteilt im Tonfall der Bestimmtheit sehr detaillierte Anweisungen, einen besonderen Aperitif und ausgewählte *Hors d'Œuvres*[52] zu bringen. Sie verwendet tatsächlich das französische Wort.

„Ihr habt Bedienstete?", flüstere ich indes verblüfft zu Marco.

„Marisa hilft meiner Mutter im Haushalt", spielt dieser meine Beobachtung herunter. „Mit der Buchhaltung des Unternehmens wird das sonst zu viel."

„Ihr habt eine Firma?", frage ich in gleichem Tonfall des Staunens weiter.

„Die Mozzarella-Fabrik hier gehört meinem Vater", erklärt er leichthin. „Aber meine Mutter verwaltet auch die Finanzen der Büffelfarm und des Hotels."

Ich frage fast schon auch „Büffelfarm?" und „Hotel?" wie ein personifiziertes Echo, aber unsere kleine Unterhaltung wird durch die Ankunft neuer Personen unterbrochen.

„Mein Schwager Riccardo und meine Schwester Isabella", stellt mir Marco die Ankömmlinge vor und präsentiert mich den beiden ebenso. Ich stehe höflich von meinem Sitzplatz auf.

„Wir haben uns bereits kennengelernt", lacht die junge Frau und zwinkert mir zu. „Wenn ich da auf dich warten müsste, *caro fratello mio*[53] ...".

Wieder trifft mich eine eiskalte Dusche: Es ist die junge Frau der Rezeption unseres Hotels!

„Ähä", mache ich in größter Verlegenheit, da mir siedend heiß ins Hirn schießt, wie ich sie wenig achtsam als Hotelangestellte behandelt habe. Allerdings wird mir nun auch die überschwängliche Begrüßung ihrerseits deutlicher und warum ich treffsicher die Lieblingspralinen der Mutter bei ihr erstanden habe.

Gott sei Dank achtet gerade niemand auf meine sich rötende Gesichtsfarbe. Ein allgemeines Durcheinanderreden hebt an, in das dann auch noch Marcos Bruder Enrico einfällt, der aus einem Zimmer der anderen Richtung ebenfalls in den Raum tritt.

Zumindest ihn habe ich vorher noch nicht gesehen. Obwohl ich ihn sofort als Marcos Bruder identifiziert hätte, denn er gleicht ihm aufs Haar.

„Du hast mir gar nicht gesagt, dass du einen Zwillingsbruder hast!", raune ich meinem Freund mit wachsendem Erstaunen zu. Dieser Besuch

---

[52] Franz: kleine Vorspeisen
[53] mein lieber Bruder

entwickelt sich zu einer einzigen Kette von sich aneinanderreihenden Momenten der Sprachlosigkeit für mich.

„Wenn du willst, zeige ich dir morgen die Büffelfarm?", lädt mich Enrico mit einem so bestechenden Lächeln ein, dass ich beinahe zusage. Er trägt denselben Charme zur Schau wie einst Marco bei unserem Kennenlernen. Kein Wunder, dass ich ihm fast erliege.

„Kommt gar nicht infrage!"

Marco nimmt mich demonstrativ lachend in den Arm, um seine Ansprüche zu unterstreichen.

„Na, dann hast du vielleicht eine Schwester, die ich einladen kann?", besteht Enrico auf das Fortführen seines Flirts. Freundlich beende ich diesen, indem ich ihm gespielt traurig erwidere, dass ich keine Geschwister habe.

„Ci mancherebbe!"[54]

Es kommt trocken aus dem Sessel in unserem Rücken, in welchem die Chefin der Familie thront. „Damit du auch noch in den Norden verschwindest und uns mit der Arbeit hier alleine lässt!"

Sie bemerkt es nicht scherzhaft, sondern pointiert. Trotzdem lachen die drei Geschwister.

Zu meiner Verwunderung, denn ich finde es nicht im Geringsten belustigend. Vielmehr fühle ich mich in zunehmendem Maße wie ein ahnungsloser Eindringling im Reich einer Eiskönigin. Die Metapher ist angesichts der südländischen Temperaturen zugegebenermaßen weit hergeholt, jedoch sie trifft mein Empfinden.

Währenddessen erhebt sich die Mutter und macht sich mit den Gläsern zu schaffen, die ihre Haushaltshilfe auf dem kleinen Tischchen der Sitzgruppe abstellt.

Marco bemerkt mein Unbehagen und drückt mich leicht an sich: „Das ...", er macht eine bedeutungsvolle Pause, „... ist typisch meine Mutter."

Mit dieser kunstvollen Lücke zwischen dem ersten Wort und dem Rest des Satzes ist, in der Tat, alles gesagt. Plötzlich kommen mir die kleinen Zwistigkeiten mit meiner eigenen deutschen Mutter relativ harmlos vor.

Die italienische Version reicht mir indes ein Glas, ohne mich gefragt zu haben, was ich von der Auswahl der Getränke bevorzugt hätte. Ich nehme das Bier entgegen und betrachte es als Kompliment an meine Herkunft, auch wenn ich bereits daran zweifle, dass sie es so meint.

„Alla tua fidanzata bellissima!"[55], stößt Marcos Mutter in die Runde an

---

[54] Das würde gerade noch fehlen!
[55] Auf deine wunderhübsche Verlobte!

und erhebt das Glas in meine Richtung. *„Cin-cin*[56]*!"*

Verlobte?!

Ich werfe Marco, der inzwischen einen Schritt auf die Seite gemacht hat, um sich zwei *Antipasti* vom Tablett in den Mund zu schieben, einen sehr fragenden Blick zu. Aber er reagiert weder auf diesen Begriff noch auf meine Zeichen.

Zu meiner auflaufenden Verwunderung über die letzten Neuigkeiten, die mit Marcos Familie über mich hereinbrechen, gesellt sich nun eine ausgewachsene Verwirrung: Hat er mich seinen Angehörigen als Verlobte angekündigt? Bei aller Liebe: Das geht mir doch ein wenig zu schnell!

Isabella führt ihrer Mutter ihr neues Designerkleid vor, indem sie vor ihr hin und her flaniert wie auf einem Laufsteg und erklärt, wo und wie sie es erstanden hat. Währenddessen beginnt Marco ein Gespräch mit seinem Bruder, indem er ihn über die tote Maus im Motor des Geländewagens informiert. Auch Isabellas Mann steigt in die technische Beratung über das Nagetier ein.

Ich fürchte, sie könnten auf die Idee kommen, den Schlüssel von mir zu fordern, um sofort nachzusehen. Aber die Diskussion bleibt auf rein theoretischer Ebene und ergeht sich in analysierenden Varianten von Verstecken und möglichen Lösungswegen.

Mein Bier stelle ich unauffällig auf einer Kommode ab, weil ich vermeiden will, aus reiner Verlegenheit heraus, Alkohol zu trinken. Das wäre meinem Vorhaben nicht zuträglich.

Ich bin nämlich noch völlig im Unklaren darüber, wie ich es anstellen soll, Marco dazu zu bringen, mit mir zum Haus seines Onkels zu fahren und Zeuge der Rückgabeaktion zu werden. Zwar habe ich die Maßnahme selbst mit dem Kater exakt besprochen und weiß auch präzise, wie ich Marco zu diesem Augenzeugen machen will. Aber unter welchem Vorwand kann ich ihn ins Auto locken, wo Massimiliano wartet?

Abgesehen von diesem ungeklärten vierten Punkt meines Planes, der mich inzwischen ziemlich unruhig macht, raubt mir die offene Ablehnung der Mutter Marcos ein wenig das Gleichgewicht.

Unter dem Vorwand, die Toilette zu besuchen, entferne ich mich dezent. Ich will mich dort wieder ein wenig fangen.

Aber ich komme nicht weit. Sofort bittet man die Haushaltshilfe, mich zu begleiten. Mein mehrfach abwiegelndes „nicht nötig" wird penetrant ignoriert.

---

[56] Zum Wohl; prost

Die herbeizitierte Marisa führt mich schließlich einen sehr langen, großzügig an- und mit dunkelrotem Marmor ausgelegten Gang entlang. Mit mindestens acht Türen zu jeder und zwei Fenstern zu einer Seite reicht der Korridor bis zu einem herrschaftlichen, in demselben Marmor gestalteten Gästebadezimmer. Es ist ein wenig in die Jahre gekommen, aber noch immer sieht man, dass es einmal eine größere Investition gewesen sein muss. Überhaupt ist die gesamte Wohnung spärlich, aber exquisit antik möbliert. Eine so luxuriöse Ausstattung hatte ich beim Betreten des Fabrikgeländes nicht hinter diesen Mauern erwartet.

Dort lässt mich die gute Frau, die mir auf dem Weg jedes einzelne Zimmer wie in persönlichem Stolz erklärt, endlich alleine. Ich stütze mich auf das Waschbecken und blicke meinem Spiegelbild in die Augen.

Nun kenne ich also seine Mutter.

„Steiler Start!", sage ich zu mir selbst. „Hoffen wir bloß, dass der Kater unten im Auto nicht noch eins draufsetzt und irgendwelchen Blödsinn macht."

Um mich zu beruhigen, halte ich beide Unterarme unter fließendes, kaltes Wasser.

Als ich in den Wohnraum zurückkomme, finde ich dort alle in ein Gespräch im Kreis stehend vertieft.

„Du hast dir einen Hund zugelegt?!", höre ich einen großen, schlanken Mann mit grauen Haaren sprechen. Er reicht einem etwas kleineren Mann mit Vollbart ein Glas.

„Es ist die beste Alarmanlage", erklärt der neue Hundebesitzer. „Nach zwei Einbrüchen denke ich, dass ein Hund zumindest anschlägt, wenn sich Fremde dem Grundstück nähern."

Ich mutmaße, dass der Sprecher Marcos Onkel ist, da der andere Mann sich wie der Herr des Hauses im Raum bewegt. Marcos Vater! Doch bevor ich ihn näher in Augenschein nehmen kann, erschrecke ich über ein weiteres unvorhergesehenes Hindernis in Form eines Hundes. Die Dinge beginnen sich hinsichtlich meines Planes weniger geschmeidig zu entwickeln.

In diesem Augenblick trifft mich das Augenmerk des Familienoberhauptes. Er streckt die Hand aus, schiebt Marcos Onkel, der sich daraufhin auch umdreht, auf die Seite und kommt mir entgegen.

„Du musst Lisa sein!"

Er schüttelt mir freundlich die Hand, legt den Arm um mich und führt mich zurück in den Raum, wo alle anderen uns entgegenblicken. „Es wurde aber auch Zeit! Nach zwei Jahren Geheimnistuerei."

Das Letztere formuliert er in Richtung seines Sohnes, der meinem erneut fragenden Blick abermals ausweicht und wieder über den neuen Hund zu reden beginnt.

Wieso zwei Jahre? Ich kenne Marco kaum ein paar Wochen! Selbst wenn ich unser erstes Treffen anlässlich meiner Anzeige über den Einbruch in meine Wohnung ins Kalkül einbeziehe, geht diese Rechnung nicht auf? Von der Dauer unserer Liebesbeziehung ganz zu schweigen!

Allmählich nehmen die Irritationen überhand und verdrängen das Kunterbunt an Neuigkeiten, das hier auf mich niederprasselt.

Während ich noch verstört überlege, wie mit dem Hund des Onkels umzugehen ist, beginne ich mich ernsthaft zu fragen, was Marco mir verheimlicht? Was ist das für eine Geschichte, die er da seiner Familie auftischt: Die lange Zeit als Geheimnis versteckte *Verlobte*, die nun endlich nach *zwei Jahren* vorgestellt wird und *überraschenderweise* aus Deutschland kommt? Das sind drei Fragezeichen in einem Satz!

Damit erstehen auch die Bedenken über seine merkwürdigen Anrufe und Nachrichten wieder auf.

Inzwischen führt mich sein Vater, der noch immer den Arm um mich gelegt hat, an den gedeckten Tisch und alle anderen folgen uns. Er schiebt mir einen Stuhl neben sich hin, was mich in die unmittelbare Nähe seiner Gattin platziert. Die lässt sich auf seiner anderen Seite nieder.

Mein Impuls, Hilfe in der Küche anzubieten, wird von der energischen Frage des Tischvorstands an mich unterdrückt: „Wie Marco mir erzählt, arbeitest du in der Branche Maschinenbau, genau Verpackungsmaschinen?"

Er ist jedenfalls besser über mich informiert, als ich über diese Familie. Ich antworte kurz und ehrlich, womit das Kreuzverhör eröffnet ist, das dem folgenden Tischgespräch Nahrung gibt.

Es werden als *primo*[57] *tagliolini al limone*[58] aufgetischt. Sie schmecken köstlich, aber ich komme kaum dazu die leckere Zitronenspezialität zu genießen. Mit jedem Bissen muss ich etwas über meinen Beruf, Alter, Familie und Herkunft beantworten. Genau in dieser Reihenfolge. Marco baut wohlwollende und übertrieben schmeichelhafte Elemente in meinen Lebenslauf ein, die jedes Mal mit einem allgemeinen *„che brava!"*[59] erschöpfend anerkannt werden. Es ist mir zunehmend peinlich, wie sie mich über jede Kleinigkeit in den Himmel loben.

---

[57] Erster Gang
[58] dünne Bandnudeln in Zitronensahnesauce
[59] Sehr umfassend, je nach Situation: Wie fleißig! Wie gut sie das macht! Wie geschickt! Wie intelligent! Etc.

Kaum hat Marisa die Teller abgeräumt – niemand erhebt sich, um ihr zu helfen, also bleibe auch ich sitzen – ordert die Chefin des Hauses energisch den zweiten Gang. Ein enormes Silbertablett mit einem beinahe noch größeren Stück eines *pesce spada*[60], umrandet mit zahlreichen gegrillten Cocktailtomaten und Rosmarinzweigen erscheint in der Mitte der Tafel. Alle applaudieren. Ich klatsche mit, ohne zu wissen, warum.

Der Hausherr lässt für einen Moment von mir ab. Er nimmt sich unter der allgemeinen Begeisterung über das prachtvolle Exemplar der Aufteilung der Portionen an. Die *contorno*[61] in Form von Kartoffeln und gegrilltem Gemüse findet wenig Beachtung. Obwohl ich davon lieber viel mehr genommen hätte, bedanke ich mich über die viel zu große Portion Fisch, die mir als erste auf einem Teller vom Hausherrn gereicht wird.

„Danke, aber das ist viel zu viel! Das schaffe ich nicht."

Die Reaktion von Marcos Mutter folgt prompt. „Ihr schmeckt es nicht!", ruft sie mit beleidigtem Ausdruck.

Alle Augen richten sich mit dem Ausdruck größter Enttäuschung auf mich.

„Doch, doch!", versichere ich, ziehe den Teller an mich und ergreife sofort die Gabel wie zum Angriff, um das Gegenteil unter Beweis zu stellen. „Es ist alles ganz vorzüglich!"

Kaum nimmt der Tischvorstand mit seinem Mahl vor sich wieder Platz, beginnt mein Verhör von vorne. Man beobachtet meine ersten Bissen des zweiten Ganges genau, um zu prüfen, ob meine Behauptung auch wirklich der Wahrheit entspricht.

Kauend nicke ich wohlwollend mit einem *„hm, molto buono!"*[62] in die Runde. Mit offensichtlicher Erleichterung lebt das Gespräch damit wieder auf.

Diesmal erteile ich Auskunft über die Gründe meiner Entscheidung, nach Italien zu kommen und die Sprache zu erlernen. Schließlich spreche ich über die allgemeinen politischen Zustände in Deutschland und sogar darüber, wie meine Familie über diesen Umzug in die Ferne denkt. Ich bleibe keine Antwort schuldig.

Inzwischen bricht draußen die Nacht herein, ohne die Möglichkeit, Marco irgendwie in ein Gespräch zu verwickeln, in welchem ich ihn überreden könnte, mit mir zu kommen.

---

[60] Schwertfisch
[61] Beilagen
[62] sehr gut

Als ein reich verzierter Porzellanteller mit *sfogliatelle ricca*[63] mit einer neuen Flasche Dessertwein aufgetragen wird, entschließe ich, mich notfalls auch alleine zu entfernen. Es ist besser, wenigstens das Diebesgut loszuwerden, als das gesamte Vorhaben zu riskieren, nur weil es mir nicht gelingt, meinen Freund zum Zeugen dieses Unterfangens zu machen.

Doch der Zufall kommt mir zu Hilfe. Besser gesagt: Marcos Mutter.

„Also, nach allem, was wir nun von Lisa wissen: Eine so hübsche, intelligente und interessante Frau wie sie, was will die bloß von einem *Carabiniere*?! Die kann doch ganz andere Männer haben!"

Diese Bemerkung geht nicht an mich, jedenfalls nicht direkt. Sie sieht dabei ihren Sohn quer über den Tisch herausfordernd an. Die Despektierlichkeit, die sie mir dabei zukommen lässt, ist subtil gekonnt ausgespielt und geschickt hinter einem Kompliment versteckt. Die offene Beleidigung geht direkt an Marco.

„*Mamma!*", maßregeln Isabella und Enrico ihre Mutter wie aus einem Munde, lassen aber offen, welchen Punkt in dieser Aussage sie nun als empörend empfinden.

„*Allora!* Können wir nicht einmal zusammen Abend essen, ohne über dieses Thema zu streiten?", entgegnet Marco mit sichtbarem Bemühen, die Contenance zu wahren.

„Wenn du, mein Sohn, an unserem Familienleben hier mehr teilnehmen würdest, wäre manches leichter für deine Mutter", nimmt sein Vater die ausgesprochen rüde Aussage seiner Frau in Schutz.

Ich sehe Marco von der Seite an. Über welches *Thema* spricht er? Jedenfalls keines, das die in diesem Satz präsentierten Missachtungen meinen könnte.

Plötzlich fällt es mir wie Schuppen von den Augen: Die Hexe unterstellt mir, dass ich nur hinter Marco her bin, weil er aus reicher Familie stammt!

Ein italienisches „*basta!*" explodiert in meinen Venen und treibt meinen Blutdruck in die Höhe.

Ich tupfe meinen Mund mit der Stoffserviette ab, falte sie sorgfältig auf den Tisch und erhebe mich. Ich habe das einmal in einem Film gesehen und fand allein die wortlose Gestik äußerst aussagekräftig. Es sah im Kino ganz einfach aus, aber ich fummele ziemlich lange an der blöden Serviette, bis ich endlich die damit beabsichtigte Wirkung erziele. Selbst so etwas

---

[63] *Sfogliatella* ist ein typisches Dessert des Südens Italiens. Es gibt sie in zwei Variationen: als *sfogliatelle ricca* (aus Blätterteig) und *sfogliatella frolla* (aus Mürbeteig). Die Original-Sfogliatella ist aus Blätterteig und hat eine köstliche Ricotta-Füllung mit Orangenblütenaroma.

will offensichtlich geübt sein.

„Ich muss mich entschuldigen", meine ich höflich trocken und erhebe mich. „Diese Familienangelegenheiten klärt man besser unter sich. Dabei stört eine Fremde nur."

Und mit einem „Danke für die Einladung" bin ich schneller an der Tür, als irgendjemand etwas sagen kann.

„*Ma che cos'ha? Che cosa succede?*[64]", höre ich in meinem Rücken noch die Frage im Raum kreisen.

„*Ce l'avete fatta! Sul serio!*[65]"

Das ist die aufgebrachte Stimme Marcos, die lautstark das abrupte Rücken eines Stuhls begleitet.

„Könnt ihr euch nicht wenigstens bei ihrem ersten Besuch zurückhalten?!"

Mehr höre ich nicht mehr.

---

[64] Aber was hat sie denn? Was ist los?
[65] Ihr habt es vollbracht! Allen Ernstes!

8. Cappuccinogespräche

Ich laufe den Gang entlang in Richtung der Treppe, hinunter auf den Parkplatz und krame noch im Galopp den Schlüssel aus meiner Handtasche.

Welch ein Abend!

Und er ist noch nicht zu Ende.

Der Kater duckt sich sofort weg, als er das Klicken der Verriegelung hört. Erst, als er sieht, dass ich alleine komme, hebt er wieder den Kopf. Er scheint an diesem Abend ausnahmsweise der Einzige, der kein Drama heraufbeschwört, denke ich. Aber ich revidiere es sofort: das hat er ja zuvor bereits erledigt.

„Ich habe inzwischen nach der Maus gejagt!", empfängt er mich. Es gibt keine Maus in diesem Motor, weder tot noch lebendig und auch sonst nirgends in diesem Wagen!"

„Ich weiß", erwidere ich. „Das war nur eine Ausrede. Es ist das Paket, das so stinkt."

Der Kater blickt erst auf das Bündel neben sich, dann schnuppert er daran. Worauf er den Kopf hebt und mich abwertend ansieht: „Das stinkt.

Certo[66]. Ekelhaft. Aber das hier hat nichts mit dem Odeur einer Maus gemeinsam! Wie abwegig! Und deswegen habe ich nun über zwei Stunden das Auto von Stoßstange zu Stoßstange durchsucht."

Ich lasse den Motor an und atme trotz Gestank einmal tief durch. Welch ein Desaster! Meine Gefühle laufen Amok: Zweifel an Marco kochen hoch, mein Ärger über seine Mutter lässt mich erzittern und meine Nerven sind über meinen erhabenen Abgang auf dieser Bühne eines italienischen Familienspektakels völlig zerrüttet.

„Wir machen es ohne Marco!", erkläre ich dem Kater entschieden, um mich selbst dazu zu bringen, das Gaspedal zu betätigen. Mit quietschenden Reifen fahre ich rückwärts aus der Parklücke um die Kurve und lege sofort den Vorwärtsgang ein.

Ein lautes „*Ooouh!*" ertönt seitlich hinter mir. Es ist dasselbe, das ich aus dem Hotel anlässlich der Kinderszene in Erinnerung habe.

Ein Schatten hüpft zur Seite. Die Beifahrertür wird aufgerissen und Marco wirft sich förmlich in den Wagen, da ich bereits losbrause. All das geschieht innerhalb weniger Sekunden.

„*Mi vuoi uccidere?"!*[67], schnauft er und rappelt sich im Sitz langsam auf. Der Kater im Hintergrund tut genau das Gegenteil.

Ich jage den Wagen bereits mit aufheulendem Motorengeräusch hochtourig über die Straße.

„Es tut mir leid!" Marco schnallt sich nicht einmal an. „Ich entschuldige mich in aller Form für meine Leute! Ich hätte dich warnen sollen."

„Ja", antworte ich kurz angebunden, „das hättest du tun können! Überhaupt hättest du mir ein paar Dinge vorher erzählen können und mich nicht so blind in diese Situation laufen lassen dürfen!"

„*Si, assolutamente!*",[68] stimmt er mir zu und nickt fortwährend, „du hast völlig recht! Meine Mutter ist unberechenbar. Wobei das schon wieder eine Konstante ist und ich das hätte wissen müssen. Sie bringt es fertig, drei Angriffe in einem Satz in den Raum zu katapultieren und eine ganze Gesellschaft in Aufruhr zu versetzen."

„Das kann man sagen", bestätige ich trocken. „Aber dein Vater deckt ihr auch noch den Rücken!"

Wieder nickt er geknickt: „Es tut mir leid, dass es so beginnen muss!"

Ich drossle etwas die Geschwindigkeit, da ich fürchte, den Weg, den ich mir zuvor aus dem Navi gut eingeprägt habe, nicht mehr zu finden.

---

[66] Bestimmt; absolut; sicher
[67] Willst du mich umbringen
[68] Ja, absolut!

„Sie mag mich einfach nicht", schlussfolgere ich nüchtern. Schließlich kann mir das gleichgültig sein. Ich kenne die Frau ja kaum. Was kümmert es mich also, ob sie mich sympathisch findet oder nicht?

„Oh nein!", ruft Marco betroffen und richtet sich im Sitzen ganz zu mir hin. „Das darfst du nicht denken! Das hat überhaupt rein gar nichts mit dir zu tun! Glaub mir, nichts! Sie mag dich, ganz bestimmt. Sie mag dich!"

„Sie denkt, dass ich mit dir wegen deines Geldes ausgehe!", werfe ich ihm an den Kopf. „Dabei habe ich das gar nicht gewusst, denn du erzählst mir ja nichts. Offensichtlich habt ihr Kohle wie Heu!"

„Es hält sich in Grenzen", dämpft mein Freund diese Aussage und setzt sich wieder gerade hin. Dieses Argument scheint ihn jedenfalls daran zu erinnern, sich lieber anzuschnallen.

„Das war früher vielleicht einmal der Fall, als mein Großvater noch lebte. Meine Mutter verharrt immer noch in dieser alten Fantasie und denkt, dass alle nur hinter unserem Geld her sind. Dabei sind die fetten Jahre längst vorbei! Vielleicht tut sie das, weil sie selbst meinen Vater aus diesem Grund geheiratet hat? Wohin fahren wir eigentlich?"

Er blickt sich kurz um.

„Wie gemein von ihr, zu ihrem Sohn zu sagen, dass eine hübsche Frau ihn nicht mögen könnte!", übergehe ich seine Frage.

„Immerhin nennt sie dich eine attraktive Frau! Das ist doch was", lächelt Marco. Aber er merkt selbst, dass es ein überflüssiger Versuch ist, etwas Positives daran zu finden. Er verzieht bitter die Mundwinkel.

„Geschenkt!", maule ich und fahre in Rage fort: „Es ist niederträchtig, mir zu unterstellen, dass meine Beweggründe materieller Art sind! Sie kennt mich doch gar nicht! Und es ist gewissenlos, als deine Mutter zu sagen, dass du nicht genügend Wert bist, um die Liebe eines Menschen ohne Geld zu erlangen. Das ist nämlich nicht wahr! Du bist ein wunderbarer, aufregender Mann und ein herzensguter Mensch und *ich* liebe dich dafür!"

Ich lenke den Wagen um die Ecke in die Zielstraße und halte ihn an.

„So", befehle ich dann noch immer in demselben forschen Ton, „und nun gib mir die Handschellen!"

„Was, jetzt?", wundert sich Marco. „Hier?" Er sieht sich abermals um. „Wo sind wir überhaupt?"

Eine Pfote fährt von hinten zwischen uns und hält ein Paar Handschellen baumelnd vor unsere Nasen.

„Meinst du die?", fragt Massimiliano.

Ich schnappe sie mir mit einer Hand.

„Was macht der denn hier?!", ruft Marco.

Er ist so überrumpelt, dass er nicht schnell genug reagieren kann, als ich sein Handgelenk mit einem Klick an das Lenkrad des Wagens hefte.

„Ich möchte, dass du Augenzeuge wirst, von dem, was jetzt passieren wird", sage ich bemüht ruhig.

Aber ich bin selbst noch so aufgebracht, dass ich schwer atme und die Worte erst beim zweiten Anlauf richtig in einem Satz herausbringe.

„Und damit du und ich auch wirklich hierbleiben und du später nicht behaupten kannst, dass wir uns das nur einbilden, mache ich uns hier mit deinen Handschellen am Auto fest."

Damit klicke ich auch meine Hand in die zweite Schelle. Marco sieht mich derart entgeistert an, dass kein Zweifel daran besteht, dass er mich für verrückt hält, dass er nun seinerseits beginnt, meiner Integrität zu misstrauen und dass er versucht, die Ereignisse der letzten halben Stunde in eine logische Reihenfolge zu bringen.

„Welches Haus ist es?", will der Kater von hinten wissen.

„Würdest du Massimiliano bitte sagen, welche Villa, die deines Onkels ist?", wiederhole ich die Frage des *penato* an Marco gerichtet.

Dieser scheint allmählich zu begreifen, was ich vorhabe und sieht mich noch entgeisterter an.

„Du willst doch nicht ...?", fängt er an, aber ich falle ihm ins Wort:

„Nein. Nicht ich. Du und ich, wir bleiben hier im Auto und können gar nicht weg. Siehst du, wir sind festgekettet!" Ich rüttle demonstrativ an den Schellen. „Massimiliano wird das tun."

Und dann füge ich sehr sanft und inständig hinzu: „Bitte zeige ihm das Haus!"

Marco weist schweigend mit der Hand auf eine Villa am Ende der Straße, als reagiere sein Arm auf meine Frage, obwohl sein Verstand das nicht für gut hält.

Der Kater öffnet die Hintertür und hüpft mit seinem Paket unter dem Arm auf den Asphalt.

„Es gibt noch etwas", warne ich ihn leise durch das offene Wagenfenster. „Da ist ein Hund!"

„Kein Problem", winkt mein Hausgeist ab. „Mit Hunden werde ich fertig."

Wir beobachten ihn, wie er im Schatten einer Mauer, dann einer Hecke, dann wieder einer anderen Gartenmauer gebückt die Straße entlang tippelt. Man sieht ihn kaum. Er gleicht einem Comic, wie er sich auf leisen Pfoten schubweise an das Anwesen heranpirscht; ein Anblick, über den wir im Nachhinein bestimmt schmunzeln werden, der jetzt aber zu nervenaufreibend ist, um ihn humorvoll zu finden. Am Ende verschwindet er wie ein Schatten durch ein großes Gartentor.

Wir starren weiter gebannt auf den Punkt, an welchem er verschwunden ist. Nichts, außer dem Zirpen der Grillen ist zu hören.

Dann hebt ein entsetzliches Gezeter an. Das schauerliche Fauchen einer wilden Katze vermischt sich mit hysterischem Bellen eines Hundes zu einem unbändigen Kampfesgetöse, das die ganze Nachbarschaft aufzuwecken droht.

„Oh mein Gott!", stoße ich hervor und halte Ausschau, ob sich in den angrenzenden Häusern Verdacht regt. Auch Marco sieht angespannt um sich.

Der Tumult schwellt mehrmals an und ab, bis ein jämmerliches Jaulen dem Lärm ein jähes Ende setzt. Gebannt versuchen wir, halb unter das Armaturenbrett geduckt, falls doch jemand nach draußen kommen und unseren Wagen entdecken sollte, den Kater auf dem Rückzug zu erspähen.

Grabesstille.

Mittlerweile sind sogar die Grillen vor Schreck erstarrt und schweigen. Die Straße liegt in Friedhofsruhe vor uns.

Wir starren endlos in die Dunkelheit. Massimiliano ist noch immer nirgends zu sehen. Allmählich nehmen die Insekten ihr Nachtkonzert wieder auf.

Wo bleibt der Kater bloß? Vielleicht ist etwas schief gegangen und er ist verletzt und braucht unsere Hilfe?

Ich rüttle an meiner Handschelle und schaue mich nach dem Schlüssel suchend um. Daran habe ich nicht gedacht! Nicht einmal im schlimmsten denkbaren Fall habe ich damit gerechnet, dass ich in das Geschehen eingreifen müsste! Aber nun scheint genau das eingetroffen zu sein und ich verfalle in Hektik, weil ich den Schlüssel nicht finde.

„Wir müssen ihm helfen!", ereifere ich mich in Marcos Richtung. „Wie macht man diese Dinger auf? Wo ist der Schlüssel?"

„Das fragst du mich?!"

Mein Freund hat seine Sprache wiedergefunden und mit dieser, seinen gesunden Menschenverstand: „Vermutlich da, wo dein Kater gelauert hat?"

Er zeigt mit dem Kopf nach hinten und versucht auf die Rückbank zu greifen, die jedoch zu weit entfernt ist. Mit einem „Wieso hast du das getan, Lisa?!" rüttelt auch er unnötigerweise an den Schellen.

Ich halte trotz enormer innerer Anspannung inne und schaue ihm direkt in die Augen: „Weil es der einzige Weg ist, dir zu beweisen, dass ich die Tafeln nicht entwendet habe. Es war Massimiliano!"

Für einen buchstäblichen, zeitlosen Moment sehen wir uns an – bis ins Innerste.

Wir verharren bewegungslos.

Plötzlich wirft Marco seinen Oberkörper über mich und küsst mich so leidenschaftlich, wie es mit einer gefesselten Hand nur möglich ist.

Ich bin völlig überwältigt von diesem Liebesbeweis. Und ich gebe seiner Umarmung willig nach. Ich kann nicht anders. Selbst in dieser heiklen Lage überwältigt mich die wilde, liebevolle Berührung.

Scheinwerfer biegen um die Ecke in die Straße, auf der ich den Jeep geparkt habe, und ein Auto fährt langsam an unserem Wagen vorbei. Es hält unweit unseres Standortes vor einer der Villen und wartet, bis das Gartentor sich elektrisch geöffnet hat. Dann verschwindet es im Schutz der Hecke und des Tores.

Marco lässt mich wieder los: „Ich denke, wir haben ein glaubhaftes Liebespaar abgegeben."

Selbst diese nüchterne Aussage kann den Sturm des Kusses nicht mehr relativieren: Er war wie ein Blitzschlag, der uns noch immer gebannt hält. Wir können den Blick nur sehr langsam voneinander lösen.

Behutsam drehen wir die Köpfe und unsere Aufmerksamkeit wieder dem Geschehen zu. Aber noch immer tut sich nichts auf der dunklen Straße.

„Vielleicht können wir gemeinsam versuchen nach hinten zu reichen?", regt mein *Carabiniere* schließlich an. „Wenn du dich mit mir bewegst, schaffe ich es möglicherweise, den Schlüssel zu ertasten?"

Ich nicke, denn mir fällt nichts Besseres ein. Außerdem bin ich noch immer wie hypnotisiert von diesem Kuss.

Marco kurbelt die Rückenlehne seines Sitzes nach hinten und schiebt sich mit den Füßen der Länge nach in Richtung der Hintertür. Entsprechend seiner Bewegung bringe ich mich so in Position, dass ich ihn durch mein angebundenes Handgelenk so wenig wie möglich behindere. Meine Verrenkung gleicht einer schwierigen Yogaübung der Meisterklasse. Sie fühlt sich auch so an.

„Ich sehe nichts", keucht Marco aus seiner verzerrten Haltung hervor, „Wenn du dich quer zum Lenkrad legst, dann kann ich noch ein Stück weiter rutschen."

Seiner Anweisung Folge leistend, schiebe ich mich in Position, aber unsere angeketteten Handgelenke sind mir im Weg und Marcos durch die

Zähne gepresstes „aija", als ich darüber hinweggleite, lässt mich innehalten.

„Hoffen wir, dass jetzt kein Auto kommt!", scherze ich und muss beinahe lachen, obwohl mir danach nicht zumute ist.

„Wir würden mit dieser Stellung sicher Interesse wecken", witzelt nun auch Marco.

Nun lachen wir doch.

Kurz, aber heftig.

Dann wiederholen wir unseren Versuch.

„Siehst du was?", frage ich Marco mit zusammengepressten Zähnen, weil ich diese Position nicht lange durchhalten werde.

In diesem Moment wird die hintere Tür aufgerissen. Beide fahren wir erschrocken auf, was uns jeweils ein Zerren an unseren Handgelenken beschert. Wir stoßen gleichzeitig je ein „au!" und ein „aija!" aus.

„Könnt ihr nicht warten, bis wir wieder im Hotel sind?" Die zusammengekniffenen Augen des Katers spähen direkt auf Marcos Augenhöhe in das Wageninnere.

„Da bist du ja! Alles in Ordnung?", stöhne ich erleichtert im selben Moment, wie Marco fragt: „Wo ist der Schlüssel?"

Wir veranstalten ein unkoordiniertes Gemenge, das uns aber nicht aus dem Knäuel befreit, welches unsere Gliedmaßen bilden.

„Im Handschuhfach, da wo ich die Handschellen gefunden habe. Wenn ihr Platz macht, kann ich vielleicht auch wieder einsteigen", antwortet Massimiliano im Ton der Selbstverständlichkeit.

Ebenso wie ich übergeht auch Marco diese Peinlichkeit. An das Naheliegendere haben wir nicht gedacht. Mit Mühe wickeln wir unsere körperliche Verstrickung rückwärts ab. Marco greift, sobald er nach vorne fassen kann, in das Handschuhfach.

„Wir haben uns schon Sorgen gemacht. Was war denn los?", will ich wissen, während mein *Carabiniere* mit einer Hand den Schlüssel in die Handschellen fummelt.

„Der Hund hat seine Rolle ein bisschen zu ernst genommen. Ich musste ihn erst mal zur Raison bringen", erzählt der Kater und macht es sich indes auf dem Rücksitz bequem.

Marco reibt sich sein befreites Handgelenk und öffnet dann auch meine Handschelle. Wir massieren beide unsere zerkratzten Gliedmaßen.

Der Kater fährt fort: „Ich muss sagen, es war eine weise Idee, euch anzuketten! Wie vorausschauend von dir. Ihr hättet nur gestört. Mit so einem Pudel werde ich wohl noch fertig! Das wäre ja gelacht!"

„Pudel?", wundert sich nun Marco. „Das ist doch kein Wachhund!?" Offensichtlich haben die Schilderungen seines Onkels andere Assoziationen bei ihm hervorgerufen.

„Das weiß *der* jetzt auch", bestätigt Massimiliano trocken.

„Hast du den Kasten gefunden? Konntest du die Tafeln dort ablegen? Sind sie noch ganz? Hast du das Handtuch wieder mitgenommen?"

Mir rasseln die Fragen nun nur so von den Lippen, jetzt, da ich verstehe, dass das Gezeter lediglich das eines Pudels und meine Besorgnis um meinen *penato* wieder einmal überflüssig war.

Ein stinkendes Handtuch fliegt nach vorne zwischen Fahrer- und Beifahrersitz und landet auf dem Knüppel der Gangschaltung.

„*Ecco!*[69] Der Beweis für eine erfolgreiche Mission", tönt der Kater. „Die Tafeln sind in einem Stück an Ort und Stelle und der Pudel wird in Zukunft Katzen mit mehr Respekt begegnen."

„*Capisco!*", murmelt Marco und verzieht den Mund. „Die tote Maus."

Er wirft das Handtuch in den Fußraum: „Das entsorgen wir besser unterwegs."

„Hat dich auch niemand gesehen?", frage ich noch immer besorgt weiter.

„Lisa, denk nach!" Massimiliano beugt sich von seiner Rückbank nach vorne. „Die Menschen haben Mühe, mich im Normalfall überhaupt zu erkennen. Und wenn, dann erblicken sie nur eine Katze. Also selbst wenn mich jemand gesehen haben sollte: Es ist nichts Ungewöhnliches an einem kläffenden Hund, wenn ein fauchender Kater ihm ein paar Hiebe mit den Krallen überzieht."

„Wir sollten zurück ins Hotel fahren, sonst erregen wir doch noch Aufsehen", fällt uns Marco ins Wort und bestimmt: „Rutsch rüber, ich fahre!"

Ich tausche ohne Widerrede mit ihm Platz und wir brausen ab.

„Ein Geist muss frisch sein, voll Selbstvertrauen und allen Anfechtungen überlegen", deklamiert mein *penato* würdevoll von hinten. „Dann gelingt jedes Vorhaben." Er seufzt theatralisch: „Ein großes Wort! Ist leider nicht von mir."

„Ich glaube nicht, dass Seneca[70] das hier gemeint hat!", erwidert Marco karg.

---

[69] Hier, hier ist...

[70] Seneca der Jüngere (ca. 4 v. Chr. - 65 n. Chr.), römischer Philosoph, Stoiker, Schriftsteller, Naturforscher und Politiker; er starb durch Selbsttötung auf Geheiß seines ehem. Schülers Nero.

Wirre Träume verfolgen mich in dieser Nacht. Ich bin beinahe froh, als mich erste Sonnenstrahlen durch die schräggestellten Lamellen der Fensterläden wachkitzeln. Vögel zwitschern um die Wette, als gelte es den ersten Preis im beliebten San Remo Festival[71] zu gewinnen. Ich taste nach meinem Handy auf dem Nachtkästchen, um die Uhrzeit zu erfahren.

Die Liste der verpassten Anrufe auf dem Display meines Mobiltelefons ist ein einziger Vorwurf: zehn verpasste Kontaktaufnahmen.

Ich bin schlagartig wach. Vittoria!

„Cavolo!"[72]

Ich werfe mein Handy zurück auf den Nachttisch und mich mit beiden Beinen aus dem Bett. Ich habe meine Verabredung vom Vorabend zum Aperitif mit Vittoria über die Ereignisse der letzten Stunden völlig vergessen!

Ich sause ins Bad.

Im Bett dreht sich Marco brummend auf die Seite. Massimiliano hatte sich spät abends diskret in den Fernsehraum des Hotels verabschiedet, weil dort die Couch angeblich so bequem sei. Ich muss ihm doch ein manchmal sehr feines Gespür zugestehen.

In einem Zug werfe ich mir ein paar Hände kaltes Wasser ins Gesicht, ziehe achtlos Kleidung über und überlege eine halbwegs passende Erklärung, die den verständlichen Ärger meiner Freundin lindern soll. Viel fällt mir nicht ein.

So eile ich, noch immer im Geiste nach Worten suchend, die Treppe hinunter in den Frühstücksraum, wo ich sie zu finden hoffe. Da der Aufenthalt der beiden eine Arbeitsreise ist, vermute ich, dass sie früh in den Tag starten.

„Che bella giornata!",[73] hält mich eine ältere Bedienung mit rundem, freundlichem Gesicht in meinem Galopp an der Tür zum Frühstücksraum auf. Sie strahlt mich von ihrem Platz hinter der Bar aus an, als sei sie die aufgehende Sonne selbst: *„Caffè o Tè?"*

Sie wartet förmlich darauf, mir Gutes tun zu dürfen. Ich nicke lächelnd *„Caffè"*[74] und sie macht sich sofort an der großen Maschine in ihrem Rücken zu schaffen. Die unglaubliche Freundlichkeit der Menschen hier im Süden – mit wenigen Ausnahmen – überrascht mich jedes Mal.

---

[71] Traditioneller, jährlicher Musikwettstreit, der Gewinner nimmt am Eurovision Songcontest teil
[72] wörtlich: Kohl; wird als harmlose Variante für das krasse, ähnlich klingende Schimpfwort *„Cazzo"* verwendet
[73] welch herrlicher Tag!
[74] Mit einem *caffè* bestellt man in Italien automatisch einen Espresso

Maurizio und Vittoria sitzen tatsächlich turtelnd an einem kleinen Tischchen am Rande des zu dieser frühen Stunde noch spärlich besetzen Raumes.

Sie geben das Bild eines Paares ab, welches typische Spekulationen seitens fremder Beobachter hervorruft: Er, der clevere Businessmann, geschniegelt und gestriegelt, elegant und picobello herausgeputzt, als warte er auf ein Fotoshooting. Sie, bunt gekleidetes Energiebündel in locker fallenden Naturfasern, mit wilder Mähne über den schmalen Schultern, handgearbeitetem Schmuck an Hals, Fuß- und Handgelenken, die ihre Distanz zum Establishment unmissverständlich herauskehren. Der Beobachter fragt sich unweigerlich: Was haben die beiden miteinander zu schaffen? Was abendfüllendenden Gesprächsstoff bietet.

Mit zerknirschter Mine trete ich an ihren Tisch.

„Es tut mir leid! Ich habe es einfach völlig vergessen! Entschuldige! Gestern war ein Scheißtag! Es war wirklich nicht böse gemeint! Ich weiß gar nicht, wie das passieren konnte. Das heißt, eigentlich weiß ich das schon, aber ich kann jetzt nicht alles erzählen. Ich hoffe, ihr habt nicht lange unnötig gewartet?"

Nach der Menge der verpassten Anrufe ist dies die dümmste Frage, mit deren Hilfe ich wage, Milde zu erhoffen.

„Salve!"[75]

Maurizio reicht mir demonstrativ zur Begrüßung die Hand und zieht vom Nachbartisch einen Stuhl heran, um ihn mir hinzuschieben.

„Naja", meint Vittoria gedehnt mit wiegendem Kopf und hochgezogenen Augenbrauen, als wolle sie mein Vergehen auf diese Weise abwägen.

„Setz dich erst mal!", fordert mich Maurizio auf, nachdem ich seine schweigende Einladung noch immer ignoriere. Ich lasse mich auf dem Stuhl nieder und er erhebt sich, um mir den Kaffee von der Bar am anderen Ende des Raumes zu holen.

„Warum bist du denn nicht gekommen? Was ist passiert?", will meine Freundin von mir wissen.

Ich gebe ihr nur das Stichwort „Marcos Familie" und vertröste sie mit näheren Details auf einen späteren Zeitpunkt. Bis zu diesem hoffe ich, selbst klar zu sehen, was ich davon erzählen will und was besser nicht.

Außerdem treibt mich mein schlechtes Gewissen, sie endlich mehr nach ihrer eigenen Geschichte zu fragen. Aber auch Vittoria weicht erstaunlicherweise aus, nachdem sie am Vorabend noch ganz wild darauf

---

[75] Grußformel, weniger formell als „buongiorno" und weniger persönlich als „ciao"

gewesen war, mir alle Kleinigkeiten ihrer neuen Beziehung nahezubringen. Sie vertröstet mich ebenfalls auf ein Gespräch in der Zukunft.

Ich schwanke zwischen zwei Interpretationen: Entweder ist sie beleidigt und will es nur nicht zugeben oder sie will vor Maurizio nicht darüber sprechen?

Dieser kommt mit meiner Tasse Kaffee zurück und stellt sie vor mir auf den Tisch.

„Es kann vorkommen, dass man etwas vergisst", meint er teilnahmsvoll und nimmt selbst wieder Platz.

„Wir könnten es heute Abend nachholen?", schlage ich schnell vor und sehe beide abwechselnd aufmunternd an.

Vittoria schüttelt den Kopf und Maurizio erklärt: „Wir haben einen wichtigen Geschäftstermin."

Nun kann sich meine Freundin doch nicht zurückhalten. Sie platzt heraus, wie ich sie kenne: „Maurizio stellt mich einem seiner größten Kunden hier vor, der vielleicht ein Bild von mir kaufen will! Ist das nicht wunderbar?!"

„Deine Ausstellung war also ein Erfolg? Das ist doch schön", antworte ich erleichtert darüber, die Sache auf diese Weise in trockenen Tüchern zu wissen.

„In jeder Hinsicht", bestätigt Maurizio nickend und schmiert dick Nuss-Nugat-Creme auf den trockenen Zwieback auf seinem Teller. „Die Kundenveranstaltung war gut besucht und viele fanden die Kombination mit der Vernissage und dem Tanz eine willkommene Abwechslung zum sonstigen Programm."

Die Abbildungen nackter tanzender Frauen in der Pose des indischen Tanzes, die Vittoria ausnahmslos malt, haben es ihm unzweifelhaft angetan. Nicht einmal das Entsetzen seiner Großmutter konnte ihn davon abhalten, selbst ein solches Bild in der gemeinsamen Wohnung mit der alten Frau exponiert aufzuhängen.

„Du wirst noch eine gefragte Malerin werden!", prophezeie ich meinen Gedanken entsprechend. „Deine Bilder werden eines Tages vielleicht einmal ein Vermögen Wert sein?!"

„*Che sogno!*",[76] frohlockt Vittoria und wirft ihre Haare nach hinten über die Schulter. „Bis jetzt ist es nur einer, der sich dafür interessiert. Aber man muss immer irgendwie anfangen. Wenn man sich erst einen Namen gemacht hat, investieren solche Leute wie Maurizios Kunden gerne in Ge-

---

[76] Welch ein Traum!

mälde."

„Es tut mir leid, dass ich nicht zu deiner Ausstellung kommen konnte", entschuldige ich meine Abwesenheit, obwohl ich mich nicht einmal erinnere, wann genau sie war.

„Das ist nicht so schlimm", spielt Maurizio meine erneute Abbitte wieder herunter. „Es war eine geschlossene Veranstaltung meiner Firma. Wir haben unsere neuen Finanzprodukte vorgestellt und danach gab es dann die Vernissage mit Buffet. Man braucht immer etwas, das die Leute animiert, wirklich zu kommen."

„Ach so", nicke ich verständnisvoll und erleichtert, auch aus dieser Verlegenheit so gut herauszukommen. „Wie ist deine Firma denn auf dieses Hotel gekommen?"

„Marco hat es uns empfohlen", erklärt mein Nachbar und beißt endlich in den bröselnden Schokoladenberg, den er seit einiger Zeit in seiner Hand jongliert hat.

Ich kann nicht umhin, einen Anflug an Frust zu empfinden: Alle scheinen mehr über Marcos Familie und seine privaten Umstände zu wissen als ich!

Um meine Gedanken nicht über meine Lippen kommen zu lassen, trinke ich endlich aus meiner kochend heißen Tasse. Bisher habe ich nur einen kleinen Löffel sinnlos darin hin- und hergeschoben.

Vittoria wirft Maurizio einen stummen Blick zu, der mir nicht entgeht.

„*A proposito*",[77] meint mein Nachbar so vorsichtig, als pirsche er sich von hinten an ein sehr heikles Thema heran.

Vittoria beschäftigt sich plötzlich sehr intensiv mit dem *Brioche* auf ihrem Teller: „Wir müssen dir etwas sagen."

Nun werde ich neugierig, denn es ist weder Vittorias noch Maurizios Art, so herumzudrücken.

„*Ditemi!*"[78]

„*Non so come dire?*"[79], fängt Maurizio zögerlich an. „Ich denke aber, dass du das wissen solltest."

Nun werde ich ungeduldig. Meiner Erfahrung nach folgt nie eine gute Nachricht, wenn Leute eine Aussage mit diesen Worten beginnen. Sie könnten sie sich auch sparen, denn der Adressat versteht sowieso sofort, dass etwas wenig Erfreuliches folgen wird. Man wird durch diese unnötig hinausgedehnte Einleitung nur vergebens auf die Folter gespannt.

---

[77] Sinngemäße Übersetzung: „Weil wir gerade davon sprechen"; „Übrigens"
[78] Erzählt! Heraus damit!
[79] Ich weiß nicht, wie ich es sagen soll.

Auffordernd sehe ich dem Mann zu meiner Linken in die Augen.

„Ich habe Marco vor ein paar Tagen gesehen. Er war nicht allein."

Für einen Moment setzt der Schlag meines Herzens aus. Doch dann hofft es sofort unbeirrt und eisern auf die Aufklärung eines Missverständnisses.

Mein Blick verharrt unbeweglich auf Maurizio, weil ich gespannt auf den nächsten Satz warte, der mehr erklären und damit vielleicht die angekündigte Angelegenheit bereits als harmlos entlarven wird.

Dieser lässt aber auf sich warten, denn er beißt wieder krachend in seinen Schokoladenzwieback, der damit in drei Teile auf den Teller zerfällt.

„Ich dachte zuerst, dass ich mich getäuscht habe, denn ich glaubte Marco in Bologna", fährt er kauend fort und schiebt die Brocken in der Tellermitte zusammen. „Aber als Vittoria mir erzählte, dass Marco auch hier in Neapel ist, war ich mir sicher, dass er es war, den ich gesehen habe."

Ich wechsle den Blick auf meine Freundin.

„Ja, und?", frage ich dann weiter. Das kann schließlich nicht alles sein?

„Maurizio hat ihn mit einer jungen Frau gesehen", erklärt Vittoria nun und fügt hinzu: „Sie muss eine furchtbare Szene gemacht haben. Sonst wäre Maurizio gar nicht darauf aufmerksam geworden. Alle Leute müssen geschaut haben."

„Was denn für eine Szene?"

Ich wende mich mit dieser Erkundung wieder an Maurizio. Es antwortet aber meine Freundin an seiner Stelle.

„Du weißt schon, eine Szene wie sie Frauen eben manchmal machen", schildert sie, mit beiden Händen einen großen Kreis in der Luft umzeichnend. „Sie hat sich ihm an den Hals geworfen und ihn geküsst und mit Tränen und großem Drama vermeintliche Retter in der Umgebung beinahe animiert, für sie einzuspringen."

„Und als das nicht gleich passierte, fing sie an, laut zu schreien und zu hantieren und noch mehr zu heulen, bis Marco sie endlich tröstete und mit ihr wegging", ergänzt Maurizio final.

Beide sehen mich mitleidig an.

Ein erleichterter Seufzer entfährt mir.

„Das war nicht Marco", erkläre ich selbstsicher. „Das war sein Zwillingsbruder Enrico, den du gesehen hast."

„Er hat einen Zwillingsbruder?!", fragen meine beiden Freunde gleichzeitig. Vittorias Erstaunen vermittelt Erleichterung, Maurizios Skepsis.

„Er sieht wirklich genauso aus wie Marco", bestätige ich deshalb meine

Aussage. Ich überzeuge auch mich selbst damit, denn mittlerweile bin ich leicht verunsichert.

„Na, das erklärt ja einiges!", gibt nun auch Maurizio sichtbar erleichtert von sich. Es bewirkt bei mir genau das Gegenteil und ich sehe mich genötigt mit einem „einiges?" nachzubohren.

Vittoria nickt: „Wir haben die beiden hier im Hotel später noch einmal gesehen. Wir waren gerade auf dem Weg in den Veranstaltungsraum, um alles vorzubereiten, als sie durch die Halle kamen und er sie hinausführte auf den Parkplatz."

„Ja. Bestimmt. Das war Enrico", schließe ich das Thema ab.

Es sind eher meine privaten Überlegungen, als das Gespräch, welches mich zu dieser endgültigen Aussage führt. Wieso sollte Marco eine Andere ausgerechnet in das Hotel bringen, wo er auch mich einquartiert hat? Das ergäbe überhaupt keinen Sinn. Ich habe ein paar Dinge mit meinem Freund zu klären, gewiss, aber dies wird kein Punkt auf dieser Agenda sein! Nur nicht in die Falle tappen, die das Misstrauen in solchen Situationen aufstellt, um das Drama zu nähren und alles zu ruinieren!

„Wieso gehen wir vier nicht gemeinsam Essen, wenn wir zurück in Bologna sind?", rege ich dementsprechend an, um meine Sicherheit in diesem Thema durch Taten zu unterstreichen. „Wann reist ihr zurück?"

„Morgen."

„Wir bleiben noch ein paar Tage", überlege ich laut. „Aber nächste Woche wäre gut?"

„Ja, klar!", stimmt Vittoria sofort zu. „Aber versetz mich bloß nicht wieder!"

Sie lacht dabei so natürlich, dass ich davon ausgehen kann, dass sie mir mein Vergehen wirklich verziehen hat.

Ich stehe auf, schnappe mir ein Hörnchen vom Tisch und umarme meine Freundin dankbar.

„Treffen wir uns in unserem Stammlokal", schlägt Maurizio vor, was mein Gefühl der Freundschaft zwischen uns noch mehr abrundet.

Ich verabschiede mich und gehe an die Theke, um ein kleines Frühstück für Marco auf ein Tablett zu laden und mit aufs Zimmer zu nehmen. Unauffällig schiebe ich auch die lokale Zeitung unter den Teller. Vielleicht steht ja schon etwas über eine mysteriöse Rückgabe der Tiberiustafeln drin?

„Sie reisen morgen ab?", fragt plötzlich eine Stimme neben mir, als ich gerade das Servierbrett in Richtung der Treppe jongliere. Ich lifte meine Arme mit der Last in die Höhe und erblicke den Kater, der neben mir her schreitet.

„Du hast mitgehört?", frage ich, weil ich Massimiliano nicht in der Nähe des soeben geführten Gespräches bemerkt habe.

„Ja", antwortet dieser wie selbstverständlich. „Aber sie wollten doch erst Übermorgen abreisen?"

„Woher weißt du das?"

Es sollte mich mittlerweile nicht mehr verwundern, dass mein Hausgeist mich immer wieder mit Informationen überrascht, die ich für ihn als völlig irrelevant einstufe.

„Narren brüsten sich laut und bringen ihr Wissen zu Markte, doch der höhere Geist schweigt und verwendet die Kraft!", deklamiert der Kater philosophisch.

„Ja, und? Das kann dir doch egal sein", sage ich schließlich und beginne die Stufen vor mir zu erklimmen.

„Nicht ganz."

Massimiliano folgt mir auf den Tritt: „Sie sind mit dem Auto hier. Ich wollte die Gelegenheit nutzen und mit nach Bologna zurückreisen." Dann fügt er beinahe unhörbar und wie zu sich selbst murmelnd hinzu: „Das kommt jedoch zu früh."

„Wie stellst du dir das vor?!", maule ich ihn an und bleibe auf dem Treppenansatz oben im ersten Stock stehen. „Wie soll ich Maurizio und Vittoria erklären, dass ich meine Katze ...",

„... Kater!", fällt er mir sofort ins Wort.

„... dass ich meinen Kater mit in den Urlaub nehme!?", rede ich unbeirrt weiter. „Das macht doch niemand! Katzen - und auch Kater - lässt man Zuhause, weil das zu viel Stress für das Tier wäre."

„In der Tat, ein unschöner Brauch", bestätigt Massimiliano und verschränkt die Pfoten vor seiner Brust. „Hunde nehmt ihr Menschen überall mit hin! Nicht, dass das beneidenswert wäre, ganz im Gegenteil. Aber Katzen grundsätzlich als reiseuntauglich zu erklären ist eine Beleidigung. Wenn wir wirklich so ans Haus gebunden wären, wie ihr Menschen glaubt, würde man viel mehr versteinerte Katzen in Pompeji finden. Es sind aber eher Hunde, die man heute als vergipste Leichen betrachten kann. Das spricht doch für sich!"

„Wieso hast du es plötzlich so eilig?", unterbreche ich ihn in seiner ausschweifenden Rede über die Transportfähigkeit seinesgleichen. Ich habe gelernt, dass seine Monologe häufig von einem wichtigen Thema wegführen, hinein in ein Nirwana des Bedeutungslosen.

Der Kater antwortet nicht, sondern zieht eine Schnute und die Augenbrauen nach oben.

„Erst jagst du mich hierher", fahre ich fort, noch immer mein Tablett mit Marcos Frühstück in der Luft jonglierend, „dann kannst du es nicht erwarten, wieder zurückzufahren? Du bleibst schön hier und wirst mit mir zusammen in ein paar Tagen im Zug nach Hause fahren!"

„Wenn dein Herz so sehr daran hängt", winkt der Kater lässig ab. „Es wäre aber trotzdem eine gute Mitfahrgelegenheit gewesen, die – nebenbei erwähnt - nicht einmal jemand hätte bemerken müssen. Du vergisst, dass ich ein *penato* bin und Möglichkeiten habe."

Bevor ich fragen kann, welche Möglichkeiten er genau meint, dreht er ab. Ich denke, dass ich meinen Hausgeist selbst erst sehr wenig kenne und stets mit Überraschungen rechnen sollte. Aber er lässt mir wieder mal keine Chance, an dieser Stelle weiter zu forschen.

Er läuft die Treppe wieder hinunter und ruft mir über seinen Rücken zu: „Sagt mir Bescheid, wenn ihr auch abreist."

Ich wende mich zu unserer Zimmertür und horche, ob drinnen irgendwelche Geräusche zu vernehmen sind. Da ich nichts höre, öffne und schließe ich leise die Türe und setze mich vorsichtig auf die Bettkante. Das Tablett stelle ich auf meinen Knien vorläufig ab.

„*Buongiorno!*", säusle ich in die Kissen, wo sich jetzt etwas Leben unter der Decke regt.

Marcos Kopf lugt unter einem Laken hervor.

Ich stelle das Tablett mit dem duftenden Kaffee auf das Nachttischchen, worauf er sich ziemlich zügig von diesem Versprechen in die Senkrechte locken lässt. Er greift nach der Tasse und schlürft, sich gegen die Wand lehnend, mit einem brummenden „*Grazie*" ein paar Schluck der heißen Flüssigkeit.

„Hmm, wie lieb von dir!", surrt er dann, nachdem das Koffein offensichtlich seine Lebensgeister zu wecken beginnt. Er zieht mich sanft zu sich und küsst mich. Er schmeckt nach Kaffee.

Endlich habe auch ich Zeit, in Ruhe ein wenig über diesen völlig verrückten, gestrigen Tag nachzudenken.

Ich ergreife die Zeitung, ziehe den Sessel an das Bett und lasse mich ihm gegenüber darin nieder.

Während ich in dem Boulevardblatt nach Neuigkeiten über die Tontafeln suche, durchforsten meine Gedanken das Dickicht der Ungereimtheiten.

Die drei Fragezeichen in einem Satz tauchen schlagartig wieder vor meinem geistigen Auge auf. Groß wie das Warndreieck an einer Unfallstelle: Die seit zwei Jahren? Verlobte? Aus Deutschland? An ein viertes Fragezeichen, das meine Freunde gerade eben erst aufgestellt haben, will ich einfach nicht glauben. Ich schiebe es beiseite. Da beschäftigt mich doch vielmehr, wie Marco das Erlebte der letzten Nacht verdaut hat? Hält er mich noch immer für eine Diebin oder akzeptiert er Massimiliano endlich als das, was er ist? Ein Täter aus Unwissenheit.

„Es steht noch nichts drin", murmle ich enttäuscht, ohne aufzublicken. Marco schiebt sich inzwischen das Hörnchen in den Mund.

„*Troppo presto!*",[80] mampft er kaum verständlich.

Ich gebe ihm im Stillen recht.

Aber es wäre ein guter Gesprächsbeginn gewesen. Nun weiß ich nicht, welche Frage ich ihm zuerst stellen soll.

„Gibt es noch Kaffee?", fragt mich Marco und greift nach der kleinen Kanne, die ich in weiser Voraussicht mitgenommen habe. „Ich brauche heute Morgen viel davon!"

Vielleicht schweige ich einfach und lasse ihn selbst anfangen?

In der Tat tut er das.

„Du behauptest also, dass dieser Diebstahl von deinem Mitbewohner, dem *penato*, ausgeführt wurde."

Er kippt die zweite Tasse Kaffee in einem Zug hinunter. Offensichtlich ist er nicht mehr zu heiß. Dann stellt er die leere Tasse auf das Tablett zurück.

Ich nicke.

Noch möchte ich nicht voreilig an den völligen Erfolg meines Planes glauben.

„*Bene allora*",[81] fährt Marco fort. „Gehen wir einmal davon aus, dass dies tatsächlich so ist. *Penati* sind nach der Überlieferung unsichtbar. Das streitet dein Massimiliano doch nicht ab, oder?"

„*Giusto*"[82]. Ich nicke wieder.

„Als Kater ist er aber sichtbar", fährt er fort.

Wieder nicke ich einfach.

„Kann er sich hin- und her verwandeln? Hat er die Tafeln als Geist oder als Kater geklaut? Wie und wann hat sich dieser *penato* überhaupt in einen Kater verwandelt?"

Mit diesen Fragen, die er wie Grenzpfosten des Denkbaren in den virtuellen Raum rammt, schlägt er die Decke zurück und geht ins Badezim-

---

[80] zu früh
[81] nun denn
[82] richtig, korrekt, genau

mer.

Immerhin hat er selbst angefangen, davon zu sprechen. Das ist gut. Obwohl seine Ausführungen ein wenig an der eigentlichen Frage, nämlich der nach dem Täter, vorbeigeht. Am besten lasse ich ihn einfach weiterreden.

„Selbst, wenn man diese erste Unglaublichkeit annimmt, dann kommen damit zehn neue Fragen auf! Das Ganze ist einfach zu utopisch! Oder hast du eine Antwort darauf?", fragt Marco, nachdem er wieder aus dem Bad zurück ins Zimmer kommt.

„Habe ich nicht", gebe ich zu. „Aber du hältst es grundsätzlich für möglich, dass er es getan hat?"

Marco springt in seine Jeans und stülpt ein T-Shirt über: „*Diciamo,*[83] mir fällt noch keine andere Erklärung ein, wenn ich von deiner Unschuld ausgehe."

Er streichelt mir mit der Hand über den Nacken und haucht mir ins Ohr: „Und das tue ich!"

Ich lächle ihn zufrieden an. Mein Plan war also doch nicht völlig umsonst.

Marco ergreift den Autoschlüssel und geht an die Tür.

„Moment noch!", halte ich ihn auf. „Wo gehst du hin?"

„Zu meinem Onkel ins Museum. Ich will hören, was sich da tut. Es ist besser, ich gehe alleine, sonst fällt es am Ende noch auf."

Das leuchtet ein, mein Grund ihn aufzuhalten war jedoch ein anderer.

„Es gibt noch etwas, das wir klären müssen!", platze ich heraus, lege die Zeitung beiseite und erhebe mich aus meinem Sessel.

Es verfehlt nicht die Wirkung, denn er dreht ab und kommt zurück. Er schlingt seine Arme um meine Taille und sieht mich mit seinen verführerischen Grübchen lächelnd an.

„Es tut mir leid, dass dich meine Familie so sehr vor den Kopf gestoßen hat. Ich werde das wiedergutmachen, das verspreche ich dir."

Sofort hüllt mich vollkommene Vertrautheit ein, wie der Zuckerwattebausch das Holzstäbchen. Und wie ein Scheibenwischer den frischen Schnee fegt sie sämtliche Zweifel mit einem Schwung beiseite. Beinahe will ich gar nicht mehr fragen, so klar sehe ich die Liebe in seinen Augen.

Nur meine Neugierde widersteht diesem Sog noch. Also frage ich: „Wieso hast du deiner Familie gesagt, dass wir uns bereits zwei Jahre kennen?"

---

[83] Sagen wir,

„Ich wollte nicht, dass meine Mutter denkt, du seist eine flüchtige Be-
kanntschaft."

Die Erklärung kommt so prompt gepaart mit einem geraden Blick, dass
ich keine Skrupel hege, dass er die Wahrheit sagt. Außerdem passt die
Begründung sehr gut auf den Charakter seiner Erzeugerin und die Botschaft an mich in diesem Satz ist darüber hinaus eine durchaus erfreuliche.

Ich schlinge meine Arme um seinen Hals und verknote meine Finger in
seinem Nacken.

„Hast du mich deshalb auch als deine Verlobte angekündigt?"

Marco runzelt für einen Moment die Stirn und gibt vor nicht zu wissen,
wovon ich rede.

„Deine Mutter hat einen Toast auf mich - die *fidanzata* - gemacht. Erin-
nerst du dich?"

„Ach, das!"

Er lässt mich los, winkt ab und lacht.

„Stimmt. Das war einmal der Begriff für Verlobte. Aber das ist lange
her! Früher war das so. Heute verwendet man das Wort für einen festen
Partner."

Diesmal runzle ich die Stirn.

„Und wie nennt man dann wirklich Verlobte?"

„*Fidanzati*[84] oder *sposi promessi*."[85]

Marco macht ein spitzbübisches Gesicht, aber ich verstehe die Anspielung nicht.

In seiner Hosentasche gluckst wiederholt sein Mobiltelefon. Es offenbart sich das wiederholte Déjà-vu seines irritierten Gesichtsausdrucks aufgrund irgendeiner Textnachricht.

Mit einem geistesabwesenden „Keine Angst, meine Leute haben das
nicht so verstanden" steckt er das Smartphone wieder weg.

„Wie kann man denn wissen, was gemeint ist, wenn ihr dasselbe Wort
verwendet?"

„Das wirst du schon merken, wenn es mal so weit ist!"

Er schenkt mir ein geheimnisvolles Lächeln, das mein Herz dahin-
schmelzen lässt, wie Mozzarella auf einer Pizza im Holzofen.

---

[84] Mehrzahl: Verlobte
[85] Übersetzung: Versprochene Eheleute; Anspielung auf: „Sposi promessi", der originale Titel des
literarischen Romans, den alle Schüler in Italien lesen müssen: „Die Verlobten"; von Alessandro
Manzoni (1785 - 1873)

9. Erkenntnisse

„Ihr werdet doch nicht nach Pompeji fahren und mich nicht mitneh-men!?"

Mit einem Satz ist der Kater auf dem Rücksitz und schnallt sich an.

Marco steht noch im offenen Wagenschlag der Fahrerseite, ich sitze be-reits startklar auf dem Beifahrersitz. Mein Freund zuckt mit fatalistischem Gesichtsausdruck wortlos die Achseln, wirft die hintere Tür nach dem Kater ins Schloss und klettert selbst hinter das Steuer.

Er hatte seinen Onkel nicht erreicht, aber erfahren, dass dieser am nächsten Tag eine Pressekonferenz direkt bei den neuen Ausgrabungen geben würde. Das trifft sich gut. Es ist mir ein ungeheures Bedürfnis, Ge-wissheit zu bekommen, dass die Tafeln des Tiberius in sicherem Gewahrsam sind und wir nicht damit in Verbindung gebracht werden. Genau das hoffe ich, von Marcos Onkel irgendwie zu erfahren.

Obwohl mein *Carabiniere* mich darüber aufgeklärt hat, dass es meist genau dieses Anliegen ist, das den Mörder zurück an den Tatort treibt und ihn letztendlich ans Messer liefert, hat er sich breitschlagen lassen, mit mir dort hinzufahren.

Er hält es nach wie vor für keine gute Idee. Aber er kann auch nichts gegen meine Argumentation anbringen, dass es im Licht der Umstände als ziemlich normal betrachtet werden würde, wenn ich, als Besucherin der Gegend, meinen *fidanzato* bitte, mir das weltberühmte Freilichtmuseum zu zeigen.

Die von *Sorrento* kommende Straße zieht sich geschmeidig die Bucht von Neapel entlang, als sei sie ein natürlicher Bestandteil dieser Landschaft. Das blassblaue Meer liegt an diesem Morgen wie ein Spiegel vor der Stadt, die sich wie eine Blumenrabatte um den Fuß des Vesuvs schmiegt. Am Himmel verkündet ein rosa Schimmer einen warmen Herbsttag. Diese friedliche Stimmung scheint auch auf die Menschen einzuwirken, denn selbst der Verkehr auf unserem Weg in das Häusermeer ist an diesem Morgen sanft summend und friedlich, wie ich es hier noch nicht erlebt habe.

„Wie wird ein *penato* zum Kater?", fragt Marco unvermittelt und ohne Vorankündigung in die Stille unserer frühen Fahrt hinein. Er wirft einen Blick in den Rückspiegel auf Massimiliano.

„Das ist eine sehr intelligente Frage", schießt dieser sofort los. „Darf ich diese Frage als Bestätigung dafür nehmen, dass du meine Existenz endlich glaubst?"

„Lenk nicht ab", werfe ich ein, „antworte lieber! Es interessiert mich auch."

„Wieso hast du mich dann nie danach gefragt?", erwidert der Kater. „Ich hätte dir diese komplizierte Angelegenheit gerne ausführlich erklärt. Schon lange. Es ist eine der schwierigsten Dinge für einen *penato*! Man hat sich davon unter uns Penaten immer erzählt, aber niemand hat jemals davon gehört, dass ein Hausgeist es tatsächlich getan hat. Es war immer so ein Mythos, wie bei euch Menschen das mit dem Leben nach dem Tod. Da ist auch niemals einer zurückgekommen, um euch das zu bestätigen. Und trotzdem haltet ihr hartnäckig an dieser Geschichte fest."

„Was besagt denn dieser Penaten-Mythos?", will Marco wissen, dem noch die Erfahrung fehlt, dass man mit derartigen Fragen dem Kater Tür und Tor öffnet. Der schweift dann vom ursprünglichen Thema völlig ab, so dass man am Ende selbst nicht mehr weiß, warum man die erhoffte Antwort von ihm nicht bekommen hat oder was man überhaupt gefragt hat.

„Wir *penati*", hebt Massimiliano erwartungsgemäß an, „wir leben im Haus unserer Familie und sind für alles verantwortlich, was diese nährt. Wir leben von den Opfergaben, die am Herd dargebracht werden."

„Das wissen wir bereits", werfe ich ein, denn ich kenne den weit ausholenden Tonfall in der Stimme meines Hausgeistes. Ich fürchte, dass er nun bei Adam und Eva der Penaten beginnen wird und wir nichts über die Sache mit der Verwandlung zum Kater erfahren werden.

„Ja, *du*!", antwortet Massimiliano betont.

Er zeigt mit der Pfote auf Marco: „Aber *er hier* doch nicht! Das sind wichtige Grundlagen, wenn man die komplizierte Angelegenheit verstehen will. Du kannst auch nicht in einen Formel-1-Wagen einsteigen, ohne vorher den normalen Führerschein gemacht zu haben."

Ich seufze.

Aber Marco ist gefasster: „Ich weiß, dass ihr Penaten auch sterben müsst, wenn eure Familie stirbt. Weshalb sie euch auch bei Bränden oder in anderen Notfällen retten. Ich habe das in der Schule gelernt."

Die Kenntnisse meines Freundes beeindrucken mich, denn ich hatte dergleichen weder in meiner Schulzeit noch sonst irgendwo vorher gehört. Auch der Kater schweigt einen Moment; ob beeindruckt, lässt sich nicht sagen.

„Was hat es nun mit diesem Mythos auf sich?", fragt der *Carabiniere* zielsicher weiter.

Massimiliano schnallt sich ab und rutscht zwischen die beiden Vordersitze nach vorne, so dass sein Kopf auf Höhe unserer Schultern in direkter Nähe unserer Gehörgänge ist. Er legt je eine Pfote auf die Rückenlehne des Vordersitzes zur rechten und zur linken.

„Ein *penato*, dessen Familie ausstirbt, hat immer die Chance, sich eine neue zu suchen", flüstert er orakelhaft, obwohl ich diese Information überhaupt nicht als geheimnisumwoben einstufe. „Das ist aber natürlich schwierig, denn die meisten Familien haben ja bereits ihre Hausgeister und die sind wenig geneigt, einen Fremden zu adoptieren."

„Penaten können adoptieren?" Marco tappt in die Falle.

„Lass gut sein", signalisiere ich ihm deshalb schnell und zu dem Kater gewandt: „Erzähl weiter!"

Inzwischen verwandelt sich die malerische Landschaft in die wenig ästhetische städtische Szenerie. Wir stehen immer wieder an roten Ampeln, die scheinbar absichtlich asynchron geschaltet sind. Egal, welche Geschwindigkeit man fährt, man kann der roten Welle nicht entkommen. Ich hege den Verdacht, dass dies Absicht ist, um den Straßenverkäufern, die Zeitungen, Besen, Getränke, Zitrusfrüchte oder eine Wagenwäsche anbieten, einen Markt zu bewahren.

„Der Mythos besagt, dass in so einem Fall die einzig verbleibende Möglichkeit die ist, in den Körper eines lebenden Wesens zu wechseln."

Massimiliano macht eine bedeutungsvolle Kunstpause. Er sieht mich von der Seite an, dann Marco.

„Auch in den eines Menschen?", frage ich interessiert. Ich will mir das eigentlich gar nicht vorstellen.

„*Non esagerare!*",[86] antwortet Massimiliano beinahe geringschätzig in meine Richtung. „Es ist schon kompliziert genug, in einen kleineren Körper überzusiedeln."

„So wie in den einer Maus?", wirft nun Marco interessiert ein, was den Kater zu noch abfälligerer Reaktion animiert.

„Kein *penato* der Welt würde jemals auch nur in Erwägung ziehen, in den Körper einer Maus oder einer Ratte zu emigrieren! Nicht einmal in größter Not und unter widrigsten Umständen! Wer möchte denn schon als so ein mieses, charakterloses, gemeines und diebisches Nagetier leben!?"

Er legt auch die rechte Pfote auf die Sitzlehne des Fahrersitzes, als stütze er sich mit beiden Tatzen auf und beugt sich noch näher hinter Marcos Ohr. „Mäuse sind niederträchtige, hinterlistige, gefräßige ..."

„Schon gut, ich hab's ja verstanden!"

Diesmal bremst ihn mein Freund aus. „Es ist also die einzige Überlebenschance eines *penatos*, in den mittelgroßen Körper eines anderen Lebewesens zu schlüpfen. Und was sagt die mystische Anleitung, wie das funktioniert?"

Der Kater bringt sich wieder in Position.

„Körper sind ja bereits von einem Geist bewohnt. Ihr nennt das Seele. Der Mythos sagt, dass es nicht ratsam ist, sich dort hineinzuzwängen, wo bereits ein anderer Geist haust. Das ist einfach zu beengt und gibt nur Streit."

„Dann schlüpft man also in einen toten Körper?"

Mir erscheint die Schlussfolgerung logisch, wenn mir auch der Gedanke, dass mein Mitbewohner in einem leblosen Katzenkörper durch meine Wohnung schlurft, absolut nicht gefällt.

„Sei nicht albern. Wie soll das denn funktionieren?!", maßregelt mich

---

[86] Nicht übertreiben!

Massimiliano schneller, als ich meine Abneigung diesem Gedanken gegenüber entwickeln kann. „Wie soll man denn einen toten Organismus wieder zum Leben erwecken?"

„Nicht in einen lebenden und auch nicht in einen toten Körper: Da bleibt ja nicht viel!", verteidige ich mich.

„Eben! Da bleibt nicht viel. Und genau das ist die enorme Schwierigkeit, die man meistern muss! Man hat nämlich nur diesen einen Versuch und wenn der nicht klappt, dann gibt es kein Zurück mehr."

Marco biegt bereits auf den Parkplatz vor dem Pompejimuseum, was uns nur noch wenig Zeit lässt, um das Ende der Erklärung zu erfahren. Aber diesmal fährt Massimiliano sogar ohne Aufforderung von selbst fort.

„Der Mythos rät, den genauen Moment abzupassen, wenn der Körper der Wahl noch am Leben ist und der Geist diesen gerade verlässt. Das sind in eurem Zeitverständnis nur wenige Sekunden. Entsprechend schwierig ist es für *penati*, die wir dieses Kurzzeitgefühl eines Menschen nicht besitzen, diesen richtigen Augenblick zu erhaschen. Wenn man zu früh in den Körper schlüpft, kann es sein, dass der alte Geist nicht mehr gehen will und dann ist man auf Gedeih und Verderb in so einer Wohngemeinschaft gefangen. Wenn man sich zu spät entscheidet, ist der Körper vielleicht schon tot – das war es dann. Man kann nicht zurück."

Massimiliano lässt sich, wie von der Erinnerung an die Anstrengung erschöpft, zurück in die Lehne der Rückbank fallen. Sein Kopffell steht ihm fast senkrecht in die Luft.

„Darüber hinaus muss man erst mal einen guten Körper finden!", erklärt er nach einer Weile, scheinbar noch immer diesem aufreibenden Teil seiner Autobiografie nachsinnend. „Er muss gesund, fit und nicht zu alt sein, denn damit muss man schließlich in Ewigkeit leben."

„Und der Körper eines Katers schien dir eine gute Wahl?", fragt Marco und parkt den Wagen im Schatten eines Baumes, während er mit einem Blick in den Himmel die zu erwartende Sonneneinstrahlung prüft. Er befindet den Platz als gut und stellt den Motor ab.

„Sehr wohl!", antwortet Massimiliano akzentuiert. „Die Körper werden schließlich nicht in einem eurer Supermärkte angeboten! Es ist mühsam, diesem so lange zu folgen, damit man im rechten Augenblick auch vor Ort ist. Und ja: Kater ist eine passable Wahl. Als solcher lebt man frei und unabhängig, bekommt immer irgendwie zu essen, kann mit ein wenig Mühe die Fähigkeiten gut entwickeln und bekommt in diesem Kulturkreis sogar Zuwendung - wenn man das möchte. Außerdem sind Katzen große Individualisten, so wie die Italiener auch. Das passt."

Marco gibt mit diesem letzten Satz sogar ein bestätigendes, kurzes Lachen von sich.

„Da hat er recht!", stimmt er ihm dann schon wieder zu. Ich habe mitgezählt: Es ist bereits das dritte Mal.

„Ich glaube, ich wäre ein Pferd geworden", stelle ich laut Überlegungen rein hypothetischer Art an, die mein Hausgeist sofort als eine miserable Wahl abkanzelt: „Da sind deine Chancen gut als *Stracotto*[87] im Topf zu landen."

Ich stelle meine Gedankenspiele sofort ein.

Wir steigen aus und schlendern in Richtung Kasse, um ein Ticket zu erstehen. Es warten erst wenige Menschen darauf, dass der Mann hinter der schusssicheren Glaswand seinen Schalter öffnen möge.

„Wenn das alles wahr ist", fängt Marco an, „dann müsste die Menschheit doch schon früher irgendwann von solchen Wesen, wie du es bist, zu berichten wissen? Wieso sollten nun ausgerechnet wir beide die ersten menschlichen Zeugen dieses Vorgangs sein?"

„Oh, das tut sie doch, die Menschheit, das tut sie!", behauptet der Kater mit erhobener Pfote, wie der Lehrer Lemke des Wilhelm Busch[88]. „Die Welt ist voll von Berichten über sprechende Tiere! Guckt doch mal in die Literatur. Bücher über Bücher gibt es darüber. Sogar über mich hat man mal ein Buch geschrieben, das zu Weltruhm gelangte."

„Über dich gibt es ein Buch?!", wundere ich mich mit ebenfalls großer Skepsis.

„Noch nie etwas vom ‚Gestiefelten Kater'- *Le Chat Botté*'[89] - *il gatto con gli stivali* - gehört?" Massimiliano bleibt mit dieser Frage an uns stehen und wartet darauf, dass wir ihm unsere volle Aufmerksamkeit schenken und ebenfalls den Schritt anhalten.

„Du willst damit sagen, dass *du* der Gestiefelte Kater bist ... warst?", zweifle ich, mittlerweile überwältigt von Vorbehalten.

„Lisa, bleib realistisch!"

Massimiliano sieht mich mit schief gelegtem Kopf an, als müsse er seinerseits an meiner Wirklichkeitshaftung zweifeln.

„Natürlich nicht. Das ist ein Märchen. Aber: Ich bin für die Figur Pate

---

[87] *Ragù* aus Esel- oder Pferdefleisch, wird mit Pasta serviert
[88] Lehrer Lemke, Wilhelm Busch „Max und Moritz" 4. Streich
[89] Die Grimms haben, nach neuesten Erkenntnissen, die Geschichte des *Gestiefelten Katers* aus *Le chat botté* von Charles Perrault übernommen und ein gutes Ende angefügt. Es wird vermutet, dass sie italienische Ursprünge hat, zumindest aber bereits von Giovanni Francesco Straparola aufgezeichnet wurde.

gestanden. Ich habe dir doch gesagt, dass ich mal in Bozen gelebt habe. Damals war die Mode anders, damals trug man elegante Stiefel und großen Federhut. Ich hatte auch eine sehr bequeme Bundhose, aber der Autor hat sich einen Spaß daraus gemacht, mich ohne Hose zu beschreiben. Eine Peinlichkeit, die mich bis zum heutigen Tage verfolgt. Wenn ich das damals geahnt hätte, hätte ich nie zugestimmt!"

„Il gatto con gli stivali", murmelt Marco, schiebt kopfschüttelnd die Hände in die Hosentaschen und läuft langsam weiter.

„Ich war jung und brauchte eine Familie!", verteidigt sich Massimiliano, schließt eilig mit ihm auf, um sich vor ihm aufzupflanzen: „Ihr Menschen wollt glauben, das sei der großartigen Fantasie der Schriftsteller zu verdanken. Pah! Wieder mal so ein eingebildeter Zug der Menschen, die ihr an nichts glaubt als die eigene Schöpfungskraft! Welche, nebenbei gesagt, sehr begrenzt ist."

Er dreht sich mir zu: „Ich wette, wenn ihr einfach aufschreibt, was ich euch so erzähle, dann habt ihr das, was man heute einen Bestseller nennt! Sogar du kannst das."

Ich lache laut auf und übergehe seine Beleidigung: „Geschichten genug machst du ja!"

Inzwischen hat der Mann hinter der festen Glasscheibe sein Mikrofon eingeschaltet, das der einzige Kommunikationskontakt in die Außenwelt zu seinen Kunden darstellt. Er verkauft Marco zwei Eintrittstickets mit Audioguides, die wir als Alibi vorsorglich nehmen wollen.

Das große Tor zum Freilichtmuseum wird geöffnet. Der Kater verschwindet, zusammen mit zahlreichen Hunden, die vor dem Eingangstor gewartet hatten, sofort in den Straßen der antiken Stadt, als gelte es, ein Wettrennen zu gewinnen.

„Fahrt ja nicht ohne mich zurück ins Hotel!", ruft er uns noch zu und wartet nicht weiter auf Antwort.

Damit ist die Schilderung über die Verwandlung eines unsichtbaren *penatos* in einen sichtbaren Kater erst einmal beendet. Aus Erfahrung weiß ich mittlerweile, dass ich mich mit Antwort auf Fragen, die während dieses Gespräches entstanden sind, gedulden werden muss.

Marco reicht mir einen langen, schwarzen Kasten, der einem Mobiltelefon der ersten Generation gleicht. Er blickt der davonhastenden Meute hinterher und bemerkt: „Worauf habe ich mich mit dir da bloß eingelassen!?"

Er grinst mich kurz an, ohne weiter zu erläutern, ob er damit meinen Hausgeist oder den Besuch der anstehenden Pressekonferenz meint.

Er drückt mir einen herzlichen Kuss auf den Mund. Damit radiert er das vierte Fragezeichen in meinem Hinterkopf endgültig aus. Es hatte sich dort hartnäckig festgesetzt.

Dann zeigt er mir auf der Karte, wo der abgesperrte Bereich sein muss, in dem das Treffen stattfinden wird, und führt mich, ganz Gentleman, über die großen, glatt abgerundeten Pflasterblöcke der Straßen in Pompeji. Als würden wir an einem besonders heißen *Ferragosto*[90] einsam durch eine italienische Einkaufsstraße bummeln, führt unser Spaziergang uns Hand in Hand entlang leerer ehemaliger Läden. Wir schlendern vorbei an Mauern, Säulen oder rekonstruierten zweistöckigen Häusern mit Ziegeldächern. Eine gut erhaltene, mit bunten Marmorstücken verzierte Theke lädt beinahe heute noch zu einem imaginären Becher Wein ein. Man kann sich die gefüllten Tonamphoren in den dafür vorgesehenen Löchern des Tresens bildlich vorstellen. Tonnenschwere Mühlräder zum Mahlen von Korn, angetrieben von Eseln oder Sklaven – Massimiliano ist nicht da, um ihn zu fragen - zeugen noch heute von der Nahrungsversorgung für die Bevölkerung.

Durch diese antiken Mauern zu wandeln, vermittelt mir den tiefen Eindruck dessen, was mein Hausgeist mir immer wieder in verschiedensten Varianten zu verstehen gibt: Die Menschheit hat in zweitausend Jahren die technische Entwicklung vorangetrieben, die eigene wenig.

„Ja, was ist das denn?!"

Ich zeige auf das erigierte, in Stein gehauene männliche Glied, das sehr deutlich und unmissverständlich auf den Gehweg geprägt ist.

„Ein Wegweiser", erklärt Marco süffisant lächelnd. „Pompeji war eine Hafenstadt, in welcher Matrosen aus aller Welt strandeten, die in allerlei Sprachen redeten."

„Ein Bordell?", mutmaße ich folgerichtig und Marco ergänzt den einstigen Fachbegriff mit blitzenden Augen: *„Lupanarium*[91]. Wir kommen auf unserem Weg zur Pressekonferenz daran vorbei."

Das rekonstruierte Gebäude liegt an einer Kreuzung von Nebenstra-

---

[90]An diesem Tag sind 80 % der Bevölkerung entweder am Meer oder in den Bergen. Die Städte sich wie verwaist.

[91] Das ‚Lupanar' (Lupo = Wolf) ist wohl das bekannteste der im antiken Pompeji bislang ausgegrabenen Bordelle. Die Besonderheit dieses Etablissements ist, dass es als einziges wohl von Anfang an ausschließlich für seinen Zweck, die Ausübung der Prostitution, errichtet wurde.

ßen. Es ist zweistöckig, hat im Untergeschoss fünf Zellen und eine Latrine, sowie im Obergeschoss fünf weitere Räume.

„Komm, wir gehen gemeinsam in ein Freudenhaus! Das wollte ich schon immer mal mit meiner Freundin machen", lacht Marco und zieht mich hinter sich her. Ich stolpere über die Schwelle des Eingangs, was meinen *Carabiniere* erst recht zu einer ironischen Bemerkung hinreißt: „*Ecco*[92]: Es ist das Haus der gefallenen Mädchen!"

Im Inneren führt eine hölzerne Treppe nach oben. Jede Zelle ist mit einem kurzen, gemauerten Bett mit Kopfteil versehen, worauf einst vermutlich eine Matratze lag. Zahlreiche, in allen Räumen gut erhaltene erotische Fresken zeigen die Arten des damals käuflichen Liebesspiels.

„Sie lassen wirklich keine Variante aus", bemerke ich und küsse ihn spontan, bevor ich ihn zum nächsten Bild ziehe.

„Einige Darstellungen befinden sich nicht mehr hier", erklärt Marco, da ich ziemlich fasziniert davor stehenbleibe. „Sie sind im Archäologischen Nationalmuseum, wo sie noch bis in die 1970er Jahre in einer Geheimkollektion, dem Publikum nicht zugänglich, aufbewahrt wurden. Witzig, was? Das wollte man damals der Bevölkerung nicht zumuten. Das weiß ich von meinem Onkel."

Er wirft einen Blick auf seine Armbanduhr.

„Ich möchte nicht wissen, wie viele Paare hier heute noch eine erotische Pause einlegen?", grinst er mich an. „Aber wir müssen leider weiter, weil du ja darauf bestehst, dich bei dieser Pressekonferenz verdächtig zu machen."

„Ich fürchte, das Interesse der Touristen an diesem Platz hier ist heute mindestens so ausgeprägt, wie das der Kunden damals", dämpfe ich seine Fantasie. „Ein Schäferstündchen dürfte nicht besonders ungestört ablaufen. Bei unserem Glück würde sogar Massimiliano mit einem blöden Spruch auftauchen."

Damit habe ich wohl jeglichen Anflug an Erotik im Keim erstickt und Marco guckt zunächst auch so, ergreift aber dann meine Hand und meint: „Es gibt bis heute weitere fünfundzwanzig andere, weniger bekannte ehemalige Bordelle hier."

Aber er führt mich nicht in ein anderes Freudenhaus der römischen Antike, sondern in die Nähe der Pressekonferenz, die hinter einem für normale Besucher abgesperrten Bereich vorbereitet wird.

Es haben sich bereits eine ganze Menge Journalisten versammelt und

---

[92] Da haben wir's; da ist es; hier!

mehrere Fotografen und Kameraleute haben sich strategisch aufgestellt. Ein verwaistes Mikrophon steht auf einem kleinen Holzpodest. Die Zeitungs- und Fernsehreporter stehen in Gruppen, rauchen, plaudern oder produzieren gedämpfte Klicksalven auf ihren Laptops.

„Es ist besser, wenn mein Onkel uns nicht sieht", befindet Marco und zieht mich hinter eine Mauer, von wo wir dennoch gut hören werden, was in der Nähe gesprochen wird. Ein noch immer üppig blühender Oleanderstrauch verdeckt die Sicht auf uns.

Niemand hat auf uns geachtet.

Wir schieben uns wie zufällig entlang des Steinwalls ein Stück näher und lassen uns dort nieder. Sollte uns jemand entdecken, sieht es ganz so aus, als würden wir uns nur ausruhen.

„Signori, Buongiorno!"

Marco stupst mich mit übertriebenem Augenaufschlag kurz an und gibt mir durch vielsagende Gestik zu verstehen, dass diese Worte aus dem Mund seines Onkels kommen.

Nach einem Moment aufgeregten Gemurmels und einigem Klicken und Rascheln scheinen alle Journalisten aufmerksam und startklar zu sein, denn der Sprecher fährt fort.

Er gibt mit ruhiger Stimme einen Überblick zum Stand der aktuellen Ausgrabungen und macht es alsdann spannend. Er erklärt, dass erstmals durch Einsatz eines 3-D-Computertomographen die vergipsten Leichen von Pompeji in ihrem Innersten untersucht wurden und erstaunliche Erkenntnisse zutage traten.

„Unsere Forschungen haben ergeben, dass es keine Karies gab. Das ist eigentlich nicht überraschend, denn wir kennen die positiven Auswirkungen unserer mediterranen Küche, aber erst die jüngsten Untersuchungen haben uns das so deutlich demonstriert. Erklären lässt sich der gute Zustand der Zähne unseren Forschern zufolge damit, dass die Nahrung damals kaum Zucker enthielt. Außerdem war das Trinkwasser hier fluorhaltig."

Marcos Onkel macht eine Pause, bevor er weiter berichtet: „Auch über die Todesumstände der Menschen von Pompeji gibt es neue Erkenntnisse. Darüber wurde bislang viel gestritten. Es gibt bis heute gut eintausend Körper von Opfern vor Ort. Anhand der Untersuchung der Knochen konnten wir feststellen, dass es viele Schädelverletzungen gab. Was uns vermuten lässt, dass viele Menschen von einstürzenden Dächern erschlagen wurden, die unter dem Gewicht der bis zu zwei Meter hohen Schicht aus Asche und Bimsstein zusammenbrachen. Sie waren also vermutlich bereits tot, als die pyroklastische Wolke alles Leben restlos auslöschte. Nicht nur Skelette und Zähne, sondern teilweise auch versteinerte Haut, Muskeln und sogar Kleidung sind auf den Bildern zu erkennen. Die Archäologen hoffen auf weitere, spektakuläre Entdeckungen über die Menschen von Pompeji. Wir werden Sie darüber auf dem Laufenden halten."

„Welche Neuigkeiten gibt es über die verschwundenen Tafeln des Tiberius? Was sagen Sie dazu, dass man vermutet, dass diese antiken Wertgegenstände durch korrupte Kanäle auf dem Schwarzmarkt gelandet sind?", will eine forsche Frauenstimme wissen.

„Bedaure", antwortet der Sprecher unmissverständlich, „Sie werden verstehen, dass ich zu den laufenden Ermittlungen nichts sagen kann."

Marco und ich wechseln kurz einen schweigenden Blick: Meiner ist sehr fragend, der seine eher verständnisvoll.

Drei Journalisten sprechen jetzt gleichzeitig. Ich höre Worte wie „Versäumnis" und „Schlamperei" und „Bestechlichkeit" und „in den eigenen Reihen". Besonders die Reporterin lässt nicht locker.

Der Direktor des Museums wiederholt den zuvor von sich gegebenen Satz wörtlich und tritt dann vom Podium ab, um einer Frau Platz zu machen. Sie erklärt den Reportern, wo sie die Pressemappen und andere Unterlagen finden und für welches Datum die nächste Konferenz geplant ist. Dann wendet auch sie sich ohne weitere Erklärungen ab. Außer dem allgemeinen Lärmpegel ist nichts mehr zu hören.

Die ersten Journalisten ziehen sich bereits zurück und laufen an uns vorbei.

Eine Weile warten wir noch, bis die Luft rein ist. Dann erheben auch wir uns, um wie zufällig des Weges zu schlendern. Vorsichtshalber pressen wir unsere Audioguides an die Ohren und tun so, als ob wir gespannt dem Erzähler in dem Unikum an unserem Ohr lauschen würden.

Im Laufen überlege ich laut: „Was hat das zu bedeuten? Kein Wort über die zurückgegebenen Tafeln!?"

Marco zuckt gelassen die Schultern.

„Gut möglich, dass sie es noch nicht bekanntgeben wollen, weil sie noch Nachforschungen anstellen?", mutmaßt er. „So etwas passiert schließlich nicht alle Tage, dass ein Dieb das gestohlene Gut zurückgibt."

Ein Gedanke durchkreuzt mein Hirn, den ich sofort energisch zurückweise. Ich hoffe, dass sich dieser Denkvorgang auf meinen Zügen nicht einmal ansatzweise abzeichnet: Der Empfänger einer solchen anonymen Rückgabe könnte natürlich für ewig einfach schweigen und den Schatz insgeheim selbst behalten. Sogar ein rechtschaffener Mensch könnte einer solchen Versuchung erliegen! Gelegenheit macht bekanntlich Diebe.

Nach meinem *Faux-pax* der Mafiosi-Bemerkungen wage ich es jedoch nicht, diese Möglichkeit Marco gegenüber auch nur anzudeuten.

Deshalb frage ich mit einer unscheinbaren Überlegung: „Das ist merkwürdig. Man würde doch denken, dass das eine gute Nachricht ist, die man kundtun sollte? Diese eine Journalistin hat ganz schön gebohrt und schreibt bestimmt ein paar Gemeinheiten über deinen Onkel und seine Kollegen."

„*Può darsi*[93]", antwortet Marco neben mir her schlendernd. Er spielt desinteressiert mit dem Audioguide. „Vielleicht steht morgen irgendetwas Kleingedrucktes in der Zeitung, weil sie kein großes Aufheben darum machen wollen?"

Meine Enttäuschung über die ausgebliebene Bestätigung nimmt mich so sehr gefangen, dass ich den Fußweg zurück, vorbei an dem gut erhaltenen Amphitheater[94], dem *theatrum tectum*[95] und dem *Forum Triangolare*[96] gar nicht richtig registriere. Marco muss mich wiederholt auf die durchaus interessanten *grafiti* an den Mauern aufmerksam machen. Er liest mir manche sogar vor und übersetzt aus der alten Sprache: Ein Soldat, der sich über seine Liebe zu einer Frau auslässt, die Werbung für einen bestimmten Politiker zu stimmen oder auch Schmähworte.

„Was heute die Klowände, waren damals diese Mauern", legt Marco dar. „Massimiliano würde sagen: Noch ein Beweis, dass die Menschheit kein bisschen dazugelernt hat in diesen zweitausend Jahren. Dieselben dummen Sprüche."

Die Tatsache, dass mein skeptischer *fidanzato* tatsächlich meinen Hausgeist zitiert, zieht dann doch meine Aufmerksamkeit wieder auf ihn. Ich freue mich darüber, dass er ihn allmählich wirklich zu akzeptieren scheint.

„Gehen wir zurück zum Auto", schlage ich vor. „Bestimmt wartet Massimiliano schon auf uns."

„Woher nimmst du deine Zuversicht?", will Marco wissen und weist

---

[93] möglicherweise, das kann sein

[94] Amphitheater mit 20.000 Plätzen

[95] *teatrum tectum* („überdachtes Theater"), als Halbkreis angelegt.

[96] Das *Forum Triangolare* wurde vermutlich als Sportstätte für die Jugend genutzt.

mich darauf hin, dass dieser sich von dannen gemacht hat, ohne eine Uhrzeit mit uns zu vereinbaren.

Als wir zum Wagen kommen, lehnt dieser tatsächlich an der Kühlerhaube und macht ein ungeduldiges Gesicht.

Er begrüßt uns mit einem „Na, endlich!" und schwingt sich sofort auf die Rückbank, sobald Marco die Verriegelung öffnet.

Ich sinniere, ob es klug ist, den Kater über die fehlende Bestätigung seitens des Museumsdirektors zu informieren? Aber ich entscheide mich dagegen, weil ich fürchte, damit eventuell nur neue, Verwirrung stiftende Aktionen meines Hausgeistes zu ermutigen.

Währenddessen stößt Marco in ganz andere Gefilde vor: „Warum hast du es denn vorhin so eilig gehabt?"

„Du meinst das Wettrennen, das die Hunde hier jeden Morgen veranstalten[97]?", antwortet Massimiliano mit einer Gegenfrage, spricht aber weiter, ohne auf Antwort zu warten. „Ich habe mitgemacht."

Und damit beginnt er im Detail, jeden herrenlosen Hund zu schildern, wie schnell dieser oder jener läuft, in welchem Haus dieser oder jener dann vor der Eingangstür der Ruine sein erwähltes Revier bewacht, welche Kämpfe es um Territorien gegeben hat, welche Verletzungen schon davongetragen wurden, wo und wie auch Katzen und Kater in dieser Stadt ein Dasein fristen und wie alle auf wenig mysteriöse Weise von den Touristen leben. Dann wechselt er sofort über, die verschiedenen Feriengäste nach ihrem Herkunftsland zu charakterisieren und deren Futtergaben und Reaktionen auf die wilden Hunde zu beschreiben.

Er redet ohne Punkt, Komma und Strich, wie ein Reporter des italienischen Rundfunks, der das Endspiel der italienischen Nationalmannschaft in einer Fußballweltmeisterschaft kommentiert.

Ich schalte auf Durchzug und gehe meinen Gedanken nach, zurück zur Pressekonferenz, die mir nicht die gewünschte Beruhigung bescherte. Marco scheint den Worten des Katers zunächst zu folgen, starrt aber dann auch in zunehmendem Maße monotoner auf die Straße vor uns.

„Nachdem ich euch dies alles nun ausführlich erklärt habe, werdet ihr die Notwendigkeit dieser Entscheidung verstehen."

Dieser Satz fällt, als wir in den Zufahrtsweg des Hotels einbiegen. Er erweckt Marco und mich gleichzeitig aus unseren Gedanken.

---

[97] Tatsächlich warten streunende Hunde jeden Morgen vor den geschlossenen Toren Pompejis, sie laufen erst mit Öffnen des Gatters zu dem von ihnen gewählten Platz, um dort den ganzen Tag zu verbringen.

„Welche Entscheidung?", will ich wissen, weil ich glaube, etwas Wesentliches in seiner Ansprache verpasst zu haben.

„Wir müssen sie mitnehmen", artikuliert der Kater mit einer Bestimmtheit, die als unumstößliche Schlussfolgerung seiner Rede keine andere Wahl lässt.

„Wen: sie?", forscht Marco und schaut wieder durch den Rückspiegel auf Massimiliano und ich frage gleichzeitig: „Wen wohin mitnehmen?"

In diesem Moment erscheint ein Kopf hinter der Rückbank, der ein deutliches „wuff" als Antwort auf unsere Fragen von sich gibt.

Marco tritt in die Bremsen. Der Kater und ich fallen in unsere Anschnallgurte nach vorne.

Wir drehen uns gleichzeitig ruckartig nach hinten um.

„Darf ich euch vorstellen: Poppäa!"

Massimiliano zeigt mit der Pfote auf den goldbraunen großen Hund, der uns hechelnd abwartend anschaut. Als wir ihn ansehen, legt er seine weiße Schnauze auf die Lehne der Rückbank und stellt das Hecheln ein. Seine dunklen Augen schauen beinahe unterwürfig drein, verleihen ihm das unschuldige Gesicht eines Teddybärs.

Der Hund sieht aus wie der aus dem Haus des Fauns, um den wir einen großen Bogen gemacht hatten. Aber ist er es wirklich?

Die Verwandlung dieses Tieres von gefährlich zu niedlich bringt mich ziemlich durcheinander. Was ist das bloß mit diesem Neapel, das ständig diese Metamorphosen hervorbringt: Zuerst das merkwürdige Verhalten des Katers und nun auch noch ein Hund!

„Ist das nicht ...?", fängt Marco an, der meinen eigenen Gedanken zwar beginnt, jedoch nicht zu Ende ausspricht.

„Ja, genau", fällt ihm der Kater ins Wort und zeigt auf den anderen Vierbeiner. „Poppäa aus dem Haus des Fauns. Ihr kennt euch ja schon."

„Wie kommt der Hund in den Wagen?!", mache ich meiner Empörung Luft, obwohl die Frage selbst völlig überflüssig ist, denn ich sehe sehr wohl, dass Massimiliano für die Anwesenheit des Tieres verantwortlich ist.

„Wie hast du die Autotür aufbekommen?", verhört ihn Marco indes in polizeimäßigem Ton.

Der *penato* ist davon zwar nicht beeindruckt, trotzdem antwortet er prompt: „Damit. Kinderspiel."

Er wirft Marco einen gelben Tennisball zu, der ihn mit einer Hand in der Luft abfängt, einen kurzen Blick darauf wirft und ihn dann mit einem

„*capisco*[98]" in den Fußraum meiner Seite rollen lässt[99].

Ich bin geneigt, mich von diesem Ball ablenken zu lassen, der anscheinend etwas mit dem Öffnen des abgesperrten Geländewagens zu tun hat, ein Zusammenhang, der sich mir nicht erschließt. Aber ich stelle meine Neugierde zurück.

Marco und ich wechseln einen fragenden Blick, doch wir beide kommen zu dem Ergebnis, dass der andere nichts von Massimilianos Vorhaben gewusst hat.

Bevor wir wieder etwas sagen können, weist der Kater mit der Pfote auf die Motorhaube vor uns: „Es ist besser, du fährst weiter!"

Wir drehen uns wieder nach vorne und erblicken auf der engen Hoteleinfahrt einen uns entgegenkommenden schicken Wagen der gehobenen Luxusklasse, dessen Chauffeur im Moment des Augenkontakts unnötigerweise energisch zu hupen beginnt und wild mit den Armen gestikuliert.

Marco entschuldigt sich mit erhobener Hand und steuert unseren Geländewagen über den Seitenrand des Weges an dem Wagen vorbei.

Auf dem Parkplatz angekommen, springt der Kater sofort aus dem Auto, der Hund hinter ihm her und wir hinter den beiden her, bis wir schließlich zu viert um den Jeep stehen und uns gegenseitig abwartend ansehen.

„Darf ich in Erinnerung rufen, dass Poppäa euch verteidigt hat, als diese Amerikaner Marco zu viert vermöbeln wollten, weil er eine Eifersuchtsszene vom Zaun gebrochen hat?",[100] spricht der Kater mit erhobenem Kopf. Er hält uns die peinliche Szene vor Augen, die sich kurz nach meiner Ankunft in Pompeji abgespielt hat. Mein argwöhnischer *Carabiniere* hatte aus reiner Eifersucht beinahe eine Schlägerei heraufbeschworen.

„Verteidigt?!", johle ich ungläubig. „Sie hat uns angegriffen!"

Marco kratzt sich verlegen am Kopf. Er scheint sich an etwas zu erinnern, das zu den Worten des Katers passt.

Ich aber nicht: „Die Zähne hat sie gefletscht und geknurrt, als springe sie uns jeden Augenblick an die Gurgel! Wenn wir uns nicht zurückgezogen hätten, wer weiß, was dann passiert wäre?!"

„Die Anderen hat sie angeknurrt! Euch doch nicht!", korrigiert mich Massimiliano mit großer Geste. „Sie hat alle anderen im Zaum gehalten, damit *wir* uns vom Acker machen konnten. *So* sieht es aus!"

---

[98] Ich verstehe
[99] Bei alten PKWs mit manueller Türschließe lässt sich eine verriegelte Autotür mit Druck öffnen, indem man ein Loch in einen Tennisball bohrt, diesen an das Schloss hält und mit einem kräftigen Schlag auf den Ball die Luft darin in das Schloss drückt.
[100] Ereignis aus Roman 1 „Dolce Vita auf leisen Pfoten"

Als verstünde der Hund unsere Worte, setzt er sich auf die Hinterläufe und winselt.

„Seht ihr?!" Massimiliano zeigt auf den Vierbeiner.

Marco und ich wechseln erneut einen Blick. Diesmal eher einen etwas peinlich berührten, denn weder er noch ich denken mit einem guten Gefühl an diesen kürzlichen Vorfall zurück.

„Wie dem auch sei!", wehre ich schließlich ab. „Sie lebt in Pompeji und wir in Bologna und ..."

„... und genau das gilt es zu ändern!", beharrt der Kater, bevor ich hinzufügen kann, was ich beabsichtigt hatte, nämlich, dass der Hund genau dorthin zurückkehren wird.

„Sie muss mit uns nach Bologna kommen! Nach allem, was sie für euch getan hat, können wir sie nicht in diesem Elend zurücklassen", fährt Massimiliano fort.

Wie auf Kommando wedelt der Hund mit dem Schwanz und fegt damit den Staub des Kiesparkplatzes nach links und rechts in kleine Häufchen.

„Das ist kaum deine Entscheidung!", weise ich ihn verärgert zurecht. „Außerdem haben wir keinen Platz in meiner Ein-Zimmer-Wohnung, wo wir nicht einmal einen Chiwawa unterbringen könnten. Geschweige denn so ein Pferd!"

Ich zeige mit einer abfälligen Handbewegung auf den Hund. Dieser legt sich mit der Schnauze flach in den Kies, als wolle er sich besonders klein machen. Er fixiert uns mit einem treuen Augenaufschlag. Zunächst lugt er verstohlen auf mich, dann bleiben seine braunen Hundeaugen mit einem erneuten tiefen „wuff" an Marco haften.

„Ich kann meinen Bruder fragen, ob er ihn auf der Büffelfarm brauchen kann?", meint dieser zögerlich.

Massimiliano zieht die Augenbrauen nach oben und macht spitze Lippen.

Der Hund hebt den Kopf und robbt freudig mit dem Bauch über den Boden auf Marco zu.

„Er könnte einen guten Wachhund abgeben", überlegt mein *Carabiniere*, was eine sehr konträre Erwägung zu dem Bild ist, dass das Tier gerade abgibt. Man könnte meinen, der Hund versucht, unter einem Teppich hindurch zu schlüpfen. „Auf der Farm ist erst neulich eingebrochen worden. Ich könnte mir vorstellen, dass Enrico damit einverstanden wäre."

Massimiliano nickt meinem Freund zu, spricht aber noch immer nicht.

Ich wundere mich darüber, denn ich glaube kaum, dass er mit dieser

Lösung wirklich zufrieden ist. Vielmehr vermute ich, dass er sie als ein erreichtes Etappenziel betrachtet.

Marco indes scheint sich mit jedem Satz selbst zu überzeugen, denn er wiederholt nochmals, dass der Hund uns alle damals in der Tat in Schach gehalten hat.

„Wieso nicht", zucke ich schließlich auch einlenkend die Achseln. Marco hat einfach ein gutes Herz! Und immerhin ist es das, was ich an ihm so liebe. Wie könnte ich ihm also genau das vorwerfen? „Wenn Enrico ihn nimmt. Ansonsten bringen wir ihn sofort zurück!"

Massimiliano wendet sich demonstrativ meinem Freund zu und missachtet mich mit Grandezza: *„Andiamo-ci!*[101]"

„Ich bringe den Hund gleich zu Enrico", erklärt Marco mir und winkt dem Kater, mit dem Vierbeiner wieder in den Geländewagen zu springen.

Die drei fahren los und ich gehe ins Hotel.

Isabella kehrt mir den Rücken zu, da sie gerade damit beschäftigt ist, eine Postkarte an die Pinnwand hinter der Rezeption zu heften.

Als sie mich erblickt, greift sie sofort nach dem Zimmerschlüssel und händigt ihn mir aus. Mit der anderen Hand zeigt sie auf die Postkarte.

„Guarda! Monaco!"[102] Sie lächelt bemühter denn je: „Die hat Enrico geschickt."

Dann lacht sie: „Die Karte kam jetzt erst an. Er selbst ist schon seit Tagen wieder da. Manchmal könnte man denken, die italienische Post transportiert noch immer mit Pferdekutschen!"

Ich lächle höflich zurück und zeige mich interessiert. Sie ist schließlich der netteste Teil von Marcos Familie.

Ich betrachte die Postkarte mit einem großen Bierkrug und einer Brezel auf einem blauweiß karierten Tischtuch, dahinter der Münchner Fernsehturm und die Frauenkirche.

„Er hat eine Geschäftsreise mit dem Oktoberfest verbunden", erklärt Isabella und dreht sich wieder zu mir um. „Ich war noch nie in München. Schade. Vielleicht nächstes Jahr? Das muss man einmal im Leben gesehen haben, *non è vero*[103]?"

Natürlich kenne ich die grenzenlose Begeisterung, die alle Ausländer der Welt für dieses jährlich stattfindende Spektakel in der bayrischen Landeshauptstadt unvoreingenommen vereint. Ich würde als Einheimische

---

[101] gehen wir hin!
[102] Schau! München!
[103] Habe ich recht? Stimmt's?

auch sofort eine Einladung an die Schwester meines *fidanzato* aussprechen, doch ihre beiläufige, unscheinbar wirkende Information hat einen kleinen Schock bei mir ausgelöst.

Enrico war zum Oktoberfest in München!

„Wann ist er denn zurückgekommen?", bohre ich mit etwas zittriger Stimme nach.

Das vierte Fragezeichen taucht wieder vor meinem geistigen Auge auf. Diesmal steht es beinahe in Lebensgröße neben mir an der Empfangstheke und starrt mich unverhohlen an!

Inbrünstig bete ich, Isabella möge ein Datum nennen, das meinen Freund von allen Verdächtigungen befreit. Ich hoffe eindringlich, dass es nicht ein Termin ist, an dem Vittoria und Maurizio einen der Zwillingsbrüder hier in Neapel gesehen haben. Und gleichzeitig schwöre ich mir, nie wieder auch nur den Hauch eines Zweifels an Marco zuzulassen, wenn es sich als blanker Verdacht herausstellen sollte.

Doch Isabella nennt genau jenes Datum und spricht damit das Urteil über einen von ihnen, ohne es zu ahnen.

Marcos Zwillingsbruder war zu dem besagten Zeitpunkt von Maurizios Schilderung nicht in Neapel. Es muss also doch Marco gewesen sein, den sie mit dieser Frau gesehen haben!

Ich starre auf die Postkarte, als stünde dort die Antwort all der Fragen, die in diesem Moment durch meine Gehirnwindungen schwirren. Das Blut stürzt aus meinem Kopf in meine Magengegend, wo es anschwellende Krämpfe zu verursachen beginnt. Ich kann keinen klaren Gedanken mehr fassen.

Isabella beobachtet mich und wechselt von überschwänglicher Freundlichkeit zu besorgter Stirnfalte.

„*Oh Dio mio!* Du bist noch sauer?", schlussfolgert sie, weil ich sprachlos bleibe und nur mit großer Mühe überhaupt verhindern kann, nicht in sinnloses Stammeln zu verfallen.

„Ich weiß: Unsere Mutter kann manchmal so unmöglich sein! Du darfst das nicht ernst nehmen. Das macht sie mit allen hin und wieder. So ist sie nun mal. Sie mag dich, bestimmt, sie mag dich! Es ist nur, dass Marco uns so lange nichts von dir erzählt hat. Aber wir sind schließlich nicht blöd! Wir haben schon gemerkt, dass er eine Freundin hat. Deshalb ist meine Mutter sehr gekränkt, weil er dich so lange nicht vorgestellt hat, *sai*[104]."

Sie betrachtet mich forschend, ob ihre Worte den erhofften, beruhigen-

---

[104] weißt du

den Effekt auf mich haben. Als ich aber nach wie vor blass und mit bebenden Lippen dastehe, redet sie ganz nach dem Motto ‚mehr-hilft-mehr' umso schneller auf mich ein. Ihre Worte prasseln auf mich nieder, prallen aber
an der Schockwand meines Entsetzens ab.

„Meine Mutter findet dich bezaubernd, mit deinen blonden Haaren
und deiner korrekten deutschen Art und mein Vater ist begeistert über
deine Erfahrung mit Verpackungsmaschinen. Sie fürchten nur, dass du
Marco nach Deutschland entführen könntest, noch weiter weg, als er sowieso schon ist. *Capisci*[105]? Aber wenn sie erst mal sehen, dass du hier-
bleibst, dann werden sie sich schon wieder beruhigen. *Vedrai! Andrà tutto
bene!*[106]"

Ich höre gar nicht richtig, was sie alles sagt.

Sie macht wieder eine Pause und sieht mich aufmunternd an.

Meine Hand krampft sich so fest um den Zimmerschlüssel, dass sich
vermutlich bereits ein Negativabdruck darin verfestigt.

„Das wird nicht mehr nötig sein", stottere ich schließlich mit der Erschütterung in der Stimme, wie sie eine allmählich bröckelnde Schockmau-
er verursacht. „Kannst du mir bitte die Rechnung fertig machen?"

„*Ma no!*"

Sie wehrt mit beiden Händen in der Luft heftig vor meinem Gesicht
wedelnd mein Anliegen ab. „Du bist unser Gast! *Niente fattura! Niente fattura!*[107] Wieso reist ihr denn schon ab? Wolltet ihr nicht noch die Woche bleiben? *Dai*[108]! Ihr müsst noch bleiben!"

Ich schüttle nur den Kopf und murmle etwas von „Unvorhergesehe-
nem" und dass ich zurück nach Bologna müsse. Ich schaffe es gerade noch,
mich zumindest für ihre Großzügigkeit zu bedanken. Dann verschwinde
ich eilig im Aufzug, bevor sie mich wieder einfangen und weiter bearbei-
ten kann.

Wie von einem Zentnergewicht niedergedrückt, lehne ich an dem
blitzblank geputzten Spiegel in der Kabine, während mich der Quadratme-
ter teppichbelegten Metalls nach oben schweben lässt. Eine Richtung, die
so gar nicht zu meinen Emotionen passt.

Es gibt im Leben meines *Carabiniere* eine andere Frau! Das kann er mit
keiner vernünftigen Erklärung aus der Welt schaffen.

Ich stoße mich von der Wand des Aufzugs ab, sobald sich die Schiebe-

---

[105] verstehst du?
[106] Du wirst sehen! Alles wird gut!
[107] Keine Rechnung
[108] wörtlich: gib!; in diesem Fall: komm schon!

tür vor mir öffnet und trete auf den Flur.

In all der Aufregung um die Tafeln des Tiberius, um die Anzeige wegen Beamtenbeleidigung, um meinen eigenen Faux-pas des vermaledeiten M-Worts, um das durch Marcos Mutter hervorgerufene Drama und zuletzt über diesen Hund, den mein Hausgeist uns angeschleppt hat, habe ich das wohl Offensichtliche übersehen. Sogar als man mich mit der Nase darauf gestoßen hat, habe ich es nicht wahrhaben wollen. Und noch immer wehrt sich alles in mir gegen diese Offenbarung: nicht mein so liebevoller und charmanter *Carabiniere*! Nicht er!

Im Zimmer lasse ich mich in den Sessel gegenüber der Tür fallen und starre unbeweglich vor mich hin.

Marco wird bald durch diese Tür kommen. Dann werde ich ihn zur Rede stellen müssen. Aber was dann? Ich werde nur Gewissheit über einen Tatbestand erlangen, den ich im Grunde bereits kenne. Aber was werde ich damit anfangen?

Ein drückendes Gewicht legt sich über meine Brust und presst sie zusammen. Ein betonschwerer Schmerz breitet sich in mir aus. Ich atme ein paar Mal tief durch.

Da hatte ich stets befürchtet, dass Massimiliano meine so schöne Beziehung ruinieren könnte und dann kommt das Banalste aller Liebesdramen daher! Und ich stehe machtlos davor und weiß nicht, was ich tun soll.

10. In einem Zug

Es vergehen über zwei Stunden, bis Marcos Schritte auf dem Gang zu vernehmen sind.

Inzwischen steht mein gepackter Koffer abreisebereit neben mir. Obwohl ich es insgeheim noch immer inbrünstig und unsinnigerweise hoffe, glaube ich nicht, dass er irgendetwas vorbringen können wird, das meine Befürchtung entkräften könnte.

„Wieso gehst du nicht ans Telefon?", fragt er mich und lässt die Tür hinter sich ins Schloss fallen. „Ich wollte dich fragen, ob wir irgendwo schön essen gehen? Massimiliano hat es sich unten auf der Fernsehcouch bequem gemacht. Das ist eine gute Gelegenheit."

Mein Mobiltelefon hatte wiederholt geklingelt, aber ich habe seine Anrufe nicht angenommen. Ich hätte meine Fassung nicht wahren können. Manches muss man Auge in Auge besprechen.

„Ich habe den Hund bei Enrico abgeliefert. Er wird es sich durch den

Kopf gehen lassen", plaudert Marco fröhlich weiter. Übertrieben stoisch, wie ich finde. Bestimmt hat ihn seine Schwester gewarnt, dass etwas nicht stimmt.

„Aber ich glaube, er wird ihn behalten", fährt er locker fort. „Er hat es nur auf die lange Bank geschoben, sich einen Hund zu besorgen. Aber da ich ihm nun einen direkt ins Haus gebracht habe, wird er keinen anderen suchen."

Endlich sieht er mich an.

Augenblicklich wird sein Gesichtsausdruck ernst: „Was ist los?"

Dann entdeckt er den Koffer: „Was soll das?"

Anstatt zu antworten, frage ich nur: „Wer ist sie?"

Er starrt mich an, schweigt aber.

Zumindest macht er keine Ausflüchte, denke ich. Das wäre die größte Verletzung gewesen! Immerhin.

Ich halte seinem Blick so lange stand, bis er sich aufs Bett setzt.

„Woher weißt du es?"

Ich versuche den Schlag, den ich mit diesen Worten in meinem Magen verspüre, zu überspielen. Ich antworte mit einer vorbereiteten Erklärung, die ich mir in den letzten beiden Stunden zurechtgelegt habe. Es war schließlich zu erwarten, dass die beginnende Kommunikation so ablaufen würde.

Trotzdem hat mein Herz beharrlich darauf gehofft, er möge irgendein Zauberwort sprechen, das alles schlagartig als ein großes Missverständnis entlarven würde.

„Das ist doch gleichgültig. Ich weiß es", höre ich mich indes mit so viel Ruhe sprechen, dass es mich selbst verblüfft. Ich will von ihm die Wahrheit hören.

Marco steht wieder auf und geht im Zimmer auf und ab.

Ich schaue ihm schweigend dabei zu. Ich gebe mir alle Mühe, die Haltung zu wahren.

„Ich habe mit ihr Schluss gemacht, als ich dich kennengelernt habe!"

Er bleibt in seiner Zimmerwanderung kurz stehen, sieht mich abwartend an und schickt dann ein *„devi credermi*[109]*!"* hinterher.

Ich glaube ihm nur zu gerne.

Aber ich will die ganze Geschichte hören. Deshalb schweige ich ihn weiter an.

„Ich habe ihr gesagt, dass sie ausziehen muss, während ich hier in Ne-

---

[109] Du musst mir glauben!

apel bin", fährt Marco mit abwehrendem Ton fort.

„Ausziehen?", wiederhole ich das eine Wort, das sich sofort wie ein gezielter Pfeil in mein Herz gebohrt hat. „Du lebst mit ihr zusammen?!"

Meine Reaktion macht ihm augenscheinlich bewusst, dass diese Aussage seine Lage verschlimmert. Er wiederholt mehrfach, dass er die Beziehung beendet hat.

„Aber sie wohnt noch bei dir?", bohre ich hartnäckig nach, noch immer äußerlich die Ruhe selbst.

„Sie ist mir hierher nachgereist!"

Er wirft die Arme in die Luft, als wolle er damit seine Machtlosigkeit in der Angelegenheit untermalen. Sie muss groß sein, denn seine Gestik ist es auch.

Also haben Maurizio und Vittoria tatsächlich recht gehabt! Freilich hatte ich das in den letzten zwei Stunden mehrfach durchdacht und bin immer wieder zu demselben Ergebnis gekommen.

Doch die Wirklichkeit ist noch schlimmer, als ich angenommen habe.

Die Schmerzen in meiner Brust hämmern wieder los.

„Ich habe versucht, mit ihr zu reden."

Marco lässt sich wieder auf die Bettkante plumpsen und sieht mich Verständnis heischend an. Er sieht tatsächlich leidend aus. Wie ein Häufchen Elend sitzt er zusammengesunken da und mein Herz schreit stumm: ‚Ich liebe diesen Mann! Verzeih ihm!'.

Aber ich bringe es zum Schweigen.

Das Objekt Amors ringt indes mit seinen Händen beinahe mehr als mit den Worten.

„Sie hat mir eine unglaubliche Szene gemacht! Sie könne sich eine Wohnung alleine nicht leisten und hat geheult, dass sie nicht wüsste, wohin. Sie hätte keine Familie mehr, nur eine alte Oma hier im Süden. Aber ihr Job sei in Bologna. Sie kenne dort niemanden, außer mir ... Ich kann sie doch nicht einfach auf die Straße setzen nach all der Zeit!"

Beinahe erwarte ich, dass meine Ohren abfallen müssen, so unglaublich finde ich, was ich durch sie aufnehme! Und nicht nur, dass er mir einen wesentlichen Punkt seines Lebens verschwiegen hat, er nimmt sie auch noch in Schutz!

Die Puzzleteile fügen sich zusammen und das Bild erscheint immer deutlicher vor meinen Augen. Die vielen Textnachrichten und mysteriösen Anrufe erklären sich damit mehr als schlüssig.

Mittlerweile habe ich große Mühe, meine Fassung halbwegs zu wahren. Die Tür zu meinem Herzen schließe ich fest ab, bevor ich die naheliegende Frage gerade noch einigermaßen gefasst stellen kann: „Wie lange seid ihr schon zusammen?"

„Zwei Jahre", murmelt Marco leise in seine vor sich gefalteten Hände und korrigiert sich dann selbst noch einmal: „Zweieinhalb".

Die *fidanzata*, die er seiner Familie die berühmten zwei Jahre lang nicht vorgestellt und als welche er mich ausgegeben hat!

Unter dieser Beichte bricht das fragile Korsett meiner bisherigen Haltung, gebaut aus vergeblicher Hoffnung auf eine ihn entlastende Antwort, völlig zusammen.

„Und du hast in den letzten Wochen keinen Moment gefunden, um mir das zu sagen?!"

Tränen schießen in meine Augen, was er nicht sieht, denn er springt mit einem Aufschrei auf: „Du verstehst das völlig falsch!"

Mit diesem Standardsatz eines jeden Fremdgängers versteinert sich mein Gesicht. Ich taste nach dem Griff meines Rollkoffers.

Er beginnt mit sichtbarer Verzweiflung wieder hin- und her zu laufen.

„Sie ist … sie war nie die Richtige. Daher wollte ich sie auch meiner Familie nicht vorstellen!"

Ich ziehe meine Hand wieder zurück.

„Du lebst zweieinhalb Jahre mit einer Frau zusammen, von der du weißt, dass sie nicht die Richtige für dich ist?", zische ich ihn an und wische mir mit dem Handrücken über die Augen. Meine Tränen haben mir die Sicht geraubt.

„Nein!" Er wirft wieder mit Ausdruck die Arme in die Luft. „Natürlich mochte ich sie. Aber nie genug! Und als eine von den *Carabinieri* hätte sie meinen Eltern nur noch mehr Angst gemacht! Sie hätten mir das Leben unnötig noch schwerer gemacht."

„Deine Leute fürchten, ich könnte dich nach Deutschland wegzerren! Das ist ja nicht wirklich beruhigender", ereifere ich mich nun doch.

Der Einwand ist zwar passend, aber kaum als Argument hilfreich an dieser Stelle. Ich merke es selbst.

„Aber das ist doch etwas ganz anderes!"

Meine vorbereiteten Antworten und Fragen gehen allmählich zuneige. Ich finde mich mit neuen, unerwarteten Dingen konfrontiert, so dass ich nicht mehr ruhig und gefasst eine vorbereitete Frage nach der anderen stellen und das Gespräch damit steuern kann.

Nun stehe ich von meinem Sessel auf und laufe selbst im Zimmer auf und ab. Bestimmt werden wir bald einen Pfad in den Teppich gewetzt haben, wenn wir so weiter machen. Er nimmt an meiner Stelle im Sessel

Platz.

Sie ist also eine Kollegin!

Auch das noch!

Schon will ich ihn weiter zu der berüchtigten Szene befragen, als mir durch den Kopf schießt, dass ich in seiner Wohnung übernachtet hatte und nichts, aber auch gar nichts Verdächtiges von einer Frau darin entdeckt hatte! Außer – es stockt mir der Atem – das T-Shirt!

Für unseren Motorradausflug hatte er mir das Hemd seines angeblich männlichen Mitbewohners gegeben und es war ein Shirt einer Damenkonfektion gewesen. Das hätte mich stutzig machen sollen. Hat es aber nicht.

Ich drehe mich ruckartig zu ihm um und funkle ihn mit blitzenden Pupillen an: „Du hast mir ihre Klamotten für unseren Ausflug gegeben! Noch schlimmer! Du hast mich angelogen! Ich habe in ihrem Bett geschlafen!"

„Es ist mein Bett, es sind meine Möbel, es ist meine Wohnung", korrigiert er mich, doch auf mein tiefes Luftholen hin, lenkt er ein: „Ich weiß, das war falsch. Es tut mir leid. Aber ich wollte so gerne mit dir diesen Ausflug machen! Und als sie von der Fortbildung zurückkam, habe ich auch sofort mit ihr Schluss gemacht. *Lo giuro*[110]!"

Schweigen erfüllt unser kleines Zimmer, das mit einem Mal gar nicht mehr romantisch auf mich wirkt. Es hätte mich nicht verwundert, wenn die Blumen im Dekor der Vorhänge und Bettwäsche unter der vorherrschenden Spannung die Köpfe hängen gelassen hätten.

„Ich wollte es dir sagen", fängt Marco wieder mit dem Plädoyer seiner relativen Unschuld an.

Wieder so ein Satz, den man in Filmen und Büchern und Dreigroschenromanen findet; nicht geeignet, mich zu seinen Gunsten umzustimmen.

„Ich wollte, dass sie aus der Wohnung ist, bis ich aus Neapel zurückkomme. Verstehst du? Ich bin dir nachgereist, weil ich Angst hatte, dich zu verlieren, bevor es mit uns richtig angefangen hat! Du bist Hals über Kopf verschwunden, ohne ein Wort zu sagen! Und dann diese versteckte Nachricht auf dem Bildschirmschoner! Was sollte ich denn denken? Also habe ich sofort ein Flugticket gebucht. Und dabei wurde mir dann klar, dass diese Reise die perfekte Gelegenheit ist: Ich sagte ihr, dass ich zwei Wochen zu meiner Familie fahre und dass sie damit genug Zeit hat, sich zu organisieren."

Seine Stimme bebt mit diesen Worten.

„Aber statt auszuziehen, ist sie mir einfach hier her nachgereist", endet

---

[110] Ich schwöre dir!

er dann sein Argument in fatalistischem Ton, als ich noch immer nichts sage.

Sie kämpft um ihn.

Klar.

„Du kannst mir doch nicht vorwerfen, dass ich dich unbedingt kennenlernen wollte, bevor mir ein anderer zuvorkam!", fährt er schließlich fort und wirft mir ein Lächeln zu, das das Potenzial hat, mich weich zu kochen.

„Das nicht", rette ich mich wieder in eine neue Schrittfolge zwischen Badezimmertür und Bettkante. „Du bist aber zweigleisig gefahren, bis du mich sicher hattest! Und damit hast du uns beide hintergangen!"

„Das habe ich nicht!", versichert er und springt auf. „Sie war nicht die Richtige, das habe ich schon vorher gemerkt. Wir sind uns viel zu ähnlich. Sie ist genauso impulsiv wie ich. Ständig haben wir gestritten. Es lief schon vor unserem Kennenlernen kaum noch etwas zwischen ihr und mir! Du musst mir das glauben!"

Wenn ich ihm bis hier her jedes Wort tatsächlich abgenommen habe, so überfordert er mit diesem „kaum" mein Vertrauen nun völlig: Er wäre der erste Mann, den ich kenne, der eine Frau von der Bettkante stößt, die so bequem in Reichweite ist! Und „kaum" bedeutet deutlich: also doch!

Selbst das muss ich nicht glauben.

Das kann ich nicht glauben.

Und ich habe verstanden, dass diese Frau nicht so einfach das Feld räumen wird. Sie wird alle Register der überdimensionalen weiblichen Trickkiste der italienischen Weiblichkeit ziehen. Ich kann es ihr nicht verübeln. Und ich hätte – selbst, wenn ich es wollte - mit meiner deutschen Bodenständigkeit diesem Katalog an Kniffen sowieso wenig entgegenzusetzen.

„Lisa! Was verlangst du?", unterbricht er aufgebracht meine Gedanken. „Ich habe dich getroffen, als ich mit einer anderen zusammen war: Ja, das stimmt. Aber dafür kann ich doch nichts! Liebe hält sich nicht immer an die Regeln! Ich habe immerhin gleich mit ihr Schluss gemacht! Ich kann doch nichts dafür, wenn sie das einfach nicht akzeptiert!"

Er bleibt vor mir stehen und fasst mich mit beiden Händen sanft an den Schultern. Seine blauen Augen dringen wie Röntgenstrahlen durch mich hindurch bis zu meinem Herzen. Mein Vorsprung in diesem Gespräch schwindet rasant.

„Wieso bist du nicht früher in mein Leben gekommen?! Dann hätten wir diese Probleme jetzt nicht."

Marco lässt mich los und breitet seine Arme aus. Er zieht mich nicht an sich. Er überlässt es meiner Entscheidung, mich der Verlockung zu ergeben.

Wie ein Magnetfeld zieht es mich dort hin.

Aber ich bleibe standhaft.

Noch.

Ich fühle meine Kraft schwinden. Ich muss zusehen, dass ich mich in Sicherheit bringe, bevor ich jegliche Kontrolle über mich selbst verliere und mich schachmatt in seine Liebkosung ergebe.

„Marco", beginne ich demgemäß mit übertrieben vernünftigem Ton, der mich selbst zur Raison bringen soll. Ich mache einen Schritt zurück, um mich aus diesem emotionalen Suchtfeld zu bewegen.

„So geht das nicht. Bring das in Ordnung. Dann sehen wir weiter."

Seine Schultern fallen enttäuscht herunter: „Du willst, dass ich sie einfach vor die Tür setze?! Sie muss erst eine billige Wohnung in Bologna finden. Du weißt, wie schwer das ist. Ich muss ihr doch die Zeit lassen, sich zu organisieren. Das erfordert die Fairness. Du kannst doch nicht wollen, dass ich mich so unlauter verhalte?!"

Oh nein! Diesen Ball fange ich nicht auf!

„Wenn du früher damit angefangen hättest, würden wir uns nicht in dieser Lage befinden", antworte ich trocken und schaffe es sogar, seinem Blick standzuhalten.

„Ich werde es in Ordnung bringen! Ich hatte nie etwas anderes vor!", versichert er mir und wiederholt es mehrfach.

„Gut."

Damit ergreife ich wieder meinen Koffer. Marco erschrickt sichtlich. Er stellt sich mir in den Weg.

„Nun übertreib nicht! Deswegen musst du doch nicht abreisen! Das war alles nicht so geplant, das hat sich einfach so entwickelt ...!"

„Das glaube ich dir aufs Wort", schneide ich ihm seinen erneuten Überzeugungsdiskurs ab. „Das ist ja genau der Punkt."

Ich ziehe meinen Koffer mit letzter Kraft um ihn herum in Richtung Zimmertür. Obwohl ich nichts gekauft habe während dieser Tage, fühlt er sich doppelt so schwer an wie bei meiner Anreise. Ich muss zusehen, dass ich Land gewinne, denn lange kann ich der Versuchung, einfach nachzugeben, nicht mehr standhalten. Sie ist wie ein Sog, der mich magnetisch zu ihm zurückzieht.

„Lisa, es tut mir leid! Bitte bleib!", bettelt er schließlich mit ganz leiser Stimme.

Die Hand am Türgriff verharre ich eine Sekunde, ohne diese niederzudrücken. Ich drehe mich ein letztes Mal um, trotz der Gefahr.

Marco sieht mich mit treuem Hundeblick an: *„Te lo giuro! Ti amo veramente!"*[111]

Mein Widerstand bricht in sich zusammen.

„Ich kann nicht", sage ich hastig. „Bringe es in Ordnung, dann sehen wir weiter."

Damit reiße ich die Tür auf und flüchte hinaus.

Tränen vernebeln mir den Blick. Ich stolpere über eine Teppichfalte in den offenstehenden Aufzug.

Das Taxi, das ich über mein Mobiltelefon bestelle, verspricht mir, in zehn Minuten vor der Tür zu stehen.

Massimiliano liegt glücklicherweise noch immer schnarchend auf der Couch im Fernsehraum mit Großbildschirm. Ich fasse ihn an der Pfote und wecke ihn unsanft auf.

„Komm mit! Wir fahren!"

Er blinzelt mich an, kann aber nicht schnell genug reagieren. Ich ziehe ihn bereits hinter mir her hinaus in die Empfangshalle, wo ich meinen dort abgestellten Koffer im Laufen wieder ergreife und zielstrebig zur Tür eile. Schließlich ist das eine Zwangslage und ich habe gelernt, dass Penaten in solchen Notfällen immer von der Familie mitgenommen wurden. Es ist also gar nichts Ungewöhnliches an meinem Verhalten.

Das Glück in meinem Unglück ist mir mehr als hold: Die Rezeption ist nicht besetzt. Ich entkomme unbemerkt nach draußen, wo ausgerechnet in diesem Moment ein anderes Taxi mit zwei neuen Gästen vorfährt.

Bevor Marco sich von seinem Schreck erholt hat und mir nacheilt, wuchte ich kurzerhand mein Gepäck in den freigewordenen Kofferraum und ziehe den Kater neben mich auf die Rückbank. Der Fahrer ist hoch erfreut, wickelt die Bezahlung der Fahrgäste eilig ab und startet mit seiner neuen Fracht durch, bevor er weiß, wohin er mich bringen soll. Der Profi hat verstanden, dass ich es eilig habe.

„Zum Bahnhof", weise ich den Mann an.

Als wir aus der Ausfahrt schießen, kann ein weiteres Taxi, das gerade um die Ecke biegt, kaum ausweichen, und die beiden Fahrer liefern sich ein heftiges Wortgefecht. Instinktiv rutsche ich tiefer ins Polster, obwohl der zweite Fahrer gar nicht wissen kann, dass ich eigentlich sein Fahrgast sein sollte.

---

[111] Ich schwöre es dir! Ich liebe dich wirklich!

„Ich sehe, wir reisen ohne Marco und, wenn ich mir erlauben darf zu bemerken, doch ziemlich überstürzt ab", fasst der Kater indes zusammen, der sich erstaunlich schnell von diesem Überfall erholt.

„Ja", nicke ich nur, weil ich mich selbst erst von dieser Aktion ausruhen muss. Mein Atem rast, mein Herz klopft mir bis zum Hals, meine Hände zittern und ich habe Mühe die Tränen zurückzuhalten.

Massimiliano schielt mich schweigend von der Seite an.

„Du hast es also herausgefunden", bekennt er schließlich und nickt mit zusammengekniffenen Lippen vor sich hin.

„Wie bitte?!?", schniefe ich konsterniert. Ich schnäuze mich in ein Taschentuch und zerknülle das weiche Papier in meiner Hand. „Du hast das gewusst!"

Der Taxifahrer, der inzwischen die Hauptstraße erreicht hat, schaut mich mit merkwürdigem Gesichtsausdruck durch den Rückspiegel an. Das Bild einer in Selbstgespräche verwirrten Irren spiegelt sich in seiner Mimik.

„Ich habe dir doch gesagt, dass ich mich um ihn kümmere." Massimiliano verschränkt die Pfoten vor seiner Brust und lehnt sich zurück.

„Und du hast mir nichts gesagt?!"

Meine Anklagen steigern sich in der Lautstärke von Satz zu Satz. Dieser Letzte kommt beinahe hysterisch über meine Lippen. Ich fühle mich dumm und naiv, wie eine betrogene Ehefrau, die die Wahrheit als Letzte erfährt, nachdem alle Welt bereits hinter vorgehaltener Hand darüber redet.

„Ich bin ihm, wie versprochen, gefolgt und habe auch die hässliche Szene mit dieser verdrehten Frau gesehen", erklärt der Kater in umso ruhigerem Ton, je mehr ich mich aufrege. „Du beginnst übrigens etwas mit ihr gemein zu haben. Marco scheint auf Hysterie zu stehen."

Ich gebe mir einen Ruck, nehme all meine Kraft zusammen und wiederhole meine letzte Aussage in ruhigerem Tonfall.

„Ich war mit anderen Dingen beschäftigt. Ich hatte noch keine Zeit. Ich wollte mich in Bologna darum kümmern", antwortet mein Hausgeist. „Du bist mir zuvorgekommen."

„Sie sollten nicht mit der Katze verreisen! Sie lassen sie das nächste Mal besser zu Hause. Sie regt sich ja fürchterlich auf, miaut in einem fort", belehrt mich der Taxifahrer, ohne den Blick von der Straße zu nehmen.

„Das ist doch die Höhe! Ich bin die Ruhe selbst und du ein überspanntes Bündel und er sagt, dass *ich* hier das Problem bin!"

Massimiliano faucht den Mann giftig von hinten an, was diesen in seiner These nur noch bestätigt: „*Ecco! Guardi*[112]! Jetzt geht sie schon auf mich los! Halten Sie das Vieh bloß im Zaum, dass die mir nicht ins Genick springt und wir noch einen Unfall verursachen!"

„*Che impudenza*[113]! Was für ein besonders dummes Exemplar eurer Rasse!", schimpft der Kater, fängt sich aber wesentlich zügiger wieder, als ich selbst zuvor dazu in der Lage war. „Sage ihm bitte, er soll seine unangebrachten Bemerkungen einstellen, sonst verpasse ich ihm wirklich noch eins mit den Krallen."

Ich traue ihm das zu und versuche deswegen das Thema zu wechseln, indem ich den Fahrer frage, wie lange es noch zum Bahnhof ist.

Es kehrt Schweigen ein.

Als wir endlich zum Zugterminal einbiegen, flüstere ich Massimiliano zu: „Misch dich da bitte nicht ein. Mach es nicht noch schlimmer. Das muss Marco klären!"

„Was denn sonst?", erwidert dieser, als wäre meine Bemerkung von so weit hergeholt, dass man es nicht anders kommentieren könnte. „Natürlich muss er das klären."

Der Kater kann es nicht lassen und faucht den Taxifahrer zum Abschied nochmals mit großer Übertreibung an, sobald ich diesem nach der Bezahlung den Rücken zudrehe. Der macht einen Satz nach hinten und schreit mir hinterher, dass das gefährliche Vieh in einen Käfig gehört. Seine Schimpfkanonade verfolgt uns bis in die Bahnhofshalle, aber das scheint niemanden besonders zu interessieren.

„Vielleicht solltest du dich wirklich in einer großen Tasche verstecken? Zumindest bis ich meinen Platz im Zug gefunden habe?", überlege ich und bleibe vor einem Rundständer mit geräumigen Einkaufsbeuteln stehen.

„Ich bin doch kein Schoßhund!", mault Massimiliano und blickt abfällig auf die von mir bereits vom Haken genommene große türkis-karierte Ledertasche mit eleganten braunen Henkeln.

„Bitte", flehe ich ihn an. Ich habe einfach keine Kraft mehr. „Mir zuliebe! Nur dieses eine Mal? Mach es mir doch nicht so schwer!"

Der Kater verdreht die Augen wie ein andächtig betender Heiliger in einem mittelalterlichen Kirchengemälde.

„Ich hoffe, dir ist bewusst, wie unwürdig das ist!", tönt es drei Minuten später aus meiner Tasche, die ich über meine Schulter gehängt unter der Achsel trage.

---

[112] Da! Sehen Sie!
[113] Welche Frechheit!

Der Zug auf unserem Bahnsteig steht schon abfahrtbereit da. Das Glück ist mir schon wieder wohl gesonnen, denn der nächste *Frecciarossa*[114] über Rom nach Bologna fährt in zehn Minuten ab. Das Schicksal scheint meine Entscheidung für gut zu heißen, denn alles klappt wie am Schnürchen. Es scheint, als wolle es alle Hindernisse schon im Vorfeld aus dem Weg räumen, die an meinem Vorhaben Zweifel aufkommen lassen würden.

So kämpfe ich mich durch die mit Menschen und Reisegepäck verstopften Gänge des Wagons. Jeder scheint genau in die entgegengesetzte Richtung des anderen seinem Platz zuzustreben. Es ist ein einziges Geschiebe und Gedränge.

Mein gebuchter Sitzplatz ist in einer Vierergruppe, wo sich bereits drei lärmende junge Frauen ausgebreitet haben. Sie übertrumpfen sich wechselseitig in lautem Auflachen und Kreischen, während sie sich Videos auf ihren Smartphones zeigen. Sie benehmen sich wie durchgeknallte Teenager, sind dabei aber fast in meinem Alter. Ihre aufreizende Kleidung ließe sie reibungslos im Ambiente eines *Lupanariums* untertauchen.

Mit Mühe versuche ich, meinen Koffer im Gepäcknetz über unseren Köpfen zu verstauen. Die Tasche stelle ich während dessen auf dem leeren Platz ab. Die Frauen beobachten mich aus den Augenwinkeln, mustern missbilligend mein grün gestreiftes T-Shirt im Abgleich mit der türkisfarbenen Karo-Tasche. Sie bestätigen sich die Kombination in stummer Körpersprache untereinander als modisch definitiv untragbar.

Endlich kann auch ich mich niederlassen. Eine der Frauen muss sich mit sichtbarem Widerwillen erheben, um meinen Fensterplatz freizugeben, auf dem sie es sich schon bequem gemacht hat. Ich nehme die Tasche auf meinen Schoß.

Ich wünsche mir inbrünstig, dass dieser pubertierende Trupp möglichst bald aussteigt. Ich brauche Ruhe. Ich will nur noch Frieden, mein Bett und eine Decke, die ich über meinen Kopf ziehen kann, damit ich nichts mehr sehen und hören muss!

Aber darauf werde ich wohl noch länger warten müssen. Am anderen Ende des Wagons berichtet inzwischen eine Frau jemandem via Mobilverbindung ausführlich von einem Streit mit einer Nachbarin. Sie schildert detailliert, wie unmöglich sich diese benommen hat, was diese wortwörtlich zu ihr gesagt und was sie selbst dann wiederum ebenso wortwörtlich geantwortet hat. Sie seziert und kommentiert jeden Satz. Das ganze Abteil

---

[114] Italienischer Hochgeschwindigkeitszug; übersetzt: Roter Pfeil

wird unfreiwillig Zeuge der nachbarschaftlichen Auseinandersetzung. Und da der eigene Sitzplatz reserviert und bezahlt ist, gibt es auch keine Möglichkeit, dieser Rolle zu entkommen.

Stöpsel im Ohr und Smartphone in der Hand sind doch keine so üble Idee, denke ich. Das wäre immerhin eine Art Abschottung in dieser Umgebung hier.

Neben mir klimpern Armreife und beugen sich mit der Besitzerin nach vorne zu ihren Freundinnen. Sie tippt mit ihrem glitzersteinbesetzen Fingernagel auf ihr Handy und liest eine Textnachricht vor, um den Kommentar der beiden anderen dazu zu erfragen. Beides geschieht in einer Lautstärke, die selbst den weit entfernten Lokführer darüber in Kenntnis setzen könnte.

Noch immer sind es fast fünf Minuten, bis der Zug endlich losfahren wird. Ich starre auf den Bahnsteig vor dem Fenster, der sich allmählich leert und versuche, das italienische Durcheinander im Großraumabteil auszublenden.

Sofort überfällt mich mit Bleiesschwere die Tragödie meiner Beziehung wieder. In Gedanken überprüfe ich die an Marco gerichteten Worte. Noch inbrünstiger als das Aussteigen der drei Grazien erhoffe ich, Marco eine Möglichkeit gelassen zu haben, zu mir zurückzukommen.

Denn jeder Stich, der beim Gedanken an ihn wie ein *Frecciarossa* durch mein Herz schießt, sagt mir, wie sehr ich ihn trotz der jüngsten Ereignisse liebe.

Mittlerweile ist meine Selbstsicherheit so restlos zerbröckelt wie der rostige Staub an den Eisenbahnschwellen auf den Nebengleisen jenseits des Bahnsteigs. Zwar bezweifle ich nicht im Geringsten, dass ich mich richtig verhalten habe, aber vielleicht habe ich mit meinem stolzen Abgang einen Kapitalfehler begangen? Möglicherweise ist mein überkorrektes, stets nach Werten ausgerichtetes Handeln nicht immer das richtige? Was nützt es, sich im Recht zu wissen, wenn die Andere mit ihren Tricks und weiblichen Schachzügen, den Mann in ihren Bann zieht? Mit diesem Gedanken versinke ich förmlich im Morast meiner eigenen Gefühlsverstrickungen.

Heftiges Klopfen vor meiner Nase schreckt mich auf: „Lisa!"

Marco fuchtelt auf dem Bahnsteig aufgeregt vor dem Zugfenster herum und versucht, mit viel Gestik viel zu sagen.

„Lisa! Bitte steige wieder aus! Bleib! Fahre nicht weg! *Ti amo! Non parti-*

re!"[115], schreit er die schallgedämpfte Scheibe an.

Er muss mir in dem zweiten Taxi gefolgt sein!

Nicht nur die drei Grazien unterbrechen ihre intensive Unterhaltung und starren mit offenen Mündern auf den gutaussehenden Mann auf dem Bahnsteig, der sich für mich zum Narren macht. Das gesamte Abteil dreht neugierig die Köpfe. Es ist schlagartig mucksmäuschenstill im Großraumabteil.

In diesem Moment springt der Kater wie ein *Zebulon*[116] aus meiner Tasche auf den Tisch und mit einem Satz in den Gang des Zugs.

Kreischend schnellen auch die drei Modepuppen in die Höhe und reißen ihre Mobiltelefone schützend an die bebenden Brüste.

„Ich komme mit dem nächsten Zug nach!", ruft mir Massimiliano über die Schulter zu und hechtet in zwei Sätzen durch die elektrische Zugtür nach draußen, die sich just hinter ihm schließt. Der *Frecciarossa* gleitet beinahe unmerklich in Bewegung.

„Lisa! Lisa!", schreit Marco vor meinem Fenster und beginnt neben dem anrollenden Zug herzulaufen.

Die romantische Szene verwandelt sich blitzartig in eine lebensgefährliche, denn der Hochgeschwindigkeitszug legt wesentlich rapider an Tempo zu, als seine historischen Vorfahren aus Filmen, die derartige Szenen immer mit einem guten Ende versehen.

Draußen ereifert sich schrill eine Trillerpfeife hinter dem mittlerweile rennenden Marco und befiehlt ihm, sich von dem Zug zu entfernen. Ich klebe mit meinen Händen an den Scheiben, als könnte ich damit diese hochdramatische Szene anhalten. Gerade noch beobachte ich, wie der Kater sich von hinten in Marcos Beine wirft und ihn zu Fall bringt.

Die Rührung über den leidenschaftlichen Versuch meines *Carabiniere* zieht durch meinen ganzen Körper.

Inzwischen wetteifern die drei Modeschönheiten lautstark untereinander, welche von ihnen den gefühlt größeren Herzinfarkt erlitten hat und welches Monstrum da wohl aus meiner Tasche gesprungen ist?

Währenddessen braust der Zug mit einiger Geschwindigkeit durch die Landschaft und ich lasse mich völlig am Ende wieder auf meinen Platz fallen.

Die anderen Fahrgäste sehen mich mit Blicken an, als hätte ich soeben vor den Augen aller einen kaltblütigen Mord begangen. Dann widmen sie sich demonstrativ wieder ihren eigenen Angelegenheiten. Selbst die

---

[115] Ich liebe dich! Nicht abreisen!
[116] Der Zebulon, Spring-Kasper mit Feder als Fuß, Augsburger Puppenkiste

nachbarschaftliche Auseinandersetzung, die eine Pause der Neugierde eingelegt hatte, fährt wieder deutlich vernehmbar fort.

Meine Begleiterinnen haben so dringend einen Kaffee auf diesen Schreck hin nötig, dass sie sich unverzüglich in den Speisewagen und aus der Gefahrenzone entfernen, die ich wohl für sie darstelle.

Ich atme tief durch.

Ich fahre zurück nach Bologna.

Aber dort wird nichts sein wie zuvor.

Wie gelähmt starre ich auf die vorbeifliegende Landschaft vor meinem Fenster, auf die zahlreichen rußenden Feuerstellen, mit denen die Bauern heute wie in alter Zeit und wider besseren Wissens Äste und Blätter und was sonst noch im Weg ist, qualmend verbrennen.

Ein passenderes Bild für meine Verfassung könnte niemand ersinnen.

11. Verschachtelt

Im Kühlschrank meiner Wohnung herrscht so frostige Leere wie in der Tiefkühlabteilung eines Supermarkts am Nordpol. Nur zwei Kerzen liegen einsam in einem Seitenfach, seit der Kater sie dort, aus für mich nicht nachvollziehbaren Gründen, einmal deponiert hatte. Die kann man aber nicht essen.

Deshalb und weil ich seit dem Frühstück nichts mehr zu mir genommen habe, gehe ich direkt vom Bahnhof in mein Stammrestaurant an der

Piazza San Martino gleich gegenüber meiner Wohnung. Antonio, der Kellner, grüßt mich schon an der Tür und bringt mir sofort ein Viertel meines Lieblingsweines *Pignoletto*[117] und einen Krug Mineralwasser.

Ich kippe das erste Glas hinunter wie ein russischer Husar. Danach geht es mir zwar nicht besser, aber ich fühle mein Elend nicht mehr so.

Auf dem Großbildfernseher im Eck hüpfen spärlich bekleidete, langbeinige Frauen über den Bildschirm und schwingen ihr glätteisengeplättetes, langes Haar in die Kamera. Italiener, Männer wie Frauen, bewundern das schöne weibliche Geschlecht einfach. Deshalb zieren diese Geschöpfe jede mögliche und unmögliche Sendung mit ihren Reizen. Eine andere Aufgabe haben diese Mädchen nicht. Sie tanzen vor und nach jeder Werbepause eine Minute vor den Kameras und werfen ihre Vorzüge in Pose, als wäre es das letzte Casting für die Titelseite des beliebtesten Erotikmagazins.

Heute Abend erscheint mir diese typisch italienische Vorliebe für die sogenannten *veline*[118] wie ein persönlicher Angriff auf mein Selbstwertgefühl.

Ich schenke mir aus der kleinen Karaffe nach und wende mit einem erneuten großen Schluck den Blick konzentriert ab von diesem mich drangsalierenden Spektakel.

Ich starre lieber mein Glas an. Wie ein in sich versunkener *clochard*[119], der im Alkohol das Drama seines Lebens zu sehen scheint, sitze ich da. Bereits während der gesamten Fahrt von Neapel nach Bologna habe ich ständig aus dem Fenster gestarrt. Das Bild des neben dem Zug herrennenden Marco hat sich mir eingebrannt. Jetzt schwebt dieses Bild durch mein Weinglas. Ich kann ihm nicht entkommen.

Nach weiteren zwei Gläsern und einem Drittel Pizza – mehr nimmt mein Magen nicht auf – gehe ich mit den restlichen Zweidritteln in einem Karton endlich nach Hause.

Es beginnt bereits zu dunkeln, als ich das große Holztor zu dem altertümlichen Haus mit dem Hinterhof öffne und meinen Rollkoffer hindurchschiebe. Endlich das schützende Zuhause!

Aber ich komme nicht weit: Kartons und andere sperrige Gegenstände verbarrikadieren mir den Weg. Ich knipse das Licht an.

Ein schmaler Gang tut sich vor mir auf. Er erlaubt es gerade noch, den

---

[117] prickelnder trockener Weißwein, typisch für die Gegend der Hügel Bolognas; wird kalt und frisch getrunken,
[118] wörtlich: Die Notizenträgerinnen;
[119] Franz: Obdachloser in Paris

Koffer zwischen den Gegenständen hindurch in Richtung der, nach oben führenden Treppe zu manövrieren. Selbst dort stehen kleinere Schachteln, eine Lampe, Elektrogeräte, Waschkörbe mit Büchern und verschlossene Kisten. Stufe um Stufe.

Die schlimmste Überraschung erlebe ich jedoch, als ich die Tür zu meinem Studio entriegle: Mein kleines Ein-Zimmer-Apartment ist vollgestopft mit noch mehr Kartons, die teilweise sogar übereinandergestapelt sind.

„Das kann doch nicht wahr sein!", entfährt es mir.

So hatte ich mir das nicht gedacht, als ich meinen Freunden erlaubte, ein paar Sachen vorübergehend bei mir einzustellen.

Ich werfe die Tür hinter mir ins Schloss und lehne mich erschöpft dagegen. Das ist der Moment, auf den mein Selbstbewusstsein gewartet hat: Es bricht zusammen.

Weinend lasse ich mich auf den Boden sinken und heule in meine Knie, die ich mangels anderer Gefährten umklammere wie ein verzweifeltes Kleinkind seinen Teddybär.

Am nächsten Morgen sieht die Welt nicht viel besser aus. Nicht einmal der strahlend blaue Himmel und auch nicht der rot, gelb- und ockerfarbene Häuserkontrast Bolognas, den ich sonst immer so hübsch finde, kann das ändern.

Mit einer Tasse Kaffee in der Hand wähle ich die Nummer meines Arztes Max.

„Du bist schon wieder zurück?!", begrüßt mich dieser, bevor ich überhaupt etwas sagen kann. „Du wolltest doch noch bis Ende der Woche bleiben?! Oh je! Wir dachten, bis dahin können wir noch ein paar Sachen abstellen, da du sowieso nicht da bist. Wir wollten die Kisten Ende der Woche holen, bevor du kommst."

Ich seufze. Er hat mir den Wind aus den Segeln genommen.

Außerdem bin ich im Grunde selbst schuld an dieser Misere, weil ich die Angelegenheit nicht klar genug abgesprochen hatte. Natürlich hatte ich mit meinem „Ja, klar" damals nicht die Genehmigung signalisieren wollen, meine Wohnung in eine chaotische Lagerhalle zu verwandeln. Selbst wenn man bedenkt, dass ein allgemeingültiges Verständnis von dem Begriff „ein paar" die Anzahl der Kartons selbstverständlich limitieren sollte, so kann ich mich doch meiner Verantwortung nicht entziehen. Ich habe nie danach gefragt, wie viel meine Freunde unterzustellen gedachten.

„Es ist ein bisschen mehr geworden", fährt Maximilian fort. Er hört sich an wie ein Wurstverkäufer, der die Branche gewechselt hat, nicht jedoch seine Sprüche. „Enzo hat eine unsagbar tolle Küche im Angebot entdeckt, die wir sofort nehmen mussten, weil der Händler das Ausstellungsstück raushaben wollte."

„Ich sage ja nichts von meiner Wohnung", werfe ich müde ein, „aber das Treppenhaus?"

Ich fürchte den Zorn der Steuerberaterin über meiner Wohnung und den der Anwälte im Hinterhof mehr als den Platzmangel in meinen vier Wänden.

Max richtet sich am anderen Ende der Verbindung so erleichtert auf, dass ich es durchs Telefon hören kann: „Oh! Das sind nicht unsere Sachen! Das heißt, die Lampe und drei, vier Kartons direkt vor deiner Tür auf der Treppe und unten der Kühlschrank schon. Aber der Rest ist nicht von uns! Ich weiß auch nicht, woher die Kisten kommen."

„Wann werdet ihr mit der Renovierung fertig sein?" Das scheint mir die wichtigste Frage.

Kein Geräusch.

„Hallo?", frage ich erneut in mein Mobiltelefon. Ich überprüfe das Display, ob die Verbindung noch besteht. Dann verstehe ich, dass mein Gesprächspartner nach Worten sucht. Das ist kein gutes Zeichen, denke ich und warte.

„Du weißt ja, wie das ist, wenn man renoviert", fängt Max dann zögerlich an. „Man beginnt klein und kommt vom Hundertsten ins Tausendste. Wir wollten eigentlich nur die Wand rausnehmen, um die Küche einzubauen. Aber dann haben wir entdeckt, dass die Außenwand total feucht ist und nun muss die erst trockengelegt werden. Und auf der Terrasse muss eine neue Isolierung aufgebracht werden."

„Das hört sich nach sehr lange an", bemerke ich. Irgendwie trifft mich das Desaster der äußeren Welt aber trotzdem weniger als die Katastrophe, die in meinem Inneren tobt.

„Wir haben das erst gestern erfahren", gesteht Max. Dann schickt er beflissen hinterher, dass er sich darum kümmern wird, die Sachen schnellstmöglich irgendwo anders einzustellen. Ich gebe mich damit zufrieden.

Nach einem zweiten Cappuccino schiebe ich die Schachteln zumindest so weit an die Wand, dass der dadurch entstandene Korridor zwischen Küchenzeile und Bad weit genug ist, um zumindest den Staubsauger hindurchzuziehen. Nun kann man sich auch mit einem Stuhl an den Küchentisch setzen.

Es ist jedoch noch immer so beengt, dass ich mich in meiner eigenen Wohnung so wohl fühle wie in einem Besenschrank. Andererseits werde ich ab morgen ja wieder in meinem Büro sein.

Aber um sofort an meinem Arbeitsplatz aufzutauchen, was ich meinem Chef eigentlich versprochen hatte, fehlt mir die Kraft.

Ich fühle mich krank.

Herzkrank.

Italienisch herzkrank.

Einen weiteren Tag will ich mir hier in Bologna noch genehmigen. Dann werde ich pflichtbewusst meine Arbeit wieder aufnehmen und das Verpasste doppelt einarbeiten.

Vielleicht taucht bis dahin auch Massimiliano wieder auf, der mit dem nächsten Zug kommen wollte. Der wird mir dann hoffentlich berichten, wie es Marco nach dem Sturz ergangen ist?

Ich stehe noch immer unter dem Einfluss sich widersprechender Gefühle: Einerseits bin ich zutiefst betroffen von der gefährlichen Heldenaktion meines *Carabiniere*. Darüber hinaus durcheinander, weil auch der Kater sich, ohne zu überlegen, wegen mir wagemutig aus dem Zug geworfen hat. Andererseits wühlt die maßlose Enttäuschung über Marcos Doppelleben in mir und frisst sich durch meine Eingeweide.

Doch die Rückkehr meines Hausgeistes stellt mir Trost in Aussicht. Er wird mir über Marco berichten und vielleicht gute Nachrichten bringen?

Mein Ärger über seinen Diebstahl der Tafeln beginnt vor dem Hintergrund der letzten Ereignisse zu verblassen. Wie ich inzwischen weiß, handelt der Kater manchmal in dem Glauben, etwas für ihn „Normales" zu tun.

Ich schrecke hoch, als es an meine Wohnungstür klopft. Doch an Stelle des *penato* steht meine Immobilienmaklerin vor meiner Tür.

Nicht einmal sie kann mehr wie gewohnt durch die Tür hereinschweben, trotz geschätzter Konfektionsgröße 34, High Heels und federleichten Spitzenkleidchens. Sie drängt sich missmutig an einer Kiste vorbei, sorgsam darauf bedacht, dabei keinen Faden aus ihrem sündhaft teuren Fetzen zu ziehen.

„Das ist genau der Grund meines Besuches!", meckert sie unvermittelt los. *„Ma che cos'è questo casino?!"*[120]

Sie blickt mit gekräuselten Lippen und geschürzter Designertasche dreihundertsechzig Grad um sich. „Sie sind doch schon längst eingezogen!? Oder ziehen Sie etwa auch aus?! Sie müssen Ihre Kündigungsfrist

---

[120] Was ist denn das für ein Saustall?

einhalten, das wissen Sie!"

Ich wüsste nicht, was die Frau die Unordnung in meiner Wohnung angeht, vermute deshalb, dass sie sich auf den Gang bezieht und frage: „Hat sich jemand beschwert?"

„*No*", bemerkt sie kurz angebunden, was gar nicht ihre Art ist und mich zunächst aufatmen lässt. Doch dann fügt sie an: „Der Anwalt, der seit Jahren hier seine Kanzlei hat, zuverlässig zahlt und eine renommierte Adresse für dieses Haus ist, hat den Vertrag gekündigt. Und zwar ohne die vereinbarte Frist!"

Sie sieht mich dabei an, als hätte ich die hohen Herrschaften höchstpersönlich gemoppt und mit unlauteren Mitteln aus dem Haus geekelt.

„*E allora?*",[121] forsche ich unschuldigen Tones vorsichtig nach. Wohl nehme ich ihre angriffslustige Körpersprache wahr, kann die Signale aber nicht einordnen.

„Die Kanzlei war über Jahre in diesem Haus! Es ist eine der ersten Adressen hier in Bologna. Bessere Mieter konnte man nicht haben! Und nun verlieren wir nicht nur einen zuverlässig zahlenden Hausbewohner mit hervorragender Reputation, sondern ich muss mich auch noch mit einer Klage herumschlagen!"

Ich verstehe noch immer nicht, warum sie mir diese Geschichte erzählt, aber es ist nicht nötig nachzufragen, denn sie redet ohne Pause weiter auf mich ein.

„Ich wollte mich selbst überzeugen, ob es wirklich so schlimm ist, wie der Anwalt behauptet. Ich wollte es nicht glauben. Aber das ist es! Das ist es! *Che casino!*"

Diesem Sermon lauschend mutmaße ich, dass der Anwalt einen willkommenen Anlass zum Grund nimmt, sich aus dem Mietvertrag ohne Frist und Abstandszahlung zu stehlen. Es wären schließlich keine Anwälte, wenn sie diese Gelegenheit nicht ausgenutzt hätten. Und nun ist die gute Frau sauer auf mich, weil sie meint, ich wäre der Grund dafür.

Ich hole Luft und versuche ein klärendes Wort beizufügen. Aber sie redet bereits weiter und übergeht mit deutlicher Absicht meinen Versuch:

„Sie haben diese Wohnung gemietet, aber das Treppenhaus und der Hofeingang unterliegen der Gemeinschaftsnutzung und sind keine Lagerhalle! Das sieht da unten ja aus wie in einem illegalen Hinterhof Neapels! Der Anwalt verweigert jetzt nicht nur die letzten Monatsraten, sondern verklagt den Eigentümer auch noch auf Schadensersatz für entgangenen

---

[121] Ja und?

Umsatz!"

Wieder ziehe ich Luft ein, um etwas zu sagen. Wieder fährt sie mir über den Mund, bevor ich einen Laut von mir geben kann.

„Und ich habe diesen Ärger als Treuhänderin am Hals! Als ob ich nicht genug anderes zu tun hätte! Es ändert jetzt zwar auch nichts mehr, aber: Sehen Sie zu, dass sie das Zeug wegbringen!"

Sie fährt mit dem Arm in der Luft symbolisch über die um sie herumstehenden Kisten.

„Und *Sie* müssen die Kündigungsfrist einhalten! Sie haben einen Vertrag von drei Jahren unterschrieben! Glauben sie ja nicht, dass Sie sich auch so einfach davon machen können! Sie haben den Schlamassel schließlich angerichtet. Sie können froh sein, wenn ich die Klage nicht an Sie weiterreiche!"

„Ich will gar nicht ausziehen!", rede ich ihr endlich einfach dazwischen. Es ist die einzige Chance mir Gehör zu verschaffen. „Und von dem Zeug da drunten gehört mir nur der kleinste Teil. Ich weiß auch nicht, woher der Rest kommt. Ich räume meine Sachen gleich weg. Wegen der verbleibenden Kisten müssen Sie schon die anderen Bewohner fragen."

Obwohl sie während meiner Worte selbst weiter über Kündigungsfrist und meine vertraglichen Pflichten redet, nimmt sie doch auf, was ich sage – zumindest sinngemäß. Denn sie wendet sich der Tür zu, sichtbar erleichtert, dem Chaos hier zu entfliehen. Im Hinausgehen droht sie damit, dass sie abends noch einmal kommen will, um nachzusehen. Damit entfleucht sie in das Stockwerk über mir, zu den Steuerberatern.

Mit einem Stoß werfe ich hinter ihr die Tür ins Schloss. Das hat mir gerade noch gefehlt!

Aber so ist das im Leben immer: Nach ‚Murphys Gesetz' geht schief, was schief gehen kann.

Der Fatalismus in diesem Gedankengut weckt aber auch eine Art Überlebensenergie in mir. Energisch stopfe ich die Lampe und die Kisten, die ich vor meiner Tür finde, irgendwie noch in meine vier Wände.

Als ich nach unten laufe, um den Kühlschrank zumindest so weit als möglich aus dem Weg zu schieben, ertönt durch das offenstehende Tor die ohrenbetäubende Sirene eines Notarztwagens auf der *piazza*. Die Maklerin hat es in ihrer Rage sperrangelweit offenstehen lassen und der Heulton hallt nun schauerlich wie in einem Thriller von den Wänden wider. Wenn ich es nicht besser wüsste, würde ich glatt glauben, in der Bronx hinter einem dubiosen Restaurant zwischen Vorratshaltung und Abfall zu wühlen.

Ich gebe dem Tor einen Kick ins Schloss.

Zumindest ist nun das Gejaule erheblich gedämpft.

Drei Tage später ist Massimiliano noch immer nicht da.

Die Fensterläden zum Hofgarten habe ich bisher vergeblich für ihn offenstehen lassen, wenn ich zur Arbeit ging - trotz der allgegenwärtigen Gefahr der Einbrecher. Sie blieben unbenutzt.

Dafür haben sich die Kisten in meinem Studio auf die Hälfte reduziert, der Kühlschrank vor dem Hoftor ist weg und die restlichen Kartons haben sich als Umzugsware der Anwälte herausgestellt. Die Wohnungstreuhänderin nahm dies bei ihrem Kontrollbesuch feixend zur Kenntnis, weil sie dachte, dass es im Prozess gegen die verlorengehenden VIPs des Hauses dienlich sein könnte.

Mein Chef war erfreut über meine frühe Rückkehr an den Arbeitsplatz und verschonte mich gottlob mit Nachfragen zum Tod meiner Großmutter.

Marco hat nicht mehr angerufen und auch keine Nachrichten geschickt. Nicht einmal Informationen zum möglichen Stand des Wissens über die Rückgabe der Tafeln des Tiberius. Nichts.

Hierzu hatte ich täglich die Nachrichten und das Kleingedruckte der Tageszeitungen nach einem Hinweis über die Rückgabe des Diebesgutes durchforscht. Sogar die Website der lokalen Zeitungen in Neapel. Wieder nichts.

Diese drei Tage haben mehr Disziplin von mir gefordert als ein Monat härtester Diät.

Meine Gefühlswelt verwandelt sich während dieser kurzen Zeitspanne in das versteinerte Abbild der Ambivalenz: Wütend über die ganze Pompeji-Aktion meines Hausgeistes, beunruhigt über den Verbleib der Tafeln und völlig durcheinander wegen Marcos Doppelleben. Gleichzeitig mache ich mir schreckliche Sorgen um ihn, nach diesem Sturz. Und, vor allen Dingen, quält mich die Sehnsucht zurück in meine rosarote Verliebtheit! Die Erinnerung an diese verlorene Seligkeit jagt einen Stich durch meine Venen bis in die Fingerspitzen. Was das betrifft, leide ich wie ein Drogenabhängiger auf Entzug.

Das von mir herbeigesehnte Wochenende steht endlich vor der Tür. Es ist Freitagabend und ich räume meine Essensvorräte in Schränke, Gefrierfach und Kühlschrank, als ich ein Geräusch am Fenster vernehme und kurz darauf die bekannte Stimme:

„Sie wird gleich da sein!"

Meine Hoffnung schnellt in die Höhe wie Quecksilber an *Ferragosto*[122].

Ich begrüße den Kater mit einem freudigen „Endlich! Wie bist du hergekommen?"

Ich umarme ihn überschwänglich.

Wie gewohnt, schält er sich sofort aus meiner Umklammerung und wedelt mit der Pfote vor meinem Gesicht herum.

„Hast du nicht gehört? Sie wird gleich da sein! Zieh dir was Nettes an!"

„Wer, die Maklerin?"

Kaum ist mein *penato* wieder in meinen Alltag zurückgekehrt, sehe ich mich gezwungen, dumme Fragen zu stellen. Er schafft es immer wieder, mir diese Rolle der Ahnungslosen aufzuzwingen.

„Marcos Mutter! Ich habe sie am Bahnhof zufällig aus dem Zug steigen sehen. Du weißt schon, dort, wo das Bombenloch in der Wand ist und die Uhr seitdem auf 10:25 Uhr steht[123]. Sie hat mich natürlich nicht bemerkt. Aber ich sie! Und sie ist auf dem Weg hier her."

„Marcos Mutter?! Was will die denn hier?!"

Ich bleibe wie angewurzelt auf dem Fleck stehen und mache nur runde Augen. Nach dem wenig erfreulichen Beginn der Beziehung mit dieser Frau und vor allem in dieser schwierigen, ungeklärten Situation mit ihrem Sohn ist mir dieser Besuch alles andere als willkommen. Langsam bekomme ich den Eindruck, dass es mir ständig so ergeht: nie passen mir die unvorhergesehenen Besuche anderer. Ich verabscheue diese Rolle der Gastgeberin wider Willen.

„Weiß sie, dass ich mit Marco Schluss gemacht habe? Sie weiß doch gar nicht, wo ich wohne!? Ist Marco mit ihr gereist? Kommen beide hier her?"

Es gelingt mir nicht, einen vernünftigen Zusammenhang in meine Fragen zu bringen.

„Marco kommt erst morgen zurück", berichtigt der Kater wie aus der Pistole geschossen und fügt dann schnell hinzu: „... äh, so viel ich weiß ... ich habe gehört, wie sie dem Taxifahrer diese Adresse angegeben hat. Du kannst von Glück reden, dass ich die Stadt so gut kenne und Abkürzungen

---

[122] Feiertag Mitte August, wird als letzter Tag der Hitzeperiode im Sommer betrachtet; die meisten italienischen Urlauber kehren nach diesem Datum aus den Ferien zurück

[123] Bombenanschlag *Strage di Bologna*, 2. August 1980. Bei dem Anschlag starben 85 Menschen, mehr als 200 wurden verletzt. Zunächst wurden die linksextremen Roten Brigaden beschuldigt, später Neofaschisten mit Kontakten zum italienischen Militärgeheimdienst. Es wurde nie wirklich aufgeklärt. Im Gedenken daran befindet sich heute eine Glaswand in der Mauer, die das Loch, welches die Bombe gerissen hat, sichtbar lässt. Die alte Uhr auf dem Bahnsteig zeigt seitdem 10:25 Uhr an (die alte Uhr war zwar bereits lange vor dem Attentat stehengeblieben und war nachlässigerweise nie repariert worden, die Bologneser bestehen jedoch hartnäckig darauf, dies trotzdem so zu belassen).

nehmen kann."

Im selben Moment springt er auf den Fenstersims und schickt sich an, sich wieder in den Hinterhof zu entfernen.

„Warte!", halte ich ihn im letzten Moment auf. Der Kater dreht sich nochmals um.

„Wo willst du schon wieder hin?! Ich will dir danken für das, was du für Marco getan hast!"

„Nää!" Massimiliano winkt mit der Pfote ab, als wolle er eine Fliege verscheuchen.

„Doch!", bestehe ich hartnäckig darauf. „Das war sehr edel von dir! Er hätte sich wirklich ernsthaft in Gefahr bringen können."

Ich schüttle mich förmlich, um das Bild aus meinem Kopf zu vertreiben.

„In der Tat: Es ist erstaunlich, zu welch dummen Dingen ihr Menschen manchmal fähig seid. Was er sich dabei nur gedacht hat?!"

Im Gegensatz zu meinem Hausgeist verstehe ich mehr als gut, was mein *Carabiniere* dabei im Sinn gehabt haben muss. Aber ich gehe darauf nicht ein, sondern frage nach, was mich interessiert: „Hat er sich wehgetan?"

„Er hat ein paar blaue Flecken", antwortet der Kater kurz angebunden und setzt erneut zu einem Sprung an.

„Geht es ihm gut?"

Ich stelle mich ihm in den Weg. Ich hoffe, dass er mir erzählen wird, wie es Marco erging, was er nach meiner Abreise getan hat und welches nun dessen nächste Schritte seien.

Aber ich werde bitter enttäuscht.

„Bestens", erwidert mein Hausgeist knapp.

Er scheint mit anderen Gedanken beschäftigt. Er hört mir gar nicht richtig zu. Sobald er die Möglichkeit sieht, richtet er sich wieder auf und wirft mir zu: „Ich geh mal mein Revier abchecken. Bis später."

„Welches Revier ...?"

Schon ist er mit einem Satz wieder weg.

Ich runzle die Stirn, denn so ein tierisches Bedürfnis habe ich an ihm bisher nicht beobachten können.

Doch ich wende mich jetzt dem anstehenden Besuch zu.

Keine fünf Minuten später erschallt tatsächlich der Klingenton meiner Tür und Marcos Mutter schlängelt sich durch die Kisten auf der Treppe zu meiner Wohnung nach oben.

Sie kommentiert das Chaos nicht, obwohl sie die Kartons ausführlich ihrem kritischen Blick unterzieht.

Mit einem *„permesso"* tritt sie ein, nachdem ich sie höflich unterkühlt mit Misstrauen begrüße.

„Marco weiß nicht, dass ich hier bin", beginnt sie unvermittelt und nimmt umständlich am Tisch auf einem Küchenstuhl Platz. „Er muss das auch nicht erfahren. Männer müssen nicht immer alles wissen, das ist manchmal besser so."

Dieser Satz ist eine eindeutige Aufforderung an meine Adresse. Ich nicke nur, obwohl sich bereits Widerstand in mir erhebt.

Ich biete ihr einen Kaffee an; sie will Tee.

Sie schaut suchend um sich, um einen adäquaten Platz für ihre Handtasche zu wählen und entscheidet sich dann für die Tischplatte. Die Tasche ist nach der neuesten Mode geschnitten. Sie thront so besitzergreifend auf meinem Tisch wie der Kuckuck des Gerichtsvollziehers auf einem beschlagnahmten Möbelstück.

„Ich bin gekommen, um mich bei dir zu entschuldigen", spricht sie so trocken und direkt, wie sie mich damals beleidigt hat. „Ich war in meinen Worten denkbar ein klein wenig zu unfreundlich."

„Denkbar. Ein klein wenig."

Ich wiederhole ihre Worte nicht als Bestätigung, sondern um ihr die unterschwellige Bagatellisierung des Affronts bewusst zu machen.

Ich stehe mit dem Rücken zu ihr am Wasserhahn. Dann stelle ich den Kocher auf den Herd.

„Isabella hat mich gerügt", erklärt sie, meinen Hinweis übergehend, obwohl ich vermute, dass sie meine Antwort sehr wohl aufgenommen hat. „Isabella ist immer sehr um Freundlichkeit und Harmonie bemüht. Sie hat ein gutes Händchen dafür. Deswegen führt sie auch das Hotel, weil sie einfach die Geeignetste der Familie dafür ist."

Und sie fährt fort, ihre Tochter in den höchsten Tönen zu loben, wiederholt mehrmals *„molto brava!"* und beschreibt deren Charakter als mit allen Menschen gut zurechtkommend.

„Das ist ein Zug, den sie von mir geerbt hat!", schließt sie.

Das halte ich für eine deutliche Verzerrung ihres Selbstbildes. Ich bin geneigt, dies auch auszusprechen. Doch immerhin hat sie den langen Weg auf sich genommen, um die Dinge mit mir wieder geradezubiegen. Selbst wenn sie dabei nicht wirklich geschickt agiert, will ich das Bemühen dahinter anerkennen. So schweige ich.

Vielleicht hat sie das erwartet? Vielleicht will sie mich aber auch unbewusst oder bewusst provozieren, um vor etwas zu fliehen, was dieser Besuch für sie mit sich bringt? Jedenfalls bewirkt meine Haltung einen plötzlichen Wandel und sie überrascht mich mit einem ehrlichen Geständnis:

„Ich war nicht immer so hart, musst du wissen. Das Leben hat mich so gemacht. Früher war ich eine lebensfrohe, junge Frau. Als ich in diese Familie eingeheiratet habe, war das ein angesehenes Familienunternehmen. Marcos Großvater war ein reputierlicher Mann. Aber auch ein Dickkopf. Er war lange Jahre bei den *Carabinieri* gewesen und hat die Büffelfarm und die Fabrik quasi nebenher aufgebaut. Mit dem Hotel musste er sich aber dann entscheiden. Beide Berufe konnte er auf Dauer nicht parallel ausüben. Und man stelle sich vor: Er wollte die Fabrik verkaufen und bei der Polizei bleiben! Wir mussten ihm alle ins Gewissen reden. Schließlich hat er es eingesehen. Vor allen Dingen, weil damals dieser Mafiakrieg gegen den Staat sehr hässlich wurde."

Der Wasserkessel pfeift energisch dazwischen. Ich gieße den Tee auf, reiche ihr die schönste Tasse, die ich im Schrank habe und schicke eine Entschuldigung hinterher, weil ich keine Kekse anbieten kann.

Sie fragt nach Zucker und ich mich, warum sie mir das alles erzählt? Warum hat sie den langen Weg hierher gemacht? Sie hätte auch anrufen können. Will sie für ihren Sohn die Lanze brechen und für ihn richten, was eindeutig seine Sache ist? Ich hoffe inbrünstig, dass das nicht der Fall ist. Bereits der bloße Gedanke mindert meine Achtung vor ihm.

Ich fische die Dose aus dem Küchenschrank und muss dabei über zwei Kisten klettern. Virtuell hänge ich trotzdem an ihren Lippen, denn alles, was sie erzählt, berührt Marco und damit mein innerstes Interesse.

Sie trinkt mit spitzen Lippen von der dampfenden Flüssigkeit, ohne Zucker hineingegeben zu haben.

„Marcos Großvater war ein solcher Dickkopf! Die Zwillinge haben das von ihm geerbt. Besonders Marco!"

Marco, ein Dickkopf? In der kurzen Zeit, die ich ihn kenne, möchte ich diese Aussage nicht bestätigen. Ein Hitzkopf, ja, jedoch stur? Aber einer italienischen Mutter zu ihren Kindern zu widersprechen, würde mir nicht einfallen.

„Seinen letzten Einsatz vor seiner Verabschiedung ließ sich sein Großvater nicht nehmen: Er bestand darauf, als Begleitschutz für Richter Falcone den Dienst zu tun."

Sie sieht mich an, als müsse das genügen und der Name alleine jedes weitere Wort überflüssig machen. Ich kann aber nur ahnen, dass es damit etwas Schlimmes auf sich haben muss.

„Du warst vermutlich zu jung, um dich daran zu erinnern", schlussfolgert sie aus meiner Reaktion. „Oder man hat in Deutschland darüber überhaupt nicht gesprochen? Die Ermordung des Richters war hier in Italien ein großer Schock."[124]

„Marcos Großvater ist dabei ums Leben gekommen?", frage ich vorsichtig nach. Ich beginne die Abneigung der Familie gegen den Beruf des *Carabiniere* zu verstehen.

Sie nickt.

„Sein Leben endete, wie er es gelebt hat: Er hatte ein Staatsbegräbnis und die Hochachtung der ganzen Welt."

Sie trinkt ihre Tasse leer und legt abwehrend die Hand darüber, als ich ihr nachgießen will.

„Marco ist nach ihm benannt", lässt sie mich wissen und sieht mich vielsagend an. Ich rätsle, was in dieser Information so Schwerwiegendes enthalten sein kann, dass sie dabei ein so ernstes Gesicht macht?

Immerhin ist mir nun zumindest klar, weshalb die beiden Polizisten in Neapel den Namen kannten. Ihre Reaktion darauf war gar nicht Marco gewidmet, sondern seinem Großvater. Sicherlich ist der Name unter *Carabiniere* aus diesem Ereignis weithin bekannt.

„Die Zwillinge waren zwölf Jahre alt, als das passierte", erzählt sie weiter. „Kaum war das Staatsbegräbnis zu Ende, stand die *Agenzia delle Entrate*[125] mit einer außergewöhnlichen Steuerprüfung vor der Tür. Wir mussten damals das Geschäft von heute auf morgen übernehmen, mit drei Kindern und einer Großmutter, die sich von dem Schock nie erholt hat. Wir mussten mehr Steuern nachzahlen, als an flüssigem Vermögen vorhanden war und kurz darauf starb auch Marcos Oma. Es waren harte Jahre."

„Das tut mir leid."

Es ist das Einzige, was ich zu dieser tragischen Geschichte sagen kann und es klingt banal und unpassend.

Marcos Mutter schiebt die leere Tasse von sich weg in die Mitte des Tisches und erhebt sich: „Ich erzähle dir das alles, damit du verstehst, dass

---

[124] Giovanni Falcone, (1939 - 1992) italienischer Jurist, aktiv im Kampf gegen die Cosa Nostra. Er gilt als Symbolfigur des Kampfes gegen die organisierte Kriminalität auf Sizilien. Am 23. Mai 1992 wurde Falcone zusammen mit seiner Ehefrau Francesca Morvillo, Richterin am Jugendgericht, und drei Leibwächtern durch eine Bombe getötet.

[125] Finanzamt

ich alles andere als begeistert darüber bin, dass mein Sohn ausgerechnet diesen Beruf erwählte. Und darüber hinaus auch noch nach Bologna gezogen ist, anstatt uns im Geschäft zu helfen. Er erzählt uns nichts und ruft seine Familie viel zu selten an! Manchmal habe ich das Gefühl, sein Großvater ist mit ihm wieder auferstanden."

Sie bekreuzigt sich nach diesem letzten Satz flüchtig, ergreift ihre Tasche und hängt sie über ihren Ellenbogen, den sie angewinkelt elegant von sich hält: „Mein Ärger traf dich, aber der Grund ist das."

„*Capisco*", murmle ich verständnisvoll und denke bei mir, dass diese Erklärung vielleicht sowieso überflüssig sein wird.

Ich weiß ja selbst nicht, ob ich Marco jemals wiedersehen werde. Je länger ich nicht von ihm höre, desto wilder werden meine Fantasien. Im Verlauf der letzten Tage hat sich meine Rivalin in meiner Vorstellung in eine dieser *veline*[126] verwandelt, die ständig durch meinen Kopf tanzt und sich vor meiner Eifersucht in Pose wirft.

„Danke für den Tee", schließt Marcos Mutter ihre Rede ab und schreitet um einige Kisten herum wieder zur Tür. „Ich werde nun auch meinem Sohn einen Besuch abstatten. Auf diese Weise sieht seine Mutter endlich mal seine Wohnung."

Sie wird auch noch ganz anderes zu sehen bekommen, wenn sie dort die Andere entdeckt, schießt es mir durch den Kopf und aus meinem Mund, was der Kater mir verraten hat: „Marco ist nicht da. Er kommt morgen erst."

Sie sieht mich verstört an: „Wie meinst du das? Er ist doch vor drei Tagen gemeinsam mit dir hier her zurückgefahren?"

Jetzt schaue ich sie verdutzt an: „Äh, ja, aber er ist im Dienst."

Ich weiß nicht, warum ich sie anlüge, aber irgendetwas treibt mich an, meinen *Carabiniere* vor weiterem Ärger zu schützen.

„Dann rufe ich ihn eben dort an und warte im Hotel", erwidert sie resolut.

Mein Mobiltelefon unterbricht unser Gespräch. Sie winkt mir per Gestik zu, dass ich beruhigt antworten kann, umfasst mich wieder mit zwei Armen an den Schultern und haucht mir links, rechts, links drei angedeutete Küsschen hin. Dann geht sie die Treppe hinunter, so überraschend wie sie gekommen ist.

Schon scheint mir dieser Besuch wie ein wirrer Traum.

Noch völlig im Bann der schicksalhaften Geschichte, mit welcher sie

---

[126] Vor Werbepausen tanzende Mädchen in TV-Shows

mich zurückgelassen hat, nehme ich den Anruf mit einem automatischen
„pronto“ an.

„Meine Großmutter ist tot.“

12. Geister, die ich rief oder nicht

Meine liebe Nachbarin, Maurizios Großmutter, die mich bei meiner Übersiedlung nach Bologna als eine der Ersten so freundlich in dieser Stadt aufgenommen hat, ist gestorben.

Ich sitze erstarrt an meinem Küchentisch. Mein Blick ist ebenso unbeweglich in die Vergangenheit gerichtet. Ein nagender Gedanke hat sich zu dem Maulwurf der Eifersucht in meinem Inneren gesellt: Ich habe meine Großmutter nochmal sterben lassen und nun ist Maurizios Oma von uns gegangen.

Vergeblich versucht meine Vernunft mich davon zu überzeugen, dass keine Verbindung zwischen diesen beiden Punkten besteht. Es ist völlig unsinnig. Aber das gilt auch für die pure Existenz meines *penato*. Und seit er in mein Leben getreten ist, halte ich vieles für möglich, was ich vorher nie geglaubt hätte. Das Pro und Contra dieser Argumentation dreht einen unaufhörlichen Reigen in meinem Kopf.

Maurizio hat seine *nonna*[127] bei seiner Rückkehr von der Geschäftsreise nach Neapel nach einem Infarkt gefunden. Obwohl er sie sofort ins Krankenhaus bringen ließ, konnten die Ärzte sie nicht mehr retten. Die Beerdigung ist für Montag angesetzt.

---

[127] Oma

„Schon wieder?!", tönt mein Chef aus dem Telefon. „Wie viele Großmütter hast du denn?"

Er spricht so laut, dass sogar der Kater auf der Fensterbank den Kopf wendet und mich fragend ansieht.

In den meisten italienischen Firmen duzen sich die Leute, mit Ausnahme des Geschäftsführers. Nur der und wenige Auserwählte werden weiterhin mit ‚Sie' angesprochen.

In unserem kleinen Vertriebsbüro ist das genauso. Ein Umstand, der für mich noch immer gewöhnungsbedürftig ist. Besonders wenn mein Vorgesetzter in diesem Ton mit mir spricht. Sich darüber zu beklagen hat nach Aussage meiner italienischen Freunde jedoch wenig Sinn, denn der alleinherrschende *Capo*[128] ist noch immer ein weit verbreitetes Phänomen in der italienischen Industrie. Von einem Omnipotenten zum anderen zu wechseln käme dem Versuch gleich, sich aus einer elend langsamen Kassenschlange in die vermeintlich kürzere hinüber zu stehlen: ein sinnloses Bemühen. Noch bin ich unschlüssig, ob ich dies glauben werde.

Ich erkläre meinem Chef, dass es sich um meine Nachbarin handelt. Ich muss sehr auf meiner Bitte bestehen, da er keine Notwendigkeit sieht, dass ich auf die Beerdigung einer fremden Frau gehe. Erst als ich ihm verspreche, gleich nach der Bestattung wieder ins Büro zu kommen und die Zeit abends nachzuarbeiten, gibt er nach.

„Die Geister, die ich rief", murmle ich wie zu mir selbst.

„Ich wüsste nicht, dass du mich gerufen hättest", höre ich plötzlich Massimiliano im Rücken. Er hat es sich während meines Telefonats auf einer Kiste in der schwachen Herbstsonne vor dem offenen Fenster bequem gemacht. „Es war doch vielmehr so, dass *ich dich* gerufen habe. Und wieso sprichst du in der Mehrzahl?"

Er setzt sich auf die Hinterläufe und wirft mir einen seiner Blicke mit gehobenen Augenbrauen zu.

„Das ist ein Zitat aus dem Zauberlehrling von Goethe", antworte ich abwesend.

„Der, der *Manzonis* Buch so gut fand?", hakt er nach. Er setzt sich auf und schlägt über der Kante der Kiste die Beine übereinander, als richte er sich auf eine ausführliche Literaturdiskussion ein.

„Welches Buch?", antworte ich verwirrt.

„Er hat nur eins geschrieben!", belehrt er mich sofort. „*Manzoni* hat sein

---

[128] Boss, Chef

Leben lang an diesem Werk gearbeitet. Sag bloß, du hast davon noch nie etwas gehört?! Jedes Kind in Italien kennt dieses Buch! Wenn auch nicht unbedingt freiwillig. Es ist, sozusagen, Grundlektüre und Zwangsallgemeinbildung in diesem Land."

Nun blicke ich auf und schweige ihn etwas verlegen an. Ich weiß tatsächlich nicht, von welchem Roman er spricht.

Er zieht eine Lesebrille mit runden Gläsern aus seinem Jackett und setzt sie sich auf. Ich habe sie noch nie an ihm gesehen. Sie verleiht ihm einen sehr gelehrten Ausdruck.

„Promessi sposi!", klärt er mich auf und holt aus, um vermutlich eine ausführliche Buchbesprechung zu diesem Werk zu beginnen.

Aber ich werfe ein: „Das hat Marco also gemeint, als er auf die Sache mit den *fidanzati* angespielt hat!"

Unweigerlich denke ich nun auch wieder an ihn. Das macht mich noch trauriger.

Ich stoße einen inbrünstigen Seufzer aus: „Maurizios Großmutter ist gestorben."

Der Kater nimmt die Brille wieder ab, faltet sie sorgfältig zusammen und steckt sie in die Brusttasche zu dem Taschentuch, das dort stets, sauber gefaltet, das Jackett elegant ergänzt.

Er legt sich wieder hin, lässt seinen Kopf auf den Vorderpfoten ruhen und schließt träge die Augen: „Wenn Maurizio so weitermacht, wird seine Familie aussterben."

„Bist du gar nicht traurig?", erkundige ich mich schockiert über seine Gefühlskälte. „Ständig bist du bei ihnen in der Wohnung und schläfst auf ihrem Sofa. Sie hat dich doch immer gefüttert?"

„Wieso? Ich kann seine Familie damit nicht am Bestand erhalten."

Wieder lerne ich etwas Neues über meinen *penato*: Seine emotionale Bindung an Menschen unterliegt offensichtlich anderen Regeln, die nicht in humanen Einheiten erfasst werden kann.

Wer weiß, vielleicht wird Massimiliano auch mich eines Tages nicht vermissen? Der Gedanke macht mich nun vollends traurig.

„Ich brauche passende Kleidung", rufe ich mich zur Raison und kehre zurück in die Wirklichkeit, schnappe mir meinen Schlüssel und verlasse die Wohnung.

Auf dem Weg in die *Via Indipendenza*[129], wo ich in einem der zahlrei-

---

[129] Hauptgeschäftsstraße Bolognas

chen Geschäfte ein schwarzes Kostüm zu finden hoffe, nehme ich auch gleich einen Vertrag für eine italienische Handy-Telefonnummer mit. Mit immer mehr Freundschaften und vor allem Arbeitskontakten in Italien ist es langsam unerlässlich, zusätzlich zu meiner deutschen auch eine italienische Nummer zu haben.

Ich erstehe ein Mobiltelefon mit zwei SIM-Karten und aktiviere noch im Laden die neue Nummer. Zufrieden über diese unkomplizierte Erledigung begebe ich mich in die Kathedralen der Modeschöpfer.

Bereits bei Betreten der ersten, sehr großen Boutique in einem stilvollen alten Gebäude, geschieht, was in Bologneser Kaufhäusern meistens stattfindet: Alle Angestellten ducken sich bei meinem Eintritt schlagartig über eine enorm wichtige Tätigkeit. Die einen verstecken ihren Kopf im Computer der Kasse und klicken heftig herum. Andere verschwinden mit einem Armvoll Kleidungsstücke um die nächste Ecke. Wieder andere huschen durch die Hintertür in den Bereich des Lagers oder räumen so intensiv in einem Regal herum, als stünde auf der Rückseite ihres T-Shirts in sichtbaren Lettern ‚nicht stören' gedruckt. Es gleicht dem Erscheinen einer Katze auf einer Mäuseparty: Alle retten sich fluchtartig in jede Himmelsrichtung.

Heute ist es mir nur recht. Ich will keinen sehen.

Lustlos schiebe ich die Kleiderbügel auf den Ständern von einer Seite zur anderen und wieder zurück. Noch immer erschrecke ich mich mit drakonischen Diätgedanken, wenn ich ein Teil, das mir passen könnte, herausziehe und die Nummer 44[130] auf dem Label lesen muss. Nur sehr schwer gewöhne ich mich an diese viel kleiner ausfallenden Konfektionsgrößen in Italien.

Der Tod von Maurizios Großmutter und mein Gefühlschaos mit Marco rauben mir die Entscheidungsfähigkeit. Ich werde von der Flut der Angebote willenlos von einem Stück zum nächsten geschoben, weiter und weiter. Jedoch nichts, was dieses italienische Modeparadies zu bieten hat, kann mein Wohlwollen hervorrufen.

Auf diese Weise durchkämme ich erfolglos mehrere Geschäfte und finde mich schließlich seufzend in einer Tätigkeit wieder, die in Arbeit ausartet. Es ist einfach nicht unterhaltend, ein Outfit für einen so traurigen Anlass zu kaufen.

Ein Anruf erlöst mich für einen Moment aus dieser trostlosen Situation. Mein Herz macht einen Sprung in hoffnungsvolle Sphären: Marco?

---

[130] die deutsche DOB Gr. 38 entspricht in Italien Gr. 44

In Erwartung seiner Stimme reiße ich mein Telefon aus der Tasche.

Enttäuscht merke ich, dass es nur ein Anrufer ist, der in der Nummer fehlgegriffen hat. Unglücklich lasse ich mein Handy wieder in meine Tasche gleiten und steuere zielstrebig auf ein Geschäft der höheren Preisklasse zu.

Zwar warnt mich die Tatsache, dass die Preisschilder im Fenster nicht eine Ziffer unter dreistellig ausweisen, aber ich will diesen lästigen Kauf nun so zügig wie möglich hinter mich bringen.

Diesmal werde ich sofort bedient. Eine ältere Dame in elegantem Kostüm kommt schon auf mich zugestürmt, bevor sich die Tür hinter mir schließt. Zehn Minuten später verlasse ich den Laden wieder. In einer großen, eleganten Lackpapier-Tragetasche verziert mit einem schwungvollen Designerschriftzug, ruht eine schwarze Seidenbluse, die mehr gekostet hat, als ich für das komplette Outfit geplant hatte.

Wirklich zufrieden bin ich mit meinem Kauf nicht, aber zumindest war die Bedienung sehr zuvorkommend. Freundlichen Service scheint man in dieser Stadt in Apothekenwährung bezahlen zu müssen.

Wieder ertönt das Mobiltelefon in meiner Tasche. Wieder explodiert meine Hoffnung wie im Urknall und verteilt tausend Lichtblicke in meinem Herzen. Marco?

Ich weiß nicht einmal, was ich von seinem Anruf erwarte. Dass er mir erzählt, meine Konkurrentin hätte freiwillig das Feld geräumt? Daran glaube ich selbst nicht. Dass er mir berichtet, meine Rivalin endlich auf die Straße gesetzt zu haben? Im Grunde will ich auch das nicht, denn wenn er eine Frau, die er geliebt hat, so mies behandeln könnte, würde er das vielleicht eines Tages auch mit mir tun! Das, was ich von ihm will, braucht seine Zeit und ist in der Kürze der wenigen Tage schwer machbar.

Der Mann am anderen Ende der Leitung fragt nach einem Rechtsanwalt Soundso. Ich erkläre ihm höflich, dass er sich in der Nummer geirrt hat.

Ich lege enttäuschter wieder auf als der Anrufer.

Bevor ich nach Hause gehe, statte ich meinen Beileidsbesuch bei meinem Nachbarn Maurizio ab. Sein sonst so gepflegtes Auftreten hat den Glanz verloren, obwohl er in Anzug und Krawatte vor mir steht, als er die Tür öffnet.

Ich umarme ihn, wobei ich selbst mit den Tränen kämpfen muss. Seine Großmutter war mir in der Kürze der Zeit sehr ans Herz gewachsen und ich kann gut verstehen, dass er als Waise an dieser Frau besonders gehangen haben muss.

In der Küche sieht es wüst aus. Die gute Seele des ordentlichen Haushaltes fehlt sichtbar. Deshalb und weil mir niemand mehr befiehlt, sitzen zu bleiben, koche ich diesmal den Kaffee. Ich habe sie dabei oft genug beobachtet und weiß deshalb genau, wo ich alles Nötige finde.

Ich höre Maurizio einfach nur zu, wie er erzählt. Er berichtet, wie er sie gefunden hat, was im Krankenhaus passierte und was er nun alles zu erledigen hat. Als er anfängt zu erzählen, wie sie ihm als kleinen Jungen immer seine Pausenbrote mit seiner Lieblingsmarmelade gemacht hatte, fängt er zu weinen an wie dieser kleine Junge.

Ich gehe zu ihm und lege ihm schweigend die Hand auf die Schulter. Die Kaffeemaschine auf dem Herd köchelt sanft vor sich hin.

Das Geräusch der Kaffeeherstellung scheint lauter und lauter in den Vordergrund zu dringen, bis es mir scheint, sogar das Schluchzen meines Freundes zu übertönen. Dabei ist das italienische Kaffeekännchen auf der Flamme doch die sanfte Version! Meine deutsche Filterkaffeemaschine faucht energisch ein nahendes ‚der Kaffee ist fertig' in die Umgebung. Die traditionelle italienische kleine Kanne röchelt ein beinahe melodisches ‚pronto' sanft vor sich hin. Der deutsche Kaffee dringt nach unten durch, der italienische nach oben.

Nie ist mir diese Besonderheit deutlicher aufgefallen, als in diesem Moment der trauernden Stille. Nun werde ich jeden Morgen an Maurizios verstorbene Großmutter denken!

Ich lasse den Kaffee dampfen.

Auf der Beerdigung regnet es.

Mir bleibt nichts anderes übrig, als meine braune Lederjacke anzuziehen und meinen leuchtend grünen Regenschirm mit den lustigen Punkten über mich zu spannen. Wie eine mit Champignons übersähte Insel ragt er aus dem Meer der schwarzen Schirme um mich.

Es sind erstaunlich viele Menschen gekommen. Maurizios Oma scheint in der Stadt viele Bekannte gehabt zu haben.

Nach der Beisetzung verabschiede ich mich von Maurizio, der mit hängendem Kopf und trotz Regen mit großer Sonnenbrille auf der Nase noch lange vor dem frisch zugemauerten Wandfach steht. Vittoria steht neben ihm.

Ihren Sarg in einer Ruhestätte in einer Wand gebettet zu sehen, fühlt sich erstaunlich annehmbar an. Zumindest für mich. Kein kaltes Erdloch, das den Hinterbliebenen das Ende dieses Lebens drastisch vor Augen führt. Beinahe meine ich, sie sei nur umgezogen.

Ich erreiche das Büro während der Mittagszeit. Es ist niemand da außer meinem Chef. Der zitiert mich sofort vor seinen Schreibtisch, als er mich zur Tür hereinkommen hört.

Ich ahne Schlimmes. Hat er herausgefunden, dass ich gelogen habe? An sonstige kleine Schandtaten, die ich möglicherweise im Zuge meiner Arbeit irgendwann vollbracht haben könnte, kann ich mich nicht erinnern.

„Wie kommst du dazu, hinter meinem Rücken Akquise zu betreiben?!", faucht er mich an und läuft um seinen Schreibtisch herum, um sich in seinem großen Lederthron dahinter zu verschanzen. Die Tür hat er sperrangelweit offenstehen lassen.

„Ich habe *was* getan?", frage ich überrascht nach, weil es offensichtlich gar nicht um meine unwahre Urlaubsbeantragung geht.

Er schiebt mir ein Stück Papier mit einer Telefonnummer über den Tisch, als handle es sich um das Beweisstück in einem Geheimdienstprozess während des Kalten Krieges.

„Wann warst du in Neapel?"

Ich zucke zusammen. Mist! Er weiß es doch und ist deshalb so sauer! Kein Wunder.

Glücklicherweise gestehe ich nicht sofort auf diesen Schreck hin, denn er spricht weiter und ich verstehe, dass ich damit sehr voreilig gewesen wäre.

„Wie kommt der Kunde auf dich? Drei Maschinen!?"

Ich kann mit der Nummer ohne Namen auf dem Blatt Papier nichts anfangen, mutmaße aber, dass es sich um einen Käufer handeln muss, der Interesse an unseren Produkten hat. Doch was daran nun ein Grund ist, auf mich so wütend zu werden, erschließt sich mir noch immer nicht.

„Wieso weiß ich davon nichts!?", schreit er mich jetzt so laut an, dass vermutlich selbst die Leute auf der Straße mithören können. „Jeder Kundenkontakt hat über mich zu laufen! Besonders dann, wenn es neue Interessenten sind! Vielleicht kann man in Deutschland eigenwillig agieren, aber hier in Italien bin ich der Chef und da läuft nichts, rein gar nichts, was nicht über meinen Schreibtisch geht, *capisci*!?"

Vor der Tür höre ich meine Kollegen von der Mittagspause zurückkommen und sich still wie Mäuschen auf ihre Plätze schleichen. Das ist Anlass genug für meinen Vorgesetzten, sich richtig in Rage zu schrauben.

„Du kennst den italienischen Markt nicht! Du weißt nicht, wie das hier läuft! In Italien werden Geschäfte anders abgewickelt als in Deutschland.

Ihr Deutschen glaubt immer alles besser zu wissen. Dabei ignoriert ihr die Basisdinge, die es für den Erfolg in diesem Land braucht. In diesem Laden hier mache ich das, und sonst keiner!"

Endlich habe ich die Chance, etwas zu sagen. Aber sein verbaler Angriff hat mir die Luft zum Atmen geraubt und ich bin so verdattert darüber, dass ich stottere.

„Ich habe keine Ahnung, wer das ist! Wie kommen Sie darauf, dass ich etwas damit zu tun habe?"

„Wie ich darauf komme?!"

Er springt mit dieser drohend klingenden Wiederholung meiner Frage von seinem Sessel auf, als hätte ich ihm eine unglaubliche Frechheit ins Gesicht geschleudert. Er stützt sich mit beiden Armen auf der Schreibtischplatte auf und schnaubt mich bedrohlich wie eine bissige Dogge an: „Er hat ausdrücklich nach dir gefragt!"

Nun bin ich völlig ratlos.

„Wie heißt der Kunde denn?", will ich schließlich wissen.

Das scheint meinen Boss zumindest für einen Moment zu stoppen. Er kneift seine Augen zu Schlitzen, nicht breiter als ein japanisches Sushimesser: *Mi prendi in giro?"*[131]

Meine Reaktion wird von seinen Blicken förmlich seziert. Es ist ihm ins Gesicht geschrieben, was er sich fragt: Weißt sie wirklich nichts darüber, oder spielt sie nur die Ahnungslose?

Er entschließt sich offensichtlich für Letzteres: „Willst du mir vielleicht weismachen, dass du noch nie was von Marino-Mozzarella gehört hast?!"

Bei dem Namen drängt mir unweigerlich heiße Farbe ins Gesicht, wie der Kaffee in der italienischen Espressomaschine: von unten nach oben.

Ich kann nichts dagegen tun, dass dieser Vorgang meinen Vorgesetzten in seiner Theorie nur bestätigt.

„Dachte ich es mir doch!", faucht er mich an und schlägt mit der flachen Hand knallend auf den Schreibtisch, so dass ich und alle anderen draußen im Büro vor der Tür hochfahren.

Ich kann währenddessen meine rasenden Gedanken kaum im Zaum halten. Hat Marco seinen Vater animiert, hier anzurufen und sich als Interessent auszugeben? Erst seine Mutter und nun sein Vater! Was immer er damit bezwecken will, erreicht genau das Gegenteil! Wie kann er denken, dass ich einen Mann achte, der seine Eltern bittet, sich für ihn bei einer Frau einzusetzen!?

---

[131] Nimmst du mich auf den Arm?

„Ich will diesen Kunden nicht bedienen", behaupte ich mit fester Stimme. Ich hätte gerne hinzugefügt, dass ich völlig unschuldig bin, diesen Klienten an Land gezogen zu haben. Obwohl es an sich geradezu lächerlich ist, als Mitarbeiterin in einem Vertriebsbüro sich für einen neuen Kontakt entschuldigen zu müssen! Aber das kann ich natürlich nicht sagen. Die Wahrheit ist ja noch verzwickter, als die wilde Story, die im Kopf meines Vorgesetzten abgeht.

„*Nononono!*", fuchtelt mein *Capo* mit der Hand vor meinem Gesicht herum. „Du bearbeitest dieses Angebot! Drei Maschinen! Und wehe ...", das Gestikulieren spitzt sich im Zeigefinger zu, „ ... wehe du setzt das in den Sand! Dann kannst du gleich wieder nach Deutschland zurückgehen!"

Damit tippt er mit dem besagten Zeigefinger erst auf die Telefonnummer und zeigt dann wortlos auf den Ausgang hinter mir.

Ich schleiche mit dem Zettel in der Hand hinaus und schließe hinter mir die Tür zum Büro des Cholerikers.

Meine beiden Kollegen sehen mich vielsagend an und werfen mir mitleidige Blicke zu.

„Willkommen im Team Italia!", flüstert meine Kollegin, die am Schreibtisch mir gegenübersitzt.

„Du wirst dich dran gewöhnen!", tröstet mich der andere. „Der beruhigt sich schon wieder. Der ist nur so aufgebracht, weil der Kunde mit ihm nicht reden wollte. Ich habe ihm das Gespräch weitergeleitet, weil du nicht da warst. Aber der Anrufer hat darauf bestanden, nur mit dir verhandeln zu wollen."

Na, danke!

Wieso hat Marco das bloß getan?!

Ich starre ratlos auf die Telefonnummer und weiß nicht, was ich damit jetzt machen soll.

13. Karma-Ausbruch

Um neunzehn Uhr verlassen meine Kollegen und ich gemeinsam das Büro. Ich habe mich entschieden, eine Nacht darüber zu schlafen.

Auf dem Nachhauseweg prüfe ich die drei verpassten Anrufe einer mir unbekannten italienischen Telefonnummer auf meinem Mobiltelefon. Könnte es sein, dass es wegen dem Auftrag ist, oder mich diesmal ein anderes Mitglied seiner Familie bezirzen will? Isabella oder Enrico?

Ein Rückruf wird das klären.

Eine Frau am anderen Ende der Leitung begrüßt mich ziemlich ungehalten, weil sie mich für die Assistentin eines Hausverwalters hält und beklagt sich, dass ich erst jetzt zurückrufe. Sie wird noch aufgebrachter, als ich ihr erkläre, dass ich mit diesen Personen nichts zu schaffen habe und sie die Nummer aus ihrem Verzeichnis streichen soll.

Die Lust zu Kochen ist mir für diesen Abend vergangen. Ich kaufe auf dem Weg noch eine *Pizza d'asporto*[132].

Als ich um die Ecke zu der *Piazza San Martino* biege, fällt mir sofort der

---

[132] Pizza zum Mitnehmen

schwarze Alfa Romeo mit den roten Seitenstreifen und dem weißen Schriftzug auf, der vor meiner Haustür parkt.

Mein Herz überschlägt sich mit einem Salto und reißt meinen Blutdruck mit in die Höhe. Meine Vernunft gebietet Ersterem Einhalt, Letzterem lässt sie jedoch freien Lauf.

Marco steigt aus dem Fahrzeug, als ich kurz vor dem Tor ankomme. Er sieht in seinem akkurat gebügelten Hemd und der schwarzen Hose seiner Uniform unfair hinreißend aus. Ich kann nicht umhin das zu bemerken.

„Salve ... stai bene?"[133]

Er fragt es mit so zärtlichem Grundton, dass sich mein Ärger über seine Eltern-Aktion sofort ein wenig legt und ich den Gruß mit Gleichem erwidere. Er hat ein paar große dunkelblaue Flecken am Oberarm und Abschürfungen an der Wange. Ich bin sofort versucht, ihn zu verarzten.

„Ich muss mir dir reden", fährt er fort. Er lässt seinen Kollegen im Auto warten und folgt mir durch das schwere Holztor.

Das kann nur eines bedeuten: Er hat gute Nachrichten für mich und seine Situation mit der anderen ist bereinigt! Schließlich war das meine einzige Bedingung.

Mein Optimismus übernimmt sofort das Kommando. Die Serie von Katastrophen ist beendet. Adieu, Murphy's Gesetz! Nun endet dieser Tag doch noch gut! Plötzlich fühlt sich alles Drama der letzten Stunden halb so schwerwiegend an.

„Sie ist ausgezogen?", frage ich erwartungsvoll und strahle ihn an.

Sein Augenspiel wandert jählings auf den Boden. Er schiebt seine Hände in die Hosentaschen und schüttelt den Kopf: „Nein. Noch nicht. Aber ich schlafe auf dem Sofa und sie im anderen Zimmer."

Wie immer, wenn voreilige Hoffnung desillusioniert wird, schlägt die Enttäuschung rasch in Wut um.

Mir sprudelt über die Lippen, bevor ich klar denken kann: „Du willst wohl wissen, ob dein Vater erreicht hat, was deine Mutter mit ihrem Besuch hier nicht geschafft hat?"

„Meine Mutter war hier?!", ruft mein *Carabiniere* entsetzt. Er zieht dabei seine Hände so ruckartig aus den Hosentaschen, dass er zunächst nicht weiß, wohin mit ihnen. Schließlich stemmt er sie in die Hüften.

„Sie hat sich nicht bei mir gemeldet", sagt er in einem Tonfall, der zwischen Erleichterung und Vorwurf schwankt.

„Und dass du deinen Vater in meiner Firma anrufen hast lassen, hat

---

[133] Geht es dir gut?

mir jede Menge Ärger eingebrockt!", maule ich ihn weiter an. „Was willst du damit bezwecken?! Damit machst du alles nur noch schlimmer! Das Einzige, was ich von dir will, ist eine geklärte Situation! Lass gefälligst diese anderen Versuche, mich umzustimmen! Stelle dich deiner Verantwortung!"

Der letzte Satz knallt wie ein Peitschenhieb durch die Stille. Wir sehen uns erschrocken eine Sekunde lang an.

Diesmal senke ich den Blick auf meine Zehenspitzen und versuche, mit einem gemäßigtem „ich meine..." mildernde Worte hinterherzuschicken.

Marcos scharfes *„Basta!"* schneidet mir jedoch den Satz bedingungslos ab.

„Basta, Lisa! Basta!"

Er macht einen bedrohlichen Schritt auf mich zu. Er schnaubt mich durch die Zähne an, wie einen Verbrecher, dem der Polizist bei seiner Festnahme die letzte Warnung erteilt, bevor geschossen wird.

„Ich werde mich nicht länger vor dir rechtfertigen! Erst bezeichnest du meine Familie als Mafiosi und jetzt unterstellst du mir, dass ich meine Eltern instrumentalisiere, um dich umzustimmen! Wie kommst du dazu, mir so etwas zu unterstellen! Ich will eine Frau, die mir vertraut! Und das tust du offensichtlich nicht!"

„Vertrauen muss man sich verdienen!", trotze ich schlagfertig, trotz meiner Betroffenheit.

Es sind Momente wie diese, in welchen ich mich selbst immer wieder überrasche: Denn trotz meiner Gefühle für ihn bleibe ich standhaft und schütze mich. Auch, wie ich feststelle, vor mir selbst.

Wie kann er aber auch nach allem, was sich ereignet hat, von mir erwarten, dass ich ihm blind glaube! Das ist einfach zu viel verlangt. Keine Frau könnte das an meiner Stelle!

„Man kann es auch schenken", korrigiert er mich leise.

Damit wendet er sich zum Gehen.

An dem Holztor dreht er sich nochmals kurz mit einem *„a proposito"*[134] um: „Ich bin gekommen, weil ich dir sagen wollte, dass dein Massimiliano dich angelogen hat. Vittoria kam heute zu mir. Und, was glaubst du, hat sie in ihrem Koffer gefunden? Die Tafeln des Tiberius! Die liegen jetzt auf meinem Schreibtisch."

Das sitzt. Ich stehe wie versteinert.

Ich starre Marco fassungslos an. Diesmal fehlen mir die Worte.

---

[134] A propos, übrigens

Damit wendet er sich um und geht.

Ich stehe noch lange an Ort und Stelle wie festgenagelt und glotze ihm hinterher, bis der Klingelton meines Mobiltelefons mich aus der Lethargie weckt.

„Ciao carina[135]! Die Geschäfte scheinen gut zu gehen, man erreicht dich kaum. Hast du Zeit? Ich würde dich gerne einem Businessfreund vorstellen. Immer noch hundertfünfzig, wie früher?"

„Weder carina noch hundertfünfzig!", fauche ich ins Telefon und weise den Freier an, die Nummer aus seinem Verzeichnis sofort zu löschen.

Ich lasse die Arme sinken und den Kopf in den Nacken fallen.

„Basta, Murphy! Basta!", schreie ich in das Dunkel meines Flurs.

Meine Enttäuschung könnte nicht vernichtender sein: Beide Männer in meinem Leben haben mich belogen!

Diesmal sitze ich auf dem Stuhl in meiner Wohnung, den ich direkt vor das geöffnete Fenster gerückt habe, um Massimiliano zu erwarten. Ich werde ihm derart das graue Fell über seine Ohren ziehen, dass es sich gewaschen hat!

Meine Geduld wird strapaziert. Ich muss lange warten.

Es ist bereits spät abends, als ich seine leisen Tapse unten auf dem Kies vernehme. Kurz darauf springt er über die Mauer herauf und drängt sich durch die großzügige Katzenklappe in die Wohnung.

Er fährt erschrocken hoch, macht einen Satz mit allen Vieren in die Luft, denn er landet beinahe auf meinem Schoß.

„Che diavolo!"[136], entfährt es ihm und er fasst sich theatralisch ans Herz. „Was tust du da mitten in der Nacht?!"

Ich nutze das Überraschungsmoment und packe ihn am Kragen wie es Katzenmütter tun. Ich weiß, dass er das hasst, aber auch, dass er wie jede andere Katze, sich diesem Griff ergeben muss.

Ich drehe seinen Kopf in meine Richtung und sehe ihm streng in die Augen.

Er blinzelt ahnungsvoll.

„Du hast mich belogen. Ich habe dir vertraut! Und du führst mich derart hinters Licht! Ich bin sehr enttäuscht!", zische ich ihn an.

Damit setze ich ihn wieder ab und lasse los.

Er schüttelt sich und klopft sich sofort seinen Frack ab, als hätte ich

---

[135] Hallo Hübsche!
[136] Was zum Teufel....

Läuse.

"Mica"!,[137] gibt er während dieses Vorganges von sich. „Ich habe immer die Wahrheit gesagt, wie es der Ehre der *penati* gebührt."

„Mit dieser Ehre kann es nicht weit her sein!"

Er wirft mir einen beleidigten Blick zu.

„Ihr Menschen neigt dazu, die Dinge stets nach eurer Wahrnehmung zu bewerten! Es gibt immer mehrere Wahrheiten und ihr wählt, ohne zu überlegen, immer nur die, die euch in den Kram passt. Und die erhebt ihr dann auch noch zu der einzig gültigen! Dann seid ihr entsetzt, wenn es sich herausstellt, dass es eine andere gibt."

„Mach es nicht noch schlimmer!", warne ich ihn und schaue ihm dabei streng in die Augen.

Er starrt zurück. Ein Duell der Blicke: Wer hält dem Blick des anderen länger stand?

Schließlich spreche ich zuerst: „Du hast die Tafeln des Tiberius nicht wie abgemacht zurückgebracht!"

„Es sind nicht seine Tafeln!", verbessert mich der Kater energisch und fährt gleich fort, nachdem er meine ungehaltene Reaktion aufnimmt: „Ich habe nie behauptet, dass ich das getan habe. Ich habe deutlich gesagt: ‚Die Tafeln sind in einem Stück an Ort und Stelle und der Pudel wird in Zukunft Katzen mit mehr Respekt begegnen'. Beides ist wahr."

Er sieht mich triumphierend an und stemmt eine Pfote in die Seite, prüft dann mit der anderen scheinbar gelangweilt seine Krallen.

„So etwas nennt man lügen, wenn man bewusst den Bezugsrahmen außer Acht lässt!" Diesmal lasse ich ihn nicht von der Angel! Keine Chance!

„Ja, *dein* Bezugsrahmen!", debattiert Massimiliano. Er verschränkt beide Pfoten vor seinem Bauch, wie ein Professor, der vor seinem Auditorium anhebt, ein komplexes Thema zu erläutern. „Betrachtet man jedoch auch andere, so kommt man zu dem Schluss, dass diese Aussage durchaus sinnvoll, wahr und schlüssig ist."

„Rede keinen hochtrabenden Blödsinn!"

Ich bin fest entschlossen, ihn diesmal bis zum bitteren Ende nicht vom Haken zu lassen und wenn es die ganze Nacht dauern sollte. „Wir haben ausgemacht, dass du mir hilfst und genau besprochen, was zu tun ist!"

„Ich habe dir geholfen", behauptet der Kater wieder felsenfest. „Marco glaubt mittlerweile an mich! Und wie! Du hättest hören sollen, wie er mich

---

[137] Kaum

angegangen ist, weil ich ihn vor seiner eigenen Dummheit, sich unter den Zug zu werfen, bewahrt habe! *Coglione*[138], hat er mich beschimpft und noch ganz andere Bezeichnungen, die ich hier nicht wiederholen möchte. Aber, wesentlich ist doch zu bemerken, dass er mich wohl kaum mit diesen wenig schmeichelhaften Titeln versehen hätte, wenn er in mir nur eine gewöhnliche Katze sehen würde!"

Mir fallen wieder die blauen Flecken an Marcos Körper und die Schrammen in seinem Gesicht ein.

„Außerdem ...", der Kater hebt die Pfote und fährt fort, „... außerdem habe ich mit einer alternativen Lösung dafür gesorgt, dass Marco sich wieder bei dir meldet. Nachdem du so Hals über Kopf abgereist bist, musste ich mir etwas überlegen, dass der Arme einen Grund hat, sich wieder bei dir zu zeigen. Du siehst also, Ihr könnt euch somit wieder versöhnen!"

Er sieht mich grinsend und überzeugt von seinen eigenen Worten mit Stolz erfüllt an. Offensichtlich erwartet er nun sogar ein Lob von meiner Seite.

„Das hat er bereits", antworte ich nur platt. „Sonst wüsste ich gar nichts von der Sache."

Mein Hausgeist blickt sich demonstrativ um und sieht besonders in Richtung des Bettes nach. Er geht sogar hin, hebt die Tagesdecke hoch und schaut unter das Bettgestell.

„Wieso ist er dann nicht hier?"

Ich erhebe mich von dem Stuhl meiner Anklage und schiebe ihn zurück an den Küchentisch.

„So einfach ist das nicht."

Der forschende Blick des Katers folgt mir wie gebannt: „Willst du damit sagen, dass du ihn schon wieder vergrault hast?! Das ist doch unglaublich! Ich komme ja gar nicht mehr hinterher, wie schnell du einen Mist nach dem anderen verzapfst. So wird das nie was mit den Männern!"

„Das tut jetzt nichts zur Sache!", weiche ich aus, indem ich mich daran erinnere, was das Ziel dieses Gespräches ist. „Ich habe dir ausführlich erklärt, wie es sich mit den Besitzeigenschaften heute rechtlich verhält und ..."

„... und ich habe dir *sehr* aufmerksam zugehört!", beendet mein *penato* den Satz voreilig. „Ich habe weder dich noch Marco in die Nähe eines Verdachts gebracht."

„Aber Vittoria!", brause ich auf. „Das ist doch nicht besser! Tu nicht so,

---

[138] Schwachkopf

als ob du das nicht verstehen würdest!"

„Ich habe auch weder sie noch Maurizio gefährdet", trumpft Massimiliano schon wieder auf. „Sie waren mit dem Auto in Neapel und niemand untersucht einen PKW auf dem Weg von Neapel nach Bologna."

Das ist zwar einleuchtend, aber ich will ihm das trotzdem nicht durchgehen lassen. Deshalb behaupte ich hartnäckig: „Oh doch! Da irrst du! Die Polizei macht auch da Stichproben."

„*Addirittura?*"[139]

Massimiliano zieht die Stirn in Falten, als hätte ich ihm eine für ihn völlig neue Information geliefert. Bestimmt hofft er, dass ich damit das Verfahren gegen ihn einstelle. Aber das will ich noch immer nicht.

„Und nun hat Marco die Sache mit den Tafeln am Hals!", führe ich ihm deshalb vor Augen.

„Ja, aber ganz offiziell in seiner Rolle als *Carabiniere*", tönt der Kater wieder im Ton des Oberlehrers, der seinen Schüler korrigiert. „Vittoria hat ihre Sache sehr gut gemacht. Das nämlich, war der Risikopunkt in meinem Plan: Ich hatte gehofft, dass sie zu Marco gehen würde, sobald sie die Rezepte entdeckt. Ich hatte schon befürchtet, dass sie sie stillschweigend behalten könnte. Das hätte die Sache erheblich verkompliziert für mich. Aber das hat sie nicht. Nun kann sich Marco jedenfalls ganz formal darum kümmern und niemand wird Verdacht schöpfen. Darüber hinaus ...", er macht eine Kunstpause und wartet, bis ich tatsächlich aufblicke und neugierig lauere, dass er fortfährt, „... selbst, wenn ich eine Schuld auf mich genommen hätte – was ich nicht habe – wir wären damit bestenfalls quitt. Denn du ...", und damit zeigt er mit der Pfote auf mich, wie ein Anwalt im Schlussplädoyer auf den Angeklagten, „... du hast den Verlust von zuverlässigen Mieteinnahmen zu verantworten! Das Anwaltsbüro will mehrere Monatsmieten nicht bezahlen, wie ich erfahren habe."

Nahe am Abgrund des Aufgebens hole ich tief Luft: „Was muss ich eigentlich noch alles tun, damit du endlich aufhörst, mich ständig in solche Situationen zu bringen?"

Sarkasmus ist manchmal die letzte Rettung. Ich lege eine gehörige Portion Fatalismus in meinen Blick.

Massimiliano hält inne, legt seine Pfote nachdenklich an die Wange und gibt ein gedehntes „hmmm" von sich: „Ich glaube, es wäre hilfreich, wenn du lernen könntest, nur nach überprüften Tatsachen zu urteilen."

Ich hasse es, wenn mir mein Hausgeist so den Spiegel vorhält.

---

[139] Wirklich, tatsächlich

„Du schaffst es immer wieder, dich aus der Affäre zu ziehen und den Spieß umzudrehen", seufze ich.

„Ich weiß", lächelt der Kater süffisant. „Ich habe dir einfach zweitausend Jahre Lebenserfahrung voraus."

Ich nicke ergeben.

„Aber vielleicht tröstet es dich: Du teilst das mit allen anderen Menschen."

Das tut es nicht.

Anstatt Massimiliano endlich dazu gebracht zu haben, sein Verhalten etwas anzupassen, grüble ich nun über meine Neigung, voreilige Urteile zu fällen.

„Ich gehe schlafen. Gute Nacht!", sage ich.

„*Sogni d'oro!*"[140]

„Was macht Marino-Mozzarella?", begrüßt mich mein Chef am nächsten Morgen anstelle der üblichen Höflichkeitsformeln. Er bleibt nicht einmal stehen, sondern geht weiter an meinem Schreibtisch vorbei in sein Büro, als würde er sowieso keine Antwort erwarten.

„Ich bin dran!", schicke ich ihm eine frühe Lüge hinterher, die er nur mit einem *„meno male!"*[141] kommentiert und dann die Tür hinter sich zuschlägt.

Ohne zu wissen, wie ich die verzwickte Anfrage genau angehen will, beauftrage ich daraufhin unsere Assistentin, einen Mittags-Termin in ein paar Tagen mit Marino-Mozzarella im besten Restaurant der Stadt zu reservieren. Es ist nicht das Teuerste, aber ein Geheimtipp unter Einheimischen für die meisterhafteste traditionelle Küche. Sie soll dabei sicherstellen, dass der Koch auch den Mozzarella unserer Kunden verwendet und für mich herausfinden, welche Gerichte auf der Karte diesen beinhalten. Ich hoffe, damit im Tischgespräch schon mal zu punkten. Meinen Kollegen bitte ich, mit einer fadenscheinigen Entschuldigung für mich inzwischen herauszufinden, wer außer dem Firmeninhaber zu dieser Verhandlung kommen wird. Es beruhigt mich, zumindest diese Vorbereitungen eingeleitet zu haben.

Damit kann ich mich meinem eigentlichen Anliegen widmen, welches sich seit ein paar Tagen allmählich von einer irren Idee in einen konkreten Plan entwickelt hat: Ich will den Fantasiedrachen zähmen, der zunehmend in mir abhaust, bevor ich mich einer harten Geschäftsverhandlung mit

---

[140] wörtlich: Goldene Träume; sinngemäß: träum süß!
[141] umso besser!

Marcos Vater stelle. Ich muss mir die Frau anschauen, die es vor mir geschafft hat, Marcos Herz oder zumindest seine Wohnung zu erobern.

Ein verstohlener Blick auf meine Rivalin könnte diese vielleicht als ganz normale Frau entlarven? Eine, die nicht mehr als explosive Sexbombe durch meine Träume spukt. Niemand muss mich dabei sehen! Damit könnte ich sie hoffentlich ein für alle Mal als mich quälenden, männerfressenden Vamp aus meinem Kopf verbannen.

In der Mittagspause miete ich ein bolognarotes Cityfahrrad über mein Mobiltelefon und ziehe es kurz darauf aus der Station in der Nähe meines Arbeitsplatzes. Es ist ein diesiger Tag, aber die Luft ist frisch. Es wird mir guttun, mich zu bewegen.

Der Klingelton meines Telefons murmelt in den Tiefen meiner Tasche und hält mich davon ab, aufzusteigen. Mittlerweile denke ich nicht mehr, dass Marco mich anruft. Doch mein Herz tut es trotzdem beharrlich und ist jedes Mal entsprechend enttäuscht, wieder eine fremde Nummer auf dem Display zu entdecken.

„Die Beisetzung der *nonna*[142], so viel noch zu tun! Ich habe einfach keine Kraft mehr dazu!", weint eine Stimme so zeternd an mein Ohr, dass ich kaum etwas verstehe.

Die Beerdigung der Großmutter war doch schon? Was gibt es da noch zu organisieren? Und warum weint sie?

„Vittoria?", frage ich nach.

Das Heulen nimmt an Intensität zu. Endlich begreife ich, dass eine fremde Anruferin diesmal meine Nummer für ein Beerdigungsinstitut hält. Nur mit Mühe kann ich die Frau dazu bringen, ihren Irrtum einzusehen.

Allmählich habe ich den Eindruck, dass meine neue Telefonnummer bereits durch sehr viele Hände gegangen sein muss. Es zieht sich eine Schneise an Rechtsanwälten, Hausverwaltern, Handwerkern, Carlas, Gianlucas und Giovannis, ein Callgirl und nun auch noch ein Beerdigungsinstitut durch das Anrufverzeichnis.

Murphy ist gnadenlos wie selten.

Doch jemand muss endlich auch dieses Muster durchbrechen! Ich beschließe, die Nummer nicht zurückzugeben, wie es vermutlich alle meine Vorgänger getan haben. In der Hoffnung, dass dies gutes Karma – für welche Götter auch immer - bedeutet und Murphy milde stimmen wird, beschließe ich, auch dieses Wirrwarr aufzulösen.

Ich schwinge mich auf das Fahrrad und strample durch den Stadtver-

---

[142] Großmutter

kehr in den Vorort, wo Marco wohnt.

Je mehr Sauerstoff die Bewegung in meine Lungen pumpt, desto schneller verknüpfen sich neue Gedanken in meinem Kopf: Marco hat sie niemals als Schönheit bezeichnet. Auch hatten Maurizio und der Kater sie hysterisch genannt. Ich war es selbst, die meine Rivalin zu einer Superfrau hochstilisiert hat. Also kann ich sie auch wieder von ihrem Sockel der siegreichen Königin stoßen! Sie wird sich mir als normale Frau mit Schwächen offenbaren und die Chancengleichheit in meinem Kopf wiederherstellen.

Als ich schließlich in der Straße vor Marcos Wohnblock ankomme, ist meine Zuversicht so handfest, dass ich sogar meine hart erarbeitete Altersvorsorge auf den Erfolg dieses Vorhabens verwetten würde.

Ich stelle das Mietfahrrad an der nächstgelegenen Station wieder ab. Dann laufe ich die letzten Meter bis zu Marcos Haustür.

Gerade öffnet sie sich und ich eile, um hinein zu huschen und meine Nebenbuhlerin somit gleich vor der Wohnungstür zu überraschen. Marco sollte um diese Zeit Dienst haben. Wenn also jemand öffnet, kann es nur sie sein. Eine passende Ausrede habe ich mir schon zurechtgelegt: Ich habe einen Pullover von Marco dabei, den er in meiner Wohnung vergessen hat. Ich bringe ihn offiziell zurück. Bei der Gelegenheit wird sich zeigen, wie die Sache steht.

Jedoch nur wenige Schritte bevor ich die geöffnete Haustür erreiche, sehe ich Marco aus der Tür treten. Und er ist nicht allein!

Mit einem Satz springe ich hinter eine Säule, die, wie in Bologna üblich, einen modernen Arkadengang auf dem Gehsteig bildet.

Er ist nicht im Dienst!? Wieso das denn?

Er führt *sie* am Arm aus dem Haus! Selbst nach wenigen Schritten durch die Tür lässt er sie nicht los, sondern geleitet sie über die Straße zu einer Bushaltestelle.

Dieser Anblick raubt mir augenblicklich alle Zuversicht. Ich hätte weniger Probleme gehabt, mich dieser Frau zu stellen, wenn ich sie alleine vorgefunden hätte. Aber sie an seinem schützenden Arm zu erblicken, ist einfach zu viel!

Der Bus rollt heran.

Kurz entschlossen renne ich zurück zu dem Fahrradbahnhof und fummle ungeduldig das Rad wieder aus der Halterung.

Der Bus ist bereits weitergefahren, als ich mich endlich aufschwinge und in die Pedale trete. An der nächsten Haltestelle hole ich ihn wieder ein und verlangsame mein Tempo. Ich muss sogar ein paar Mal stehen bleiben, um einen unauffälligen Abstand zu wahren.

Nach fünf Stationen in Richtung Stadtzentrum steigen beide wieder aus. Immerhin gehen sie nun getrennt nebeneinander her.

Ihr langes, dunkles, glattes Haar weht verführerisch über ihre schmalen Schultern und ihre Hüften wiegen ziemlich aufreizend in ihrer engen Hose und den hochhakigen Pumps. Ich kann sogar ihr Parfüm riechen, das sie wie einen Schleier hinter sich herzieht.

Bis zu diesem Moment habe ich meine niedrigen Beweggründe zu diesem Plan erfolgreich verdrängt. Doch nun präsentiert mir das Leben hämisch die Quittung: Zwar ist sie kein erotisches Superweib, aber als ,Italy's next Top-Model' könnte sie sich auf dem Laufsteg durchaus sehen lassen. Mein innerer Drache nimmt dies sofort zur Kenntnis, denn ihr Anblick ist kein Grund für ihn, sich gezähmt zurückzuziehen. Doch es kommt noch schlimmer.

Sie bleibt vor einer Tür mit einem blank polierten Messingschild an der Pforte stehen und zeigt auf ein Fenster im ersten Stock. Marco nickt.

Sie drückt den Klingelknopf und kurz drauf öffnet sich die Tür und beide verschwinden im schattigen Hauseingang.

Ich pirsche mich heran bis an das Messingschild und lese den Namen eines Arztes, unter welchem *ginecologo*[143] prangt.

Das Entsetzen, das mich mit diesem Titel packt, gleicht dem Anblick einer sich auf mich zubewegenden Windhose. Mit großen Augen gaffe ich auf das goldene Aushängeschild des Doktors. Ich erwarte beinahe, dass mich ein gewaltiger Sog jeden Moment nach oben reißt und mit sich wegträgt.

Wenn ein Mann mit einer Frau zu einem Frauenarzt geht, dann kann das nur eines bedeuten: Sie ist schwanger!

Ich drehe mich auf dem Absatz um und renne, das Rad an der Hand, so schnell ich kann weg von diesem unsäglichen Ort der Wahrheit. Im Laufen springe ich irgendwann auf den Sattel, schlingere dabei zweimal beinahe bis zur Mitte der Fahrbahn. Ein Wagen hupt mich energisch an und die Stimme der Fahrerin keift mir länger als nötig durch das heruntergekurbelte Fenster hinterher.

Ich trete so energisch in die Pedale, dass ich bereits nach kurzer Zeit an meinem Zielbahnhof bin. Noch gebieterischer, als trage es die Schuld an der mich unter Schock setzenden Beobachtung, kette ich das Rad wieder an. Erst zu Fuß, auf dem Weg nach Hause, fasse ich mich allmählich.

Meine Observation erklärt alles, was bis dahin vielleicht noch ein Rät-

---

[143] Gynäkologe

sel aufgeben mochte: Sie ist von ihm schwanger! Das ist der wahre Grund, warum er sich nicht trennt! Die Szene in Neapel, die meine Freunde beobachtet hatten, war die Eröffnung ihres Zustands. Er mochte durchaus die Wahrheit gesagt haben, dass er sich von ihr hatte trennen wollen. Dieses kleine Hindernis hat er mir gegenüber aber einfach unterschlagen. Und dann kam er aus der Nummer nicht mehr heraus! Angriff war seit jeher die beste Verteidigung gewesen: Indem er mich zum Buhmann machte, war er aus dem Schneider!

Und ich habe prompt geliefert. Ich habe es ihm viel zu leicht gemacht.

Auf einmal ergibt alles vollkommen einen Sinn.

Je länger ich darüber nachdenke, umso schmerzvoller ist es, umso wütender werde ich.

14. Vernebelt

Besonders in den Morgen- und Abendstunden ist die Stadt seit drei Tagen in dichten Nebel gehüllt, der sogar in die Häuserschluchten dringt und eine diesige, rötliche Stimmung zaubert. Der Verkehr auf den Ausfallstraßen verlangsamt sich und die Pendler planen fünfzehn Minuten mehr Zeit für ihren täglichen Weg zur Arbeit. Am dritten Tag ist die Sicht so schlecht, dass der Fluss der Fahrzeuge beinahe zum Erliegen kommt.

Als hätte der Kalender auf diesen Wetterwechsel gewartet, schmückt sich die Stadt von einem Tag auf den anderen mit glitzernden Lichterketten. Bologna trägt vorweihnachtlichen Zauber, der abends vor einem kobaltblauen Samthimmel die Augen der großen und kleinen Kinder zum Erleuchten bringt. Das Zentrum verwandelt sich in ein Winter-Märchenland, allerdings ohne Schnee. Die Bologneser flanieren durch die Arkaden und die am Wochenende verkehrsfreie Innenstadt, um erste Geschenke zu erhaschen oder eine der zahlreichen Grippen-Ausstellungen zu betrachten.

Mein erstes Weihnachten in Bologna eröffnet mir eine Seite Italiens, die ich in meinem bisherigen Leben ausgeblendet hatte. Dieses Land war für mich immer ein sommerliches Reiseziel gewesen. Dabei ist diese Jahreszeit auf ihre Art unerwartet einnehmend. In diesen Wochen kann der Besucher die sonst umlagerten Sehenswürdigkeiten in Ruhe genießen und das Personal in Restaurants und Geschäften ist, zumindest in den Touristenzentren, ausgeruht und freundlich.

Die kleine Gruppe ausländischer Studenten, mit denen ich während der ersten Monate an der alten Universität Bolognas italienische Vokabeln und Grammatik gebüffelt habe, trifft sich zu einem Abschiedsessen in meinem Stammlokal gegenüber meiner Wohnung. Ich habe den Treffpunkt angeregt. Trotz dieses Umstands und obwohl die meisten meiner Mitstudenten vor dem anstehenden Jahreswechsel in ihre Heimatländer zurückreisen werden, habe ich an diesem Abend überhaupt keinen Sinn für diese Zusammenkunft. Der ältere Norio San aus Japan, mit dem ich mich angefreundet habe und der Einzige, der wie ich bleiben wird, besteht aber darauf, dass ich komme. Also gehe ich hin.

Norio San ist an diesem Abend jedoch alles andere als gesprächig. Seine von Natur aus ruhige und zurückhaltende Art verhindert, dass ich es gleich bemerke. Erst als sich der Tisch allmählich leert und einer nach dem anderen geht, zieht er mit einer scheinbar unwichtigen Randbemerkung meine Aufmerksamkeit auf sich. Eine junge Studentin aus China beneidet ihn außerordentlich, dass er noch in Italien bleiben darf und er tröstet sie damit, dass auch ihm ein Umzug bevorstünde.

„Wohin willst du denn gehen?!", frage ich ein wenig erschrocken nach, denn der besonnene Norio San ist in der Tat einer meiner liebsten Freunde hier geworden. Ich befürchte, nun auch ihn zu verlieren.

„Oh, das weiß ich noch nicht", lächelt er gewohnt bescheiden.

„Warum willst du denn weg?!", bohre ich weiter, als sich unsere chinesische Kommilitonin der nächsten Verabschiedung zuwendet.

„Ich will nicht weg", verbessert er mich. „Aber vielleicht muss ich umziehen."

Wieder werden wir unterbrochen, diesmal von dem Engländer in unserer Gruppe, dessen schrecklicher Akzent sich in seinem Italienisch trotz Intensivkurs nicht einmal ansatzweise verringert hat.

Der Sache will ich auf den Grund gehen! Deshalb, und weil wir in dieser Aufbruchsstimmung kein Wort in Ruhe wechseln können, lade ich Norio San auf ein Glas Wein zu mir in meine Wohnung ein.

„Nun erzähle", fordere ich ihn kurz darauf auf. Ich reiche ihm Rotwein in meinem schönsten Kelch und stelle je ein Schälchen mit *pistacchi da Sicilia*[144] und *grana*[145] in kleinen Stückchen vor uns.

Wir sitzen an meinem Küchentisch und knacken die salzigen Nüsse auf. Der Kater schnarcht auf dem Sofa. Norio riecht sinnenfreudig am Wein, kostet und dreht dann das Glas genüsslich in seiner Hand.

Der Anblick des Käses erinnert mich bedauerlicherweise an mein Dilemma mit Marino-Mozzarella, weshalb meine Aufmerksamkeit für einen Augenblick dem gegenwärtigen Thema untreu wird.

„Ich glaube, Vittoria wird mir demnächst den Vertrag aufkündigen. Ich werde also eine neue Bleibe in Bologna brauchen", folgt mein fernöstlicher Kommilitone schließlich meiner Aufforderung.

„Habt ihr euch gestritten?", frage ich, erleichtert darüber, dass er nicht aus der Stadt fortziehen will und wieder ganz bei der Sache. „Sie braucht die Untermiete doch? Sie kann sich die Miete alleine keinesfalls leisten. Da bin ich mir ganz sicher."

„Sie hat noch nichts gesagt", beruhigt er meine Aufregung augenblicklich wieder. Ihm ist es, wie gewöhnlich, sichtbar unangenehm, in anderen Menschen heftige Emotionen hervorzurufen. Dabei bin ich mit meiner deutschen Gefühlssteife, im Vergleich zu den Italienern in unserem Freundeskreis, selten ein Anlass derartiger Beunruhigung für ihn. Vermutlich ist das der Grund warum wir beide uns in diesem Umfeld so gut verstehen: Wir leben sozusagen unsere Eindrücke auf der gleichen Emotionswellenlänge aus.

---

144 Pistazien aus Sizilien
145 wie Parmesankäse hergestellt, darf den Namen jedoch nicht verwenden, weil nicht in der Region Parma produziert

„Wie kommst du dann darauf?", will ich wissen und drücke einen Anruf mit einer mir unbekannten Telefonnummer auf meinem Handy weg. Es ist bereits der Dritte an diesem Abend. Ich werde auch diesem Teilnehmer beim nächsten Anruf mein inzwischen eingeübtes Sprüchlein aufsagen, damit er oder sie meine Nummer aus dem Verzeichnis löscht.

Norio nimmt noch einen Schluck zu sich und stellt den Weinkelch endlich auf dem Tisch ab.

„Sie ist in letzter Zeit auffällig selten zu Hause. Ich meine, nachts. Sie verbringt sehr viel Zeit bei ihrem neuen Freund."

Er sieht mich prüfend an, ob das Gesagte in mir bereits eine Reaktion hervorrufe.

„Das hat nichts zu sagen", versuche ich, ihn zu beruhigen. Ich vermute, dass diesem Tatbestand in seinem Heimatland eine andere Bedeutung beigemessen wird, als es in unserem Kulturkreis mittlerweile üblich ist?

„Das alleine möglicherweise nicht", widerlegt er sofort meine Vermutung. „Aber Maurizio hat vor Kurzem seine Großmutter verloren und eine große, leere Wohnung ..."

Er spricht den Satz nicht zu Ende, überlässt es meiner Fantasie, mir selbst auszumalen, in welche Richtung die Aussage weiterführen könnte.

Das ist allerdings ein Punkt, der mich zu überzeugen beginnt. Ich habe den desolaten Ordnungszustand selbst gesehen, in dem sich Maurizios Apartment seit dem Ableben seiner *nonna*[146] befindet. Mein Nachbar hat sich zwar sofort nach einer Putzfrau umgesehen, aber die kann die Leere, die die gute Seele im Leben des beinahe vierzigjährigen Enkel hinterlässt, nicht ersetzen - selbst wenn sie seinem ausgeprägten Sinn für Ästhetik durch Ordnung unbedingt entsprechen kann. Ein neues, weibliches Wesen in den eigenen vier Wänden kann das jedoch allemal!

„... und er hat eine Garage, die hervorragend als Atelier geeignet ist!", ergänze ich gemäß meiner Überlegung abschließend. Wie ich Vittoria kenne, ist alleine dieses Letztere eine große Versuchung für sie. Für ein Atelier dieser Art würde sie sich vermutlich sogar mit weit weniger Verliebtheit zu einem Umzug hinreißen lassen. Nun bin ich selbst auch der Meinung, dass Norio San eine neue Bleibe suchen muss.

„Du stimmst mir also zu?" Er betont es eher wie ein Fazit, nicht als Frage.

„Die Wahrscheinlichkeit ist zumindest hoch, dass das irgendwann eintrifft", bestätige ich. „Ich kann Dir Kontakt zu meiner Maklerin herstellen,

---

[146] Oma

vielleicht weiß sie etwas? Suchst du wieder ein Zimmer in Untermiete?"

„Wesentlich ist, dass ich in Ruhe schreiben kann", erklärt er. „Ich brauche Internet, einen kleinen Garten und Stille. Es war eine so fabelhafte Lösung als Untermieter bei Vittoria! Ich habe mich dort sehr wohl gefühlt, zumal wir auch noch Freunde geworden sind. So perfekt werde ich es wohl nicht wieder treffen. Sehr bedauernswert."

„Woran schreibst du eigentlich, wenn man fragen darf?"

Mir wird bewusst, dass ich nie näher nachgefragt habe, was der Japaner eigentlich so lange in Italien zu schaffen hat. Ich hatte vermutet, dass er bereits in Rente ist und sich aus Eigeninteresse einen Sprachkurs vor Ort gegönnt hat. Niemals habe ich ihn nach seiner Familie gefragt oder warum er alleine in ein fremdes Land gereist ist, so wie er auch mich nicht nach meinen Beweggründen gefragt hat. Wir haben uns im Klassenraum getroffen, gemocht und sind Freunde geworden. Freunde, die als Ausländer in einem fremden Land Gemeinsamkeiten teilen, die wesentlich präsenter sind als die Vergangenheit.

„Ich arbeite an einem Buch über das Wirtschaftsleben des alten römischen Imperiums."

„Ein Buch?", fragen der Kater und ich wie aus einem Munde.

Mein Freund kann natürlich nur mich hören. In den Ohren Norios muss dieser Ausruf des Katers bestenfalls ein scharfes ‚maunz' abgegeben haben.

Ich aber linse überprüfend zu meinem Hausgeist, den ich für tief schlafend gehalten habe. Er sitzt nun putzmunter aufrecht und spitzt höchst interessiert die Ohren.

„Ja. Und ich muss es nächstes Jahr fertig haben. Abgabetermin", seufzt Norio San.

„Du bist Schriftsteller?", erstaune ich mich.

„Oh ja, das ist mein Beruf."

Und ich bewundere ihn noch mehr, als er mir all die Werke aufzählt, die er bereits sehr erfolgreich in Japan veröffentlicht hat.

„Er kann die Räume der Anwälte mieten!", mischt sich Massimiliano ein, springt vom Sofa auf die Beine und tritt wie ein Vertreter, der ein Geschäft wittert, an den Tisch.

Ich starre ihn aus drei Gründen an: Erstens, weil mich dieses zugegeben geniale Angebot aus seinem Munde zutiefst rührt. Zweitens, weil ich fürchte, dass dahinter ein Grund stecken könnte, der mir im späteren Verlauf leidtun könnte. Drittens, weil ich nicht weiß, wie ich mit ihm kommunizieren soll, wenn mein anwesender Freund dabei denken könnte, dass ich den Verstand verloren habe, weil ich aus heiterem Himmel mit der Katze zu sprechen beginne.

„Einen Schriftsteller im Hause zu haben ist doch weitaus besser als diese Rechtsverdreher!", fährt Massimiliano hochtrabend fort. Er weist mit der Pfote in Richtung des Hinterhofes, wo die Anwälte einst residierten und jetzt nur noch ein paar restliche Kartons mit Akten davon zeugen. „Noch dazu einen, der über ein so interessantes Thema schreibt!"

Ich frage mich einen Moment, ob ich diese letzte Aussage als eine positive werten soll.

„Nun frag ihn schon, was er bereit wäre, an Miete zu bezahlen?", weist mich der Kater an, als ich noch immer schweigend und mit offenem Mund dasitze.

„Was hat dein Kater? Hat er Hunger?", mutmaßt Norio San mit forschendem Blick erst auf ihn, dann auf mich.

„Ja!"

Dankbar für diese Hilfestellung schiebe ich meinen Stuhl zurück und gehe an den Kühlschrank. Davor bleibe ich jedoch wieder ratlos stehen. So etwas wie Katzenfutter in Dosen oder Trockenfutter im Beutel habe ich nicht im Haus. Kurz entschlossen ergreife ich eine Dose Thunfisch, schabe den Inhalt in eine Schüssel und suche spontan nach einem geeigneten Platz auf dem Boden, wo ich diese wie scheinbar gewohnt abstellen könnte.

Schließlich stelle ich es auf den Fliesen vor der Küchenzeile ab und gebe stumme Zeichen im Rücken Norios in Richtung des Katers, dass er zumindest so tun soll, als ob er sich für das Futter interessieren könnte. Ich verrenke dabei meine Gesichtszüge wie ein Schauspieler in einem Drama der ersten Stummfilme.

„Nun frag ihn schon!", beharrt Massimiliano ungeachtet dessen, verschränkt die Pfoten vor der Brust und ignoriert penetrant den Thunfischduft, der soeben in unsere Nasen steigt.

Wie beiläufig gehe ich ans Fenster und erwähne den überraschenden Auszug der Anwälte im Hinterhof. Norio tritt interessiert neben mich und spät hinab in die von mir angedeutete Richtung. Außer dem alten, schattenspendenden Baum und den großen Oleanderbüschen kann man gerade mal die Umrisse des hinteren einstöckigen Gebäudes erkennen.

„Die Anwälte haben bestimmt eine gute Miete bezahlt", erzähle ich so locker wie möglich weiter. „Aber ich weiß, dass die mit einer Klage ausziehen und vielleicht ..."

„Geld ist kein Thema", unterbricht mich der Japaner erfreut und ganz gegen seine sonst so höfliche Art, andere immer aussprechen zu lassen.

Eine Angewohnheit, die es ihm in diesem Land schwer macht, sich überhaupt Gehör zu verschaffen. „Wenn es dir recht ist, spreche ich gleich morgen mit der Maklerin?"

„Nein! Übermorgen!", schießt Massimiliano sofort wieder dazwischen und peilt mich beschwörend an. „Sag ihm: Übermorgen! Ich muss sie zuerst informieren."

„Wie machst du das eigentlich?", frage ich zurück in seine Richtung, bevor ich mich recht versehe. Ich halte erschrocken inne. Nun habe ich doch tatsächlich das Wort an den Kater gerichtet!

Massimiliano mustert mich kritisch, als wolle er sich vergewissern, wer von beiden Anwesenden meiner Meinung nach nun antworten solle?

Norio dreht sich vom Fensterblick ab und wendet sich mir zu: „Was? Das Schreiben?"

Ich nicke heftig.

Massimiliano antwortet aber schneller als Norio:

„So, wie ich es all die Jahre getan habe: schriftlich."

„Vielleicht will dein Kater Wasser?", wundert sich Norio mit gerunzelter Stirn über das anhaltende Katzenmiauen, das unser Gespräch dauernd lautstark untermalt.

„Ich glaube vielmehr, er will nach draußen!", bestimme ich dagegen mit Betonung, entriegle meine Haustür dreimal und halte sie dann weit auf.

Der Kater stolziert mit erhobenem Schwanz, sich das Jackett vor dem Bauch zuknöpfend, an mir vorbei.

„Ich kümmere mich um die Sache! Sieh du zu, dass er nicht vor übermorgen bei der guten Frau auftaucht. Sonst knöpft sie ihm nur einen Haufen Geld ab und er macht vielleicht noch einen Rückzieher."

Die Freude über eine so unerwartete gute Entwicklung in meinem Wohnhaus wird am nächsten Morgen von einem Kuvert getrübt, das ich auf dem Weg ins Büro aus meinem Briefkasten ziehe.

Es ist ein Bußgeldbescheid aus Neapel. Das beiliegende Schreiben klärt mich auf, dass das Verfahren wegen Beleidigung aufgrund einer zuverlässigen Aussage eines Beamten über meinen tadellosen Leumund mit einer Bußgeldverwarnung beigelegt wird.

Die dreihundertfünfzig Euro werde ich zähneknirschend überweisen. Die zuverlässige Aussage des Beamten hingegen, der mich damit vor einer Verhandlung bewahrt hat, lässt nur eine Vermutung zu: Marco hat sich für mich eingesetzt. Ich stehe in seiner Schuld.

Dieser Gedanke weicht mein Herz auf wie einen trocknen Schwamm, der endlich mit Wasser in Berührung kommt. Ich bessere den Gedanken nach: Ein mit Kummer durchnässter Schwamm, der heimlich stillschweigend nicht geweinte Tränen aufgesogen hat, bevor sie aus meinen Augen treten konnten.

Das ändert aber nichts an dem Umstand, dass er als werdender Vater für mich in Zukunft tabu ist! Die Tatsache, dass er mir diesen Punkt verheimlicht hat, kränkt mich unbeschreiblich. Das Schuld-Konto betrachte ich somit bestenfalls als ausgeglichen.

Meine Energie will ich nun lieber auf die Verhandlung mit seinem Vater lenken. Ich will zusehen, dass ich diesen Verkaufsvertrag so glimpflich wie möglich über die Bühne bringe und dann das gesamte Kapitel der Familie Marino ein für alle Mal abschließen kann!

Entsprechend energisch betrete ich kurz darauf die Büroräume. Mein Kollege läuft mir direkt in die Arme.

Als ich ihn zu seinen Nachforschungen, um die ich ihn gebeten hatte, frage, sieht er mich jedoch an, als hätte ich ihn nach den Ergebnissen des Viertelfinales der Europameisterschaft 2016[147] gefragt.

„Guarda[148]! Ich habe drei Angebote auf dem Tisch und muss jetzt zu einem Kunden! Ich bin wirklich nicht dazugekommen, herauszufinden, wer an eurem Meeting teilnimmt. Vielleicht versuchst du es heute selbst? Mi dispiace."[149]

Damit dreht er ab und lässt mich einfach stehen. Vor ein paar Tagen hatte er noch hoch und heilig und mit betonter Überzeugung diese Kleinigkeit - wie er es nannte - als Selbstverständlichkeit versprochen! Nun stehe ich verdattert im Türrahmen. Diese Unzuverlässigkeit meines bisher freundlich und hilfsbereit aufgetretenen Kollegen trifft mich unvorbereitet.

Entsprechend ernüchtert werfe ich meine Handtasche auf den Schreibtisch und eine Frage quer durch den Raum zu unserer Assistentin, die dort an ihrem Arbeitsplatz herumfuhrwerkt. Ich hoffe, dass wenigstens sie etwas in Sachen Marino-Mozzarella auf der Speisekarte des gewählten Restaurants ausfindig machen konnte.

„Si, questo ...",[150] antwortet diese gedehnt, und lehnt sich in ihrem Drehstuhl zurück. Sie hält ihren Kuli vor ihrer ausgeschnittenen Bluse ge-

---

[147] Nach einer hochdramatischen Partie setzte sich Deutschland im EM-Viertelfinale 2016 nach einem 1:1 nach regulärer Spielzeit mit 6:5 im Elfmeterschießen durch und zog ins Halbfinale ein. Ganz Italien war in der Seele getroffen und tagelang wütend auf Deutschland.
[148] Schau
[149] Es tut mir leid
[150] Ach ja, das!

zückt in der Luft, als hätte ich sie mitten in einem Diktat gestört. „Das Lokal hat in dieser Woche geschlossen: Umbauarbeiten."

Sie klimpert stolz mit tief schwarz getuschten Wimpern.

„Ja, und?", frage ich nach einer Weile, während ich in meinen Unterlagen nach dem Angebot blättere. „Welches Lokal hast du dann gewählt?"

„Du hast mir gesagt, ich soll dieses reservieren und das hat geschlossen!", verteidigt sie sich beinahe beleidigt. „Du hast nicht gesagt, dass ich auch ein anderes suchen soll."

Diese Antwort zieht meinen fassungslosen Blick unweigerlich nach oben, dann in ihre Richtung. Ich halte in meiner Tätigkeit inne.

„Ja, aber das ist doch selbstredend!", fauche ich sie ein wenig ungehalten an.

„Das ist es eben nicht!", beharrt sie, steht auf und kommt mit schwingendem Catwalkgang selbstbewusst an meinen Schreibtisch. „Wenn du möchtest, dass ich in so einem Fall auch andere Restaurants reserviere, dann musst du das schon sagen! Ich kann schließlich nicht hellsehen."

Die Idee mit dem Marino-Käse auf der Speisekarte des Lokals meiner Wahl hake ich gedanklich ab. Ich beginne mich glücklich zu schätzen, überhaupt noch eine Reservierung organisiert zu bekommen.

„Maria", zwinge ich mich zu einem Lächeln und gefasster Stimme. „Bitte kümmere dich um ein anderes Restaurant und bitte informiere mich in Zukunft, wenn eine Aufgabe nicht klappt wie besprochen. Ich verstehe, dass es schwierig ist, unterschiedlichen Charakteren in diesem Büro zu assistieren. *Ich* arbeite gerne im Team und du darfst bei meinen Aufträgen gerne selbständiger agieren. Du musst keine Bedenken haben, dass mich das verärgern wird. Ganz im Gegenteil!"

Ich sehe sie aufmunternd an.

„Ich weiß nicht", zuckt sie gedehnt die Achseln. Meine freundliche Anweisung verwandelt sie ausgesprochen selbständig in ein Angebot, welches sie lange und gut abzuwägen scheint, bevor sie fortfährt: „Bei uns in Italien arbeitet man im Team nicht so. Mir ist es lieber, du sagst mir genau, was ich machen soll. Dann ist alles immer ganz klar und es funktioniert."

Nun sieht sie mich aufmunternd an.

Ihr wohlwollender Gesichtsausdruck hält aber nicht lange an, da ich mit einem „Das tut es ja eben nicht!" mit Nachdruck auf meinem Standpunkt beharre.

„Das ist eine Umstellung für dich, ich verstehe das", schwebt sie in ihrem enganliegenden, kurzen Rock zurück an ihren Schreibtisch. Sie lässt mich mit einem abschließenden Satz auf ihren mit transparenten Spitzen besetzten Rücken starren: „Du wirst dich schon noch an unsere Arbeitsweise gewöhnen."

Ich weiß nicht, was mir bei diesem Einleben in mein professionelles Umfeld gerade mehr Mühe macht: Ihr aufreizendes Outfit in einem Vertriebsbüro für Verpackungsmaschinen oder dieser Hinweis?

Kurz und trocken bitte ich sie nochmals, ein anderes Restaurant zu organisieren und setze mich an die Ausarbeitung des Angebots. Ich kann es mir jetzt nicht leisten, mich mit einem cholerischen Chef im Rücken und einem unzuverlässigen Kollegen an meiner Seite auch noch mit der aufmüpfigen Sekretärin anzulegen. Das muss warten.

Es ist schon dunkel, als ich endlich den Computer ausschalte. Ich bin wieder mal die Letzte im Büro.

Die Lichter der Weihnachtsbeleuchtung vor unseren Fenstern tauchen den sonst nüchternen Raum in warmes orangegelb. Ein Duft von gerösteten Kastanien dringt herauf in den ersten Stock.

In wenigen Schritten schnappe ich meine Handtasche, den Mantel, schalte das Licht aus und ziehe eilig die Tür hinter mir ins Schloss. Auf dem Nachhauseweg nehme ich noch eine Papiertüte heißer Kastanien mit. Diese kleine Belohnung habe ich mir heute redlich verdient!

Bereits vor dem großen Holztor des Hauses meiner Wohnung knülle ich die geleerte kleine Spitztüte zusammen. Die Kastanien in meinem Bauch hinterlassen eine wohltuende Sättigung, so dass ich entscheide, nichts mehr zu kochen. Ich sehne mich nach einem entspannenden Fernsehabend.

Doch mein Hausschlüssel ist nicht auffindbar.

Ich krame in allen Jacken-, Hosen- und Innentaschen meiner Kleidungsstücke und durchforste dann nochmals meine Handtasche. Als auch das ohne Ergebnis bleibt, kippe ich den Inhalt genervt vor mich auf den Gehweg.

Der Schlüssel bleibt unauffindbar.

Er muss herausgerutscht sein, als ich meine Tasche an diesem Morgen etwas schwungvoll auf meinen Schreibtisch geworfen habe. Dies ist die einzige mögliche Erklärung und gleichzeitig keine gute. Denn der alleinige Besitzer des Schlüssels zu den heiligen Räumen des Vertriebsbüros ist mein Vorgesetzter.

Den muss ich glücklicherweise deswegen aber nicht kontaktieren, denn mein Nachbar Maurizio hat einen Zweitschlüssel zu meiner Wohnung.

Eilig stopfe ich meine Sachen zurück in die Tasche und laufe hinüber zu seiner Wohnung. Dieser ist bereits zu Hause, was um diese Uhrzeit selten der Fall ist, denn er kommt meist noch später aus dem Büro als ich.

Immerhin sieht er nicht mehr ganz so mitgenommen aus, wie kurz nach der Beerdigung. Vittoria scheint ihm gutzutun, denke ich.

Aber er schüttelt bedauernd den Kopf.

„Marco hat den Schlüssel doch kürzlich geholt, als du verreist warst und er sein Abzeichen bei dir in der Wohnung vergessen hatte", erinnert er mich. „Er hat ihn nicht zurückgebracht."

Mist!

Abgesehen davon, dass Marco noch im Besitz meines Wohnungsschlüssels ist und ich wieder ein Hindernis mehr zu klären habe, stehe ich nun vor einem viel akuteren Problem.

Es bleibt mir nichts anderes übrig, als über das offenstehende Hoffenster in meine eigenen vier Wände zu klettern. Durch die Katzenklappe könnte ich eventuell den Fenstergriff öffnen? Zum Glück habe ich die Läden noch nicht geschlossen, weil mir bisher keine bessere Lösung in den Sinn gekommen ist, die dem Kater freien Zugang gewährt.

Ich bitte Maurizio, mir mit seiner Leiter zur Seite zu stehen, bis ich über die Mauer des Nachbargrundstücks an mein Fenster geklettert bin.

Beflissen eilt er mir wie gewohnt zu Hilfe, nur diesmal ohne die begleitenden Worte seiner Großmutter, die ihm dabei wiederholt „che bravo!" hinterhergerufen hätte. Beinahe vermisse sogar ich diese Begleitumstände, als wir gemeinsam die lange Leiter quer über die kleine piazza zwischen seiner und meiner Wohnung tragen.

„Wie geht es dir?", frage ich ihn über meine Schulter, da er hinter mir den Großteil des Gewichts schleppt und mir nur eine Statistenrolle zugesteht, indem er mich das Gleichgewicht halten lässt.

„La vita è così!",[151] antwortet er und zieht die Schultern ein wenig resigniert hoch. „Das trifft uns alle mal." Dann, nach ein paar Schritten des Schweigens, gesteht er unvermittelt: „Sie fehlt mir."

„Ja, ihre gute Seele fehlt", stimme ich ihm zu, ohne mich umzudrehen und dirigiere die Leiter weiter vorwärts in die vorgesehene Richtung.

Wir müssen bei unseren Nachbarn um Einlass in deren Hinterhof bitten und unser Vorhaben genau erklären, bevor der Summer endlich das schmiedeeiserne Tor freigibt.

„Was hätte deine Großmutter wohl gesagt, wenn sie uns hier so sehen

---

[151] so ist das Leben

könnte?"

„Che bravo! Che bravissimo!", lacht Maurizio mit glasigen Augen.

Ich lache auch: „Und sie hätte darauf bestanden, dass ich als Dame nicht diese Leiter hochklettern darf. Aber ich tue das jetzt trotzdem, denn du musst sie hier unten lieber gut festhalten, damit sie nicht wegrutscht!"

Maurizio besteht nicht auf Tradition, auch nicht im Andenken an seine Oma, sondern teilt meine Ansicht über diese vernünftige Arbeitsteilung.

Die Leiter reicht gerade über die Mauer bis an den Sims meines Fensterbrettes. Vorsichtig erklimme ich Stufe um Stufe bis an das Ende der letzten Sprosse. Obwohl Maurizio die massive Holzleiter fest im Griff hat, federt sie gewaltig, je höher ich steige.

Vorsichtig löse ich das Fliegengitterrollo aus der Schnappverankerung. Es schnellt nach oben. Durch die Katzenklappe kann ich tatsächlich den Griff ertasten und das Fenster aufdrücken. Gerade als ich meine Hand ausstrecken will, um mich am Rahmen hochzuziehen, schlägt es mit einem Schwung vor meiner Nase so heftig zu, dass ich diese erschrocken zurückziehe.

Ich verliere das Gleichgewicht, Maurizio brüllt *„attenzione!"*[152] und ich rutsche in beinahe freiem Fall mehrere Stufen an der schrägen Leiter entlang hinunter. Dabei schlage ich mir an jeder Sprosse wiederholt das Kinn auf.

Maurizio lässt die Leiter geistesgegenwärtig los und hält beide Arme auf wie ein Sprungtuch der Feuerwehr, so dass ich sicher wie ein Baby im Arm der Mutter dort lande.

Ein bayerischer Fluch sprudelt über meine blutigen Lippen, als ich mich sofort wieder aufrappele. Ich will meinem Retter signalisieren, dass ich in Ordnung bin, denn sein Augenausdruck lässt dramatische Rückschlüsse über den Zustand meines Gesichts zu.

Maurizio zückt ein lupenreines, seidenes Taschentuch aus seinem Hemd und tupft damit um meinen Mund herum. Ich erschrecke, denn es färbt sich sofort breitflächig tief rot.

„Ich bringe dich ins Krankenhaus!" Er greift bereits an sein Mobiltelefon, aber ich halte seine Hand fest.

„Nein. Rufe Max! Die arbeiten bestimmt drüben in der neuen Wohnung! Er soll schnell herkommen."

Kurz darauf ist der Hinterhof des Nachbarhauses bevölkert von sämtlichen Bewohnern, die neugierig herbeigeeilt sind und nun im Kreis um uns

---

[152] Vorsicht!

stehen. Niemand will den herbeigerufenen, farbverschmierten Malergesellen als fachmännischen Arzt anerkennen. Sie debattieren lautstark darüber, dass man doch besser einen Notdienst rufen sollte.

Ich liege schräg gegen die Leiter gelehnt und werde trotzdem beharrlich von Maximilian verarztet. Seine beruhigenden Worte an mich und alle Umstehenden, dass es nur eine Platzwunde sei, die mehr blutet, als tragisch ist, bewirken wenig. Die Aufregung der Zaungäste ist beinahe größer als meine eigene. Sie beraten sich weiter alle durcheinander, ohne je zu einem Schluss zu kommen.

Maurizio und ein paar andere rätseln mit dem Blick nach oben zum Fenster wie es möglich ist, dass ein Luftzug derart massiv sein kann, dass er sogar den Riegel einschnappen ließ. Denn auch einer der Männer musste seinen Versuch, in meine Wohnung einzusteigen, aufgeben.

Meine Helfer bestimmen daher, dass ich die Nacht auf Maurizios Sofa verbringen werde. Auch der Malergeselle Maximilian weist an, dass meine Wunde im Liegen ruhiggestellt werden muss.

Ich ergebe mich meinem Schicksal und trotte mit einem überdimensionalen weißen Pflaster über dem Kinn, gestützt von Maximilian und Maurizio, als hätte ich mir beide Beine gebrochen, über den Platz. Hinter uns fachsimpelt Enzo mit zwei anderen Männern der Nachbarschaft, die die Leiter zurück in die Garage tragen, über die laufenden Umbauarbeiten in der Penthouse-Wohnung.

Das ist nicht gerade das, was ich vor dem wichtigen Verkaufstermin des nächsten Tages gebraucht hätte. Anstatt mich in Ruhe mit einem Glas Wein zu Hause auf das Treffen mit Marcos Vater vorbereiten zu können, liege ich nun hier auf einem fremden Sofa mit schmerzenden Knochen.

Resigniert lasse ich mich auf die nachbarschaftliche Couch betten und hoffe auf einen wundervollbringenden Schlaf.

15. Alles Käse

Am nächsten Morgen herrscht Notstandstimmung in Bologna: Es hat geschneit.

Ein wenig.

Wie Puderzucker auf einem Marmorkuchen ziert eine weiße zarte Schicht die alten Terrakottadächer. Die mit Lichterketten geschmückten Bäume tragen ebenfalls einen Hauch von weißem Tüll, und ein Glitzern und Funkeln überzieht Straßen und Fußwege wie Kristalle ein Märchenschloss aus Glas.

Noch im geborgten Pyjama Maurizios stehe ich ein wenig fröstelnd auf der Terrasse der Wohnung und mache von diesem morgendlichen Zauber zahlreiche Fotos mit meinem Smartphone. Ich habe den Eindruck, die Einzige zu sein, die diesen Anblick als hinreißend romantisch empfindet. Der Rest der Stadt ist in Aufruhr.

Drinnen in Maurizios Wohnung ereifert sich der Fernseher bereits in voller Lautstärke und berichtet über dieses Tief mit minus zwei Grad als *freddo polare*[153] in dramatisch ausschweifender Wortwahl. Der Moderator der beliebtesten Nachrichtensendung des Landes stottert glatte fünfzehn Minuten lang, mit zahlreichen „ähs" durchsetzt (seltsamerweise der Grund seiner großen Beliebtheit) herunter, was man in den folgenden dreißig Minuten zu hören und sehen bekommen wird: Schulen bleiben geschlossen, zahlreiche Autos liegen in irgendwelchen Straßengräben oder verursachen kilometerlange Verkehrsstaus, die Journalisten vor Ort berichten mit Pelzmützen vermummt über die lahmgelegte Energiezufuhr in irgend einem Dorf und raten, das Haus nicht zu verlassen, wenn nicht unbedingt nötig.

Mein Nachbar Maurizio ereifert sich jedoch nicht über das Gestammel des Sprechers[154] und auch nicht über die zahlreichen Wiederholungen in dessen Anmoderation der Neuigkeiten, sondern kommentiert das Wetter:

„Es ist jedes Jahr dasselbe!"

Mit der schäumenden Zahnbürste – er kommt für seinen Kommentar extra kurz aus dem Badezimmer - weist er in Richtung des Bildschirms. Dort kann man nun blinkende Straßendienste mit Schneeräumern Unmengen Salz verstreuend in emsiger Tätigkeit beobachten, obwohl so wenig Schnee liegt, dass das Metall der Schaufeln auf der Straßenoberfläche Funkenflug verursacht.

„Als ob das in unseren Breitengraden so außergewöhnlich wäre! Die landen im Graben, weil sie konsequent mit Sommerreifen fahren. Alle Jahre wieder."

Damit wendet er sich von dem Geschehen auf dem Bildschirm wieder ab und deutet auf mein Gesicht: „Das sieht nicht gut aus! Du solltest heute zu Hause bleiben."

Ich trete an den Spiegel im Korridor und überprüfe mit einer Hand mein Kinn.

„Oh, du meine Güte!", entfährt es mir im Angesicht meines farbenfrohen Antlitzes.

Von tiefschwarz über dunkelblau bis gelb sind alle Farbnuancen vertreten. Die heftige Bewegung, die ich in meinem Entsetzen vollziehe, entreißt meiner Kinnlade einen stechenden Schmerz. Ich beiße die Zähne zusam-

---

153 Polarkälte
154 Canale 7 hat seit ein paar Jahren mit einem neuen Konzept einer Nachrichtensendung die Beliebtheit-Skala in Italien gestürmt: Anstatt professionelles, präzises Berichten erzählt der Moderator mit freien Worten wie in einem Privatgespräch, worüber die Sendung berichten wird.

men.

„Ausgerechnet heute kann ich gar nicht", jammere ich. „Das hat mir gerade noch gefehlt! Ich habe einen nicht zu verschiebenden Termin mit einem wichtigen Kunden."

Maurizio signalisiert professionelles Verständnis, kramt in seiner Hausapotheke und zieht eine Schachtel Tabletten hervor. Er versichert mir Harmlosigkeit und schnelle Hilfe.

Vertrauensvoll nehme ich zwei davon und schleiche ins Gästebadezimmer, um mich fertig zu machen und die Stellen mit einer dicken Lage Makeup zu übertünchen.

Wie schlecht mir das gelungen ist, zeigt sich wenige Stunden später bereits an der Tür zum Restaurant. Das Personal führt mich mit mitleidigem Blick, aber sehr höflich über meine Entstellung hinwegsehend, an den reservierten Tisch.

Unsere Assistentin hat schließlich noch ein Lokal ausfindig gemacht. Sogar eines, das Mozzarella-Gerichte auf der Karte anbietet. Sie versicherte mir, dass sie den Einsatz des Familien-Käses mit der Küche besprochen hat. Diese Vorbereitung hat also in letzter Minute geklappt. Die berühmte italienische Flexibilität, die gerne im letzten Moment die Dinge dann doch noch richtet, hat mich in meiner deutschen Planungswut wieder einmal überrascht.

Allerdings habe ich keine Ahnung, wer von der Familie Marino noch kommen wird. Ich habe vorsichtshalber einfach mal für vier Personen reservieren lassen, hoffe aber inbrünstig, dass nicht die ganze Sippschaft auftauchen wird.

Ich nehme Platz, lege meine Unterlagen griffbereit neben mich und mache einen tiefen Atemzug: Es kann losgehen.

Es dauert nicht lange und der Kellner bringt neben der in Leder gebundenen Speisekarte auch meine erwarteten Gäste.

Marcos Vater begrüßt mich mit einer väterlichen Umarmung. Es versetzt mir einen Stich, als auch Enrico hinter ihm auftaucht und sich anschickt, mich überschwänglich und länger als nötig in seine Arme zu schließen. Zu sehr gleicht er seinem Bruder, als dass es mich nicht verstören müsste.

Zunächst stehe ich in ziemlicher Verwirrung da und bemühe mich, meine Beherrschung wieder zu erlangen. Glücklicherweise bemerkt keiner der beiden meinen kleinen Ausflug ins Reich der Verunsicherung. Es sind vielmehr sie selbst, die durch meinen Anblick aus der Fassung geraten sind.

„*Santa Madonna, santa!*",[155] ruft Enrico bestürzt und hält mich mit beiden Armen von sich, genau in der Art, wie es seine Mutter vor ein paar Wochen getan hat. „Was ist denn mit dir passiert?!"

Die Reaktion seines Vaters ist ein wenig leidenschaftsloser. Er mustert mich kritisch, jedoch schweigend.

„Ich bin gestürzt."

Vater und Sohn wechseln in stummer Übereinstimmung einen Blick.

„Bei uns behaupten das die Frauen, die von ihren Männern verprügelt werden", deutet Enrico argwöhnisch an. Er schaut dabei sehr ermittelnd, als warte er nur auf ein Wort von mir, um den unbekannten Übeltäter selbst zu vermöbeln.

„Das tun sie bei uns in Deutschland auch", entgegne ich so ruhig und geschäftsmäßig, wie möglich. „Ich bin wirklich gefallen. Setzen wir uns!"

Sie folgen meinem Beispiel und nehmen Platz.

Der Kellner, der wie unsichtbar im Hintergrund gewartet hat, nutzt die Gelegenheit und hält jedem von uns beflissen eine bereits aufgeschlagene Speisekarte vor die Nase.

Einen angemessenen Moment schweige ich in die Auflistung der Speisen, ohne das Angebot wirklich zu studieren. Bereits zuvor konnte ich kein Gericht mit Marino-Käse entdecken. Ich werde deshalb und aufgrund meiner Unterkieferschmerzen eine Brühe mit *Tortellini* nehmen. Meine Wahl verwundert keinen der Anwesenden, die ihrerseits Vor-, Haupt- und Nachspeisen ordern, die mir das Wasser im Mund zusammenlaufen lassen.

„Kommen wir zur Sache", rege ich zielstrebig an, als der Kellner unsere Bestellungen aufgenommen hat.

Aber sie kommen nicht, sondern wollen genau wissen, wie mein Sturz passiert ist. Also berichte ich in knappen Zügen, wie es sich zugetragen hat.

„Wieso rufst du in so einer Lage nicht Marco an? Der hat doch bestimmt einen Zweitschlüssel?!", bohrt Enrico am Ende meiner Schilderung noch immer misstrauisch nach. Er schaut mich so verständnislos wie vorwurfsvoll an.

„Voreilige Selbstüberschätzung", beurteile ich mein eigenes Verhalten. Ich hoffe damit endlich einen Schlusspunkt zu dieser Investigation zu setzen.

Sie wissen es nicht, denke ich. Ebenso wie Marcos Mutter nicht wusste, dass dieser erst drei Tage nach mir aus Neapel abgereist ist, ahnen auch

---

[155] Heilige Mutter Gottes!

sein Vater und sein Bruder offensichtlich nichts von unserer Trennung. Angesichts der Umstände ist das sogar nachvollziehbar, denn an Marcos Stelle würde ich auch versuchen, erst ein wenig Ordnung in die Sache zu bringen.

„Du kannst dich glücklich schätzen, dass unsere Mutter nicht dabei ist! Sie würde dir jetzt gehörig die Leviten lesen. Eine Dame klettert nicht auf Leitern!", droht mir Marcos Bruder humorvoll mit einer offensichtlichen Imitation seiner Erzeugerin.

„Das höre ich nicht zum ersten Mal", deute ich ein Lächeln an und lasse dem Kellner endlich Gelegenheit, ein wenig von dem gewählten Wein aus der bereits geöffneten Flasche zum Verkosten in mein Glas zu schütten. Er steht schon eine Weile mit startbereiter Flasche und weißem Tuch über dem Arm wartend neben mir. Ich bin mir sicher, dass die beiden Italiener weitaus mehr davon verstehen als ich, aber als Gastgeberin obliegt es mir, den teuren Tropfen als in Ordnung zu befinden. Ich tue es in blindem Vertrauen auf den guten Ruf des Hauses.

„Meine Frau konnte leider nicht kommen", rechtfertigt Marcos Vater die erwähnte Abwesenheit der Gattin und fügt das alles entschuldigende Zauberwort „Jahresabschluss" hinzu. Er sieht mich dabei an, als müsse ich selbstredend sofort verstehen, was damit gemeint ist.

Das tue ich. Sogar mit wesentlich mehr Erleichterung, als ich mir anmerken lasse. Mir genügt die Herausforderung der zwei Männer der Familie Marino bei diesen Geschäftsverhandlungen; die Anwesenheit der süditalienischen Käsekönigin wäre alles andere als eine Erleichterung gewesen.

Der Kellner trägt einen Gruß aus der Küche auf und setzt je ein Tellerchen vor jeden von uns, mit den Worten: „Ein *Amuse-gueule*[156] unseres Chefs auf Basis der kürzlich nach Bologna übergebenen Rezepte des Tiberius[157]. Eine alte, römische Kreation, die unser Haus neu variiert hat."

Beim Namen des römischen Kaisers zucke ich zusammen, als hätte der Mann mir eine Bombe auf dem Teller serviert. Meinen beiden Gesprächspartnern entgeht meine Reaktion nicht.

„Unglaublich, dass die verschwundenen Tafeln des Tiberius ausgerechnet hier in Bologna aufgetaucht sind, nicht wahr? Marco hat dir be-

---

[156] Franz. wörtlich: Maulvergnügen; sinngemäß: Gruß aus der Küche, kleine Antipasti auf Kosten des Hauses
[157] Tiberius römische grüne Bohnen (500 g grüne, frische Bohnen, 3 Zweige frischen Koriander, ½ Zweig frischen Estragon, ½ Stange Porree, 2 Zweige frisches Bohnenkraut, 1 Teelöffel Pfeffer, 1 Teelöffel Kreuzkümmel, 3 Esslöffel gutes Olivenöl, 1 Teelöffel Fischsauce)

stimmt davon berichtet?", erklärt Enrico kopfschüttelnd. „Hält man das für möglich!? Er hat sich dafür eingesetzt, dass sie nicht zurück ins Museum nach Neapel gehen. Sie bleiben als eine Dauerleihgabe im Rezeptmuseum Bolognas. Aber das weißt du ja bestimmt alles schon von Marco."

Die vermaledeiten Tafeln sind also endgültig in einem Museum gelandet. Das ist immerhin eine gute Nachricht.

„Gewiss", lüge ich beflissen und füge geistesgegenwärtig hinzu: „Es überrascht mich trotzdem ein wenig, das hier auf der Speisekarte zu finden."

Es ist in einer Geschäftsverhandlung nicht opportun, die Entwicklung einer privaten Beziehung zum Thema zu machen. Ich lasse es demnach auch unerwähnt, dass Marco und ich uns vorübergehend getrennt haben. Außerdem ist es Marcos Verantwortung, seine Familie über diese Umstände aufzuklären.

„Was du vielleicht nicht weißt", fährt Enrico an dessen Stelle fort, „mein Bruder hat damit dem Bürgermeister Bolognas ein seltenes Geschenk gemacht. Es kommt nicht oft vor, dass der Süden Italiens freiwillig eine solche Gabe in den Norden vergibt. Wir im Süden brauchen jede Attraktion, die wir bekommen können. Wir haben wenig Industrie. Der Tourismus ist die wichtigste Einnahmequelle. Dafür ist der hier in Bologna sehr wenig entwickelt, nicht wahr? Die Stadt kann eine antike Leihgabe wie diese also bestimmt gut nutzen. Die lokale Gastronomie hat das sofort geschickt aufgegriffen, wie du siehst."

Da wollte ich meinen Kunden mit einem Gericht aus Marino-Mozzarella überraschen, um sie damit positiv für die Verhandlung zu stimmen und nun verblüfft er mich mit einer viel geschickteren Variante desselben Schachzuges.

Anstelle weiterer Worte schieben wir uns eine Gabel der grünen Bohnen in den Mund, konzentrieren uns scheinbar ausschließlich auf unseren Gaumen. Ich habe ein wenig Mühe, die Schmerzen beim Kauen dieses Küchengrußes zu überspielen.

Der Salat nach dem Rezept des Tiberius ist ein auch für den heutigen Geschmack ausgesprochen würziger Salat mit einer pikanten Note. Wir nicken uns zustimmend ein „*eccellente*"[158] zu.

„Wenn die Familie Hand in Hand arbeitet, dann kommt dabei auch etwas heraus." Signor Marino wirft den Satz wie das Ass in einem Kartenspiel auf den Tisch, ohne mich dabei anzusehen.

---

[158] hervorragend

Dafür mustert sein Sohn meine Reaktion umso intensiver. Entsprechend versuche ich, ein Pokerface zu bewahren. Es ist nicht meine Stärke. Ich fürchte, dass sie meine Gedanken, wie auf meine Stirn gedruckt lesen können.

„Die drei Maschinen sind nur ein Vorwand", fährt der Vater fort und sieht mich nun direkt forsch an.

Nicht nur blanke Enttäuschung, sondern schieres Entsetzen huscht ungehindert über mein Gesicht. Kein Auftrag? Mein Chef wird mir die Hölle auf Erden bereiten! Er wird gar nicht wissen wollen, wie es dazu kam und ob ich überhaupt Schuld daran habe. Im Gegenteil: Es wird ihm sogar gelegen kommen, mich begründet in seine für mich aufgestellten Schranken weisen zu können. Womöglich feuert er mich sogar. Dann muss ich zurück nach Deutschland.

Dennoch halte ich dem Augenkontakt zu Marcos Vater stand. Offensichtlich hat er Interesse an einem Kauf. Wozu sonst dieses ganze Manöver?

„Keine Angst!"

Enrico bestärkt mich in dieser Annahme, indem er fürsorglich meine Hand tätschelt, als müsse er sein kleines Mädchen in den ersten Schultag entlassen. „So ist das nicht gemeint. Wir werden die Maschinen kaufen. Mach uns einen guten Preis."

Die kleinen Tellerchen der Kostprobe werden abgetragen und ich ergreife die vor mir liegenden Unterlagen, um sie aufzuschlagen.

„Ich habe eure technischen Anforderungen gründlich studiert. Die Kalkulation des Preises unterliegt nicht zuletzt den technischen Lösungen, die ihr bevorzugt. Wenn ihr die Edelstahl Version wünscht, kostet das natürlich mehr, aber ..."

Marcos Bruder legt die Angebotsmappe, die ich ihnen hinschiebe zur Seite, ohne einen Blick darauf zu werfen.

„Ich bin sicher, das hast du", beruhigt er mich lächelnd. „Wir werden das später in Ruhe studieren und über den Preis werden wir uns irgendwie einig. Wir kaufen die Maschinen. Das ist schon entschieden."

Auf diese Worte hin kann ich es nicht mehr vermeiden, mich entgeistert zurückzulehnen. Die beiden jagen mich in diesem kaum begonnenen Gespräch schon jetzt im Sekundentakt von einer Perplexität zur nächsten. Dieses Wechselbad bringt mich völlig aus dem Konzept. Ich beginne, eine gewisse Absicht dahinter zu vermuten. Wenn ich nicht völlig die Kontrolle verlieren will, muss ich dieser Erkenntnis gerecht werden und aus meiner defensiven Haltung kommen.

„Okay", richte ich mich kraftvoll in meinem Stuhl wieder auf und lege beide Hände vor mich auf den Tisch. Ich falte sie wie zum Gebet und sehe wechselnd beiden direkt in die Augen.

„Wenn wir ganz offen sind: Worum geht es wirklich?"

Ein befriedigtes Lächeln huscht über Signor Marinos Gesicht. Nun lehnt sich sein Sohn zurück und signalisiert damit seine Rolle als zunächst erfüllt.

„Wir planen, eine Fabrik hier im Raum Bologna zu errichten", erklärt er ohne Umschweife. „Die lokale Politik ist, *diciamo*[159], der ansässigen Konkurrenz verpflichtet. Das Grundstück haben wir bereits gesichert und wir sind bereit, zu investieren. Der ehemalige Besitzer hat sich von hier zurückgezogen und genießt jetzt sein Leben in seiner Villa auf Capri. Es geht hier um sehr viel Geld. Im Geschäftsleben muss man vorsichtig sein, wie du weißt. Ich wollte dich auf jeden Fall vorher kennenlernen und mir ein eigenes Bild von dir machen, bevor ich meinem Sohn erlaubte, dir davon zu erzählen. "

Als ich ihn fragend ansehe, rudert Signore Marino zurück: „Du musst das nicht persönlich nehmen! Marco hat den Kontakt zu dem Mann lediglich hergestellt, weiter nichts."

Und als ich nichts darauf erwidere, fügt er in Kritik an seinen abwesenden Sohn hinzu: „Er arbeitet ja nicht in der Firma, obwohl wir ihn dringend brauchen würden. Er zieht es vor, hier im Norden den *Carabiniere* zu spielen."

Der erste Gang schwebt im Gänsemarsch dreier Kellner aus der Küche an unseren Tisch und unterbricht den Dialog. Das elitäre Restaurant beherrscht die Show offensichtlich. Es lässt auf eine hohe Rechnung schließen. Das nächste Mal muss ich unserer Assistentin unbedingt auch ein Budget vorgeben!

Beide Italiener ergreifen sofort ihre Gabel und kosten von den hausgemachten *Tortelloni di Zucca*[160], loben die Speise in höchsten Tönen. Sie ergehen sich im Philosophieren über hausgemachte Pasta als die überbrückende kulturelle Verbindung zwischen dem Italien des Südens und des Nordens.

„Und warum darf ich jetzt all das wissen?", übergehe ich die Nudel-Hymne und seine herabsetzende Bemerkung zu Marcos Berufswahl, die mich instinktiv seine Verteidigung ergreifen lassen will.

„Cleveres Mädchen", lobt Signor Marino sich selbst, und fährt mit den

---

[159] sagen wir
[160] Mit Kürbis gefüllte Nudeltaschen, in Butter serviert

Worten „ich habe mich nicht in dir getäuscht!" fort.

„Wir planen eine komplette zweite Produktlinie hier in Bologna", erklärt er leise und wartet darauf, dass ich wieder von meinem Teller aufblicke, um mich beschwörend anzusehen. „Das ist noch nicht offiziell. Das weiß noch niemand, besonders nicht die Lokalpolitik hier."

„Man macht uns Schwierigkeiten mit den Genehmigungen", steigt nun Enrico wieder in das Gespräch ein. „Wenn sie mitbekommen, dass wir eine ganze neue Produktlinie planen, werden sie uns nie die Baugenehmigung erteilen, sondern der Konkurrenz unsere Pläne verraten, damit die das Geschäft machen können. Wir müssen klug vorgehen, verstehst du?"

Beide Männer schauen wieder prüfend auf mich.

„*Certo. Capisco*",[161] beruhige ich ihre Erwartung an mich. „Was ich nicht verstehe: Was hat das mit mir zu tun?"

„Dein Arbeitgeber ist nicht nur Weltmarktführer für Verpackungsmaschinen", erzählt Signor Marino mir nichts Neues. „Eine so gewichtige Firma kann in der Lokalpolitik Weichen stellen."

„Da überschätzt ihr aber meine Position", erwidere ich fest, obwohl ich beinahe sprachlos bin über diese offene Forderung. Und bevor einer der beiden andere Erklärungen hinzufügen kann, rede ich weiter: „Wir sind hier nur ein kleines Vertriebsbüro mit gerade mal acht Mitarbeitern. Unser Einfluss auf die Entscheidungsträger in Bologna ist sozusagen: null."

Das also ist des Pudels Kern!

Sie erwarten von mir, das kleinste Licht in diesem Büro, den Bürgermeister Bolognas für dieses Projekt zu begeistern! Im Gegenzug versprechen sie mir einen Auftrag von drei Maschinen. Diese ganze Verhandlung wird mir mit dieser Offenbarung noch mehr zuwider, als sie es von Beginn an schon war. Mein Chef hatte mit seinem Hinweis recht, dass mir die Erfahrung zu dergleichen Vorgängen in diesem Land fehlt. Er wäre der bessere Partner auf diesem Stuhl gewesen! Je eher die Familie Marino das versteht und ich diese Rolle abgeben kann, umso besser für mich.

„Ich denke vielmehr, dass du es bist, die ihre Position unterschätzt", weist mich Marcos Vater mit vielversprechendem Unterton zurecht. „Ich weiß aus zuverlässigen Quellen, dass die Mutterfirma deines Arbeitgebers in Deutschland eine ganz neue Sparte plant, die besonders für Italien interessant sein wird. Oder was meinst du, warum sie dich als Deutsche in dieses kleine Büro hierherschicken und Geld in dich investieren für Sprachkurse und dergleichen?"

---

161 Natürlich. Ich verstehe.

Ich lege meine Gabel beiseite, obwohl mein Teller noch nicht geleert ist. Schlagartig hat sich eine Art von Sättigung bei mir eingestellt. Ich schiebe den Rest zur Seite, damit der Kellner es abtragen kann.

Welchen Testballon lässt die Marino-Familie hier steigen? Dieser Mann stellt doch nur Behauptungen in den Raum, um meine Reaktionen aufzugreifen und mit diesen Informationen weiterzuarbeiten? Warum macht er sich diese Mühe? Ich bin eine viel zu kleine Nummer in diesem Konzern, als dass er sich ernsthaft von mir etwas erwarten könnte.

„Wenn dein Arbeitgeber in Deutschland Bologna anstatt - sagen wir, Mailand - als Zentrale für diese strategische Neuausrichtung wählen würde, so ist das für die Stadt ein interessanter Aspekt, *giusto*[162]? Und unsere neue Fabrik wäre sozusagen das Pilotprojekt vor Ort für die neue Technologie. Eine Win-Win-Situation *par excellence* und das für alle Beteiligen."

„Wenn das so ist, warum sollte die Stadt das nicht unterstützen? Das sind doch Arbeitsplätze?"

„Bologna ist die Hochburg der Linken in Italien", erklärt mir Enrico, weil sein Vater einen beinahe enttäuschten Seufzer in meine Richtung schickt, von dem ich nicht weiß, ob er mir oder den politischen Verhältnissen gilt. „Da zählen alte Seilschaften wesentlich mehr als ein paar Arbeitsplätze. Und die Konkurrenz hier ist zur Mehrheit ein Konsortium der Linken, verstehst du?"

„Und wieso sollte da ausgerechnet eine deutsche Firma Einfluss nehmen können?"

Als hätte er auf dieses Stichwort von mir gewartet, folgt ein Wechsel an Argumenten ohne Punkt und Komma zwischen seinem Vater und mir:

„Der Bürgermeister kann die Lokalpolitik steuern, aber wenn ein Projekt auf Bundesebene kommt, wird er sich schwertun, es nicht zu unterstützten. Und ein internationaler Weltkonzern hat weitreichende Arme."

„Aber meine Arme sind das gewiss nicht! Darin habe ich ganz bestimmt keinerlei Aktien. Was ihr da von mir erwartet ..."

„... wir erwarten nichts! Du sollst nur verstehen, wie die Dinge zusammenhängen. Immerhin gehörst du ja so gut wie zur Familie."

Nun gehöre ich weder zur Familie und werde das aller Voraussicht nach auch niemals tun, noch bewege ich mich auf Vorstandsebene unseres Konzerns. Ich fühle mich wie ein kleiner Flusskrebs, den man versehentlich an Stelle der Languste in kochendes Wasser wirft.

„Wenn die Zeit reif ist, wird es gut sein, dass du die Zusammenhänge

---

[162] Korrekt, richtig, stimmt es?

verstehst", schließt Marcos Vater ab, ergreift sein Weinglas und prostet mir wie bei einem Geschäftsabschluss zu. „Ahh ... da kommt der zweite Gang!"

Und damit wendet er seine Aufmerksamkeit den herbeischwebenden Gerichten zu, die gleichzeitig von drei Seiten vor uns auf den Tisch drapiert werden.

Es fällt kein Wort mehr zu den unglaublichen Vorstößen, die in meinem Kopf einen wahren Tornado an unbeantworteten Fragen verursachen. Nicht während des zweiten Ganges und auch nicht während des Desserts.

Bis zum abschließenden Kaffee wird ausschließlich über den schwierigen, aber wachsenden Lebensmittelmarkt und dessen Krisen debattiert. Marcos Vater und sein Bruder werfen sich die Bälle zu und halten das Gespräch alleine am Laufen, obwohl sie mich ständig so geschickt mit einbeziehen, dass ich keinen klaren Gedanken abseits fassen kann.

Sie verabschieden sich vor dem Restaurant mit einem Wink auf das schriftliche Angebot, das sie in den kommenden Tagen offiziell bestätigen wollen, sobald wir uns preislich geeinigt haben werden.

Es ist beinahe Feierabend, als ich die Büroräume nach diesem ausgedehnten Geschäftsessen betrete.

Mein Chef winkt mich sofort in sein Büro.

„Wir haben den Auftrag", beruhige ich ihn noch im Eintreten.

Er lehnt sich in seinem Sessel hinter dem massiven Schreibtisch zurück und verschränkt die Hände vor seinem Bauch.

„Wer hat dich denn verprügelt?", fragt er in einem Ton, als wolle er damit sagen, dass er zwar die Form dieser Tat verurteile, die Zurechtweisung an sich aber als längst überfällig betrachte.

„Ich bin gestürzt."

„Diese Kerle aus dem Süden sind unberechenbar", übergeht er meine Erklärung. „Such dir einen anderen! Und nicht wieder einen *Carabiniere*. Die kommen oft von dort."

Er richtet sich in seinem Sessel auf und fragt weiter: „Drei Maschinen?"

Dieser Tag fordert wahrlich all meine Kraft, bis zur letzten Minute, denke ich. Dennoch beschließe ich, die Unterhaltung nicht ins Private abdriften zu lassen. Obwohl es mir auf den Lippen brennt zu fragen, woher er die Frechheit nimmt, Marco so etwas zu unterstellen!?

Ein intuitiver Impuls leitet mich jedoch zu einer klügeren Aussage: „Sie werden kaufen, alle drei Maschinen. Aber die letzte Preisverhandlung gestaltet sich schwierig. Vielleicht ist es taktisch klug, wenn Sie als Chef sich an dieser Stelle einschalten?"

Sein Nicken nimmt eine selbstgefällige Nuance an. Gleichwohl sagt er kein Wort dazu. Seine Augen durchbohren mich wie auf der Suche nach einem Geheimnis.

Ich lege ihm die Unterlagen auf den Tisch und verabschiede mich für den Tag.

Er sieht mir an seinem Kugelschreiber kauend nach, bis ich die Tür von außen schließe.

16. Kälteeinbruch

Mit jedem Schritt nach Hause fällt die Anspannung ein Stück mehr von mir ab. Als ich die Tür zu meiner Wohnung entriegle – der Schlüssel war Gottlob wirklich unter einen Stapel Papier auf meinem Schreibtisch gerutscht und ich habe ihn bereits heute Morgen an mich genommen - bin ich so erschöpft, dass ich das Licht gar nicht erst einschalte.

Die Tür kicke ich mit dem Fuß ins Schloss. Meine Jacke und Handtasche werfe ich im Vorbeilaufen an den Kleiderständer. Mich selbst lasse ich mit einem „Uff" auf mein Sofa plumpsen.

„Finalmente!",[163] ertönt die vorwurfsvolle Stimme Massimilianos von der Küchenzeile zu mir herüber. „Ich habe zur Feier des Tages gekocht!"

Ich drehe den Kopf zur Seite in seine Richtung und entdecke in der Tat im Schimmer zweier brennender Kerzen einen gedeckten Tisch für zwei

---

[163] Endlich!

Personen. Es ist schon lange her, dass der Kater sich für mich an den Herd gestellt hat. Wie rührend von ihm! Doch Hunger habe ich absolut keinen mehr.

„Was feiern wir denn?", frage ich unverbindlich.

„Das hier!", triumphiert er, zieht etwas hinter dem Kühlschrank hervor und hält es in die Luft.

Ich kneife die Augen zu Schlitzen, um in dem schwachen Lichtschein der Tischdekoration überhaupt etwas zu erkennen. Aber ich bin zu müde, um mich zu erheben und das Licht einzuschalten.

„Was ist das?", will ich mit so abgespanntem Tonfall wissen, dass er enttäuscht den Gegenstand in seiner Pfote sinken lässt.

„Ein wenig mehr Dankbarkeit könntest du schon beweisen!", mault er und legt das viereckige Etwas auf den Tisch. Er zieht noch weitere Dinge hinter dem Kühlschrank hervor.

„Ich konnte sie diesmal vom Eindringen abhalten!", berichtet der Kater im Herumräumen weiter, wendet sich wieder mit geschwellter Brust mir zu.

Bevor ich mich ernsthaft damit auseinandersetzen kann, wovon er genau spricht, fährt er auch schon fort: „Ich habe die Einbrecher in die Flucht geschlagen! Nachdem du mir das letzte Mal vorgehalten hast, ich hätte mich lediglich hinter dem Kühlschrank versteckt, bin ich diesmal zu heldenhaften Taten geschritten! Ich habe die Diebe erst gar nicht in die Wohnung gelassen! Diesmal wollten sie durch das Fenster einsteigen. Ich habe listig gewartet, bis sie die Hand ausgestreckt haben. In diesem Moment habe ich das Fenster direkt vor der Nase zugeschlagen und fest verriegelt. Ha! Sie haben die Rechnung ohne Massimiliano gemacht ... "

Langsam dämmert mir, dass ich es war, den er für einen Einbrecher gehalten hat! Hinter dem vermeintlichen Windstoß, der das Fenster so zugeschlagen hat, dass ich von der Leiter gestürzt bin, steckte also der Kater, der auf der Lauer gelegen war!

Ich knipse die Stehlampe neben dem Sofa ein und sehe ihn mit zusammengekniffenen Lippen verärgert an. Der runde Lichtkegel fällt genau auf mein Gesicht, wie bei einem Krimi-Verhör. Mein noch immer erbärmlicher Zustand kann für sich sprechen.

„Bei Jupiter!", unterbricht er die Schilderung seines Meisterstücks, „wer war das?! Hat Marco dich so zugerichtet?!"

Ich springe auf und mache einen wütenden Schritt auf ihn zu. Wieso unterstellen eigentlich alle dem armen *Carabiniere* eine solche Schandtat?

„Das war ich!", zische ich Massimiliano mit funkelnden Augen an.

„Du hast dich selbst vermöbelt?", fragt er ungläubig, als zweifle er an meinem Verstand. Dann stemmt er die Pfoten in die Hüfte und empört sich: "Nun hör aber auf, Lisa! Wem willst du solche Ammenmärchen erzählen!? Das beleidigt meinen Verstand. Sag schon: Wer war das? Und sag jetzt ja nicht, dass du gestürzt bist! Diese Ausrede hört man seit zweitausend Jahren. Das glaubt kein *penato* der Welt mehr!"

Ich hole tief Luft durch die Nase, spitze die Lippen und puste: *„Du warst das, verdammt noch mal!"*

„Na, das ist ja mal eine kreative Ausrede", äfft er.

Dann lässt er die Pfoten sinken und verschränkt sie vor dem noch immer geschwellten Brustkorb seines Jacketts: „Allerdings keine besonders intelligente, wenn ich bemerken darf. Es wird mir immer ein Rätsel bleiben, wieso geschundene Frauen den Übeltäter schützen. Von dir hätte ich das nicht erwartet! Ich weise dich hier und jetzt darauf hin, dass ich derartige Vorgänge in meiner Familie nicht dulden werde! Wir werden einen anderen Mann für dich suchen müssen. Ich hatte doch recht mit meiner ersten Wahl: Maurizio wäre der Geeignetere für dich gewesen. Aber du musstest ja ..."

„Nochmal: Das waren keine Diebe!", unterbreche ich seine in voller Fahrt befindliche Ansprache. „Das war ich! Du hast mir das Fenster vor der Nase zugeschlagen und ich bin die Leiter hinuntergefallen."

Der Kater lässt die Pfoten zusammen mit seinen Anschuldigungen fallen und blinzelt mich an: „Seit wann kletterst du durch das Fenster? Du passt doch gar nicht durch die Katzenklappe?!"

Ich kläre ihn über die Ursache dieser Aktion auf. Doch die momentane Besinnung meines Hausgeistes hält nicht lange an: „Ich bedaure, Maurizios Namen nochmals strapazieren zu müssen, aber er hat einen Zweischlüssel und ..."

„Danke. Darauf bin ich selbst gar nicht gekommen!", sage ich spöttisch.

Er sieht mich einen Augenblick durchdringend an, unschlüssig wie er meine Antwort aufnehmen soll: „Sarkasmus?"

An Stelle einer Antwort verziehe ich mit einem „hm!" den Mund.

Er wiegt seinen Kopf und verdreht übertrieben die Augen: „Spott ist in diesem Zusammenhang mehr als unangebracht. Du hast einen fremdartig unpassenden Humor."

„Marco hat den Zweitschlüssel von Maurizio geholt und nicht zurückgebracht. Es schien mir die einfachere Lösung, durch das Fenster zu klettern", erkläre ich daraufhin betont gelassen.

Der Kater setzt sich mir gegenüber an den Tisch, legt die Pfoten in den

Schoß, lässt den Kopf sehr theatralisch hängen und murmelt schließlich beinahe unhörbar in seine Schnurrhaare: „Es tut mir leid. Tut es sehr weh?"

„Es geht", schwindle ich, denn nach den Strapazen des Tages und aufgrund nachlassender Wirkung der Tabletten schmerzen meine Knochen erheblich.

„Dann betrachten wir dieses Essen eben nicht als Festessen, sondern als eine Entschuldigung!", beschließt Massimiliano und erhebt sich mit neuem Elan. Er springt an den Herd, wo zwei Töpfe mit geheimnisvollem Inhalt auf niedriger Flamme vor sich hin dampfen, setzt seine Kochmütze wieder auf und beginnt in gewohnter Geschicklichkeit mit Geräten und Speisen zu jonglieren.

„Du wirst staunen!", prophezeit er mir mit durch die Luft schwingendem Kochlöffel. „*Ecco fatto*[164]: Grüne Bohnen alla Tiberius!"

Er lässt den Teller mit dem gepriesenen Gericht vor mir auf den Tisch gleiten und wedelt den Duft mit der Pfote in unsere Nasen: „Riecht das nicht bereits allzu köstlich!?"

Es duftet in der Tat verführerisch.

Er scharwenzelt auf seine Seite des Tisches, legt seine Kochmütze zur Seite, nimmt Platz und heftet sich mit einem „mmmh" in Vorfreude auf diese kulinarische Besonderheit eine lupenweiße Serviette an den Kragen.

Eigentlich wäre ich am liebsten ganz ohne Nahrungsaufnahme zu Bett gegangen, so satt bin ich noch von dem ausgedehnten Mittagessen. Nun aber ausgerechnet dasselbe Mahl noch einmal vorgesetzt zu bekommen, das ich bereits im Restaurant genossen habe, grenzt an folternde Ironie. Aber ich werde mich diesem Schicksal ergeben, denn ich will ihn nicht enttäuschen und damit entmutigen, vielleicht öfters wieder zu kochen.

Ich breite die Serviette über meinen Schoß und streiche nachdenklich darüber. Vielleicht ist dieses Essen eine gute Gelegenheit, das Thema mit den Tafeln ein für alle Mal mit dem Kater zu klären. Meine Befürchtung, er könnte die Nachricht über den Verbleib seiner Rezepte in einem Museum mit einer weiteren dramatischen Aktion beantworten, lässt mich in der Wahl meiner Worte sehr achtsam vorgehen.

„Hast du die Rezepte abgeschrieben?", pirsche ich mich deshalb sachte an das Thema heran.

„Iwo." Er schaufelt zwei voll beladene Gabeln in den Mund und kaut genüsslich mit geschlossenen Augen. „Wie habe ich das vermisst! Seit

---

[164] Hiermit fertig; erledigt, gemacht, vollbracht

zweitausend Jahren versuche ich, aus dem Gedächtnis zu kochen. Dabei war es nur der kleine Zweig frischen Estragons, der gefehlt hat! Wer hätte das gedacht!? Manchmal sind es die kleinen Dinge, die ins Gewicht fallen."

„Naja", meine ich mit bemühter Aufmunterung, „Du kannst deine Rezepte jetzt jederzeit einsehen, wenn du etwas vergessen hast. Sie sind nämlich hier in Bologna im Rezeptmuseum."

„Ich weiß", winkt er ab und isst fröhlich weiter, ohne von meiner Neuigkeit im Geringsten aufgeschreckt zu sein.

„Du weißt?"

„Ja. Ich habe es in der Zeitung gelesen. Sie haben einen riesen Tam-Tam gemacht mit dieser Dauerleihgabe des Nationalmuseums."

Er hält einen Moment sinnierend inne und kaut nachdenklich in eine vierte Dimension versunken lange an einem Bissen. „Aber so ist das immer: Wenn ich nicht schnell genug bin, reißen sich die Archäologen alles unter den Nagel und beweihräuchern sich mit Ruhm fremden Eigentums!"

Dann schaut er unvermittelt auf mich und meinen noch immer unberührten Teller vor mir: „Du isst ja gar nicht! Schmeckt es dir nicht?"

„Oh doch!" Hastig fingere ich nach meiner Gabel und picke zwei Bohnen auf: „Dann ist dieser Aufbewahrungsort für dich in Ordnung?"

„Habe ich eine Wahl? Du hast mir doch erklärt, wie sich das heute mit den Eigentumsverhältnissen rechtlich darstellt. Dagegen kann ich in der Gegenwart nichts tun. In hundert Jahren vielleicht ... ?"

Er spricht den Satz nicht zu Ende, da er den bestürzten Ausdruck auf meinem Gesicht entdeckt.

Es war mir nie in den Sinn gekommen, dass Massimiliano in einer Zukunft existieren wird, wenn wir schon lange nicht mehr auf dieser Welt sein werden. Ich hatte ihn bisher immer nur aus der antiken Vergangenheit betrachtet. Aber ihm gehört auch eine unbekannte Zukunft, in der er vermutlich eine neue Familie gefunden haben wird.

Diese Erkenntnis irritiert.

Mein Mobiltelefon meldet sich mit einer unbekannten Nummer. Ich lege die Gabel beiseite, nehme das Gespräch an und leiere mein bewährtes Sprüchlein herunter, das den ungebetenen Anrufer die Nummer aus seinem Verzeichnis löschen lassen wird.

„Lisa! Ich bin's doch!", höre ich gerade noch, bevor ich wieder auflege.

„Norio?", nehme ich das Telefon wieder ans Ohr. „Wieso hast du denn eine unbekannte Nummer?"

„Ich habe mir auch eine italienische Nummer besorgt. Wurde Zeit", erklärt er. „In zwei Wochen werden wir Nachbarn! Ich ziehe ein."

Ich freue mich sehr. Das ist immerhin ein positiver Abschluss für diesen kraftkostenden Tag.

Der Kater leert den Teller vor ihm wie ein hungriger Ameisenbär den Bau. Er kratzt jedes letzte Stückchen auf, so dass sein Gedeck beinahe wie frisch aus dem Schrank genommen glänzt. Dann erhebt er sich und tritt an den Herd.

„Es ist schön, dass du dich so freust. Vittoria hat es nämlich gar nicht gut aufgenommen", berichtet Norio indes weiter. „Sie hat mich gefragt, was nicht in Ordnung sei, warum ich zu dir ziehen will und ob sie etwas falsch gemacht hätte? Sie ist aus allen Wolken gefallen."

„Ist sie sauer?"

„Enttäuscht, glaube ich. Ziemlich, wenn ich anmerken darf", fährt mein japanischer Freund am anderen Ende der Leitung fort. „Aber nun habe ich den Vertrag schon unterschrieben."

Wir beenden das Gespräch mit gegenseitigen Beteuerungen, dass sie sich schon wieder fangen wird. Schließlich haben wir nichts Unrechtmäßiges getan.

Ein großer Löffel fährt seitlich heran und häuft eine zweite Ladung Bohnen auf meinen Teller. Eilig beende ich das Gespräch, um Massimiliano davon abzuhalten, mir noch mehr davon zu geben.

„Lisa!"

Marco sitzt zur Linken seines Vaters, Enrico zur Rechten. Dahinter hängt ein großes Gemälde der Mutter der Familie Marino, die wie eine Königin gekleidet hoheitsvoll im Hermelinmantel auf die drei Männer herabblickt. Die Schwester staubt das Bild unaufhörlich ab. Zwei *veline*[165] tanzen indes um Marco herum, schwingen immer wieder ihr sehr langes Haar gekonnt über *seine* Schultern und betören ihn mit ihren beachtlichen Reizen.

Abseits, in einer dunklen Ecke, stehe ich und lausche mit klopfendem Herzen dem Gespräch. Niemand beachtet mich, obwohl sie sich über mich unterhalten und genau wissen, dass ich dort mithöre.

„Wir haben unseren Job getan. Nun ist es an dir, wieder ihr Vertrauen zu gewinnen", weist der Vater Marco an. „Es hat nicht viel gefehlt und du hättest es verbockt!"

Dieser nickt beflissen: „Es konnte ja auch niemand ahnen, dass dieser unwirkliche Kater auftaucht! Hat man so etwas je gehört!? Das verkompli-

---

[165] Vor Werbepausen tanzende Schönheiten in Fernsehshows

ziert die Sache erheblich."

„Lisa!"

Eine Hand ergreift mich am Arm. Mein Herz macht einen Sprung. Ich fahre in die Höhe.

Die Hand verwandelt sich in eine Pfote.

„Bei dem Umtrieb kann kein *penato* der Welt in Ruhe schlafen!"

Der Kater steht vor meinem Bett, in dem ich nun aufrecht und schweißgebadet sitze. Ich fahre mir mit der Hand durch die wirren Haare.

„Was ist denn los?", stammle ich schlaftrunken und noch völlig im Bann des grauenhaften Alptraums, aus welchem Massimiliano mich gerade reißt.

„Wenn ich Rückschlüsse auf die Häufigkeit des Namens *Marco* zulasse, dann würde ich empfehlen, dass du ein klärendes Gespräch mit ihm suchst. Den habe ich nämlich mindestens zehn Mal gehört", klärt mich mein Hausgeist schlecht gelaunt auf.

Er schlurft zurück zum Sofa, um es sich dort wieder bequem zu machen: „Vielleicht kann ich dann auch mal wieder in Ruhe schlafen."

Erschöpft lasse ich mich zurück in meine Kissen und in einen diesmal traumlosen Schlaf fallen.

Zwei Wochen später stehen wieder Kisten und Kartons im Hausflur hinter dem großen Holztor und ein extremer Kälteeinbruch, der den Begriff *freddo polare* nun wirklich verdient, legt ganz Bologna lahm.

Über Nacht sinkt das Thermometer auf minus zwölf Grad und ein halber Meter Schnee blockiert Straßen und Fußwege. Oleander lassen die Köpfe hängen und Palmen haben sich eine kuschelige Mütze aus Schnee übergezogen. Sämtliche Dieselfahrzeuge verweigern den Dienst, da fehlender Frostschutz im Treibstoff die Motoren im wahrsten Sinne des Wortes kaltstellt. Kundendienste und Werkstätten verpassen das Geschäft ihres Lebens, weil nur vereinzelte Mitarbeiter überhaupt ihren Arbeitsplatz erreichen. Die Einkaufsstraßen der Stadt sind verwaist. Die wenigen Einwohner, die sich noch vor die Tür wagen, sind wagemutig unterwegs, Hamsterkäufe nach Hause zu schleppen. Die dramatischen Schilderungen der Journalisten auf allen Fernsehkanälen verdrängen tagelang jegliches politische Thema von der Agenda. Unbeliebte Gesetzesänderungen nutzen die Gelegenheit, um stillschweigend verabschiedet zu werden. Politiker sehen die Chance, nach dem Muster für Katastrophen und andere Naturgewalten als vermeintliche Retter und durch unverbindliche Anwesenheit zu glänzen.

Diesmal finde auch ich es nicht mehr romantisch. Meine kleine Wohnung gleicht einem Iglu. Obwohl der Vergleich hinkt, denn ich vermute, dass es in einem solchen wärmer ist als in meinen vier Wänden. Mein kleines Studio ist auf dergleichen Zustände nicht eingerichtet, denn einen solchen Kälteeinbruch hat Bologna schon jahrzehntelang nicht mehr gesehen. Ein eisiger Wind pfeift durch die Fensterrahmen, so dass ich dort und an der Tür alte Lappen in die Ritzen stopfe, um den Luftzug zu unterbrechen. Ich trage meinen ältesten Wollpullover über Skiunterwäsche und einen Schal um den Hals.

Massimiliano besteht darauf, dass ich das Sofa direkt neben den Heizkörper schiebe. Er läuft den ganzen Tag mit einer alten Decke über den Schultern herum, die er wie eine Schleppe in königlicher Würde hinter sich herzieht und dabei den Boden fegt.

Trotzdem bedaure ich, an diesem Wochenende keinen Spaziergang auf dem Land durch diese interessante Winterlandschaft machen zu können. Ich habe Norio San versprochen, ihm an einem freien Tag zur Hand zu gehen. Norio hat das Malerwerkzeug und die Farbreste direkt von Max und Enzo übernommen, die diese Arbeiten in deren Penthouse abgeschlossen haben und glücklich waren, das Zeug auf diese Weise mühelos zu entsorgen. Somit erhält Norios Wohnung denselben cappuccino- und cremefarbenen Anstrich wie die Dachwohnung unserer Freunde auf der anderen Seite der *piazza*. Da weder er noch ich viel Erfahrung im Anstreichen besitzen, sehen wir binnen kürzester Zeit aus wie von Schnecken angefressene Fliegenpilze aus einem Märchenbuch.

Ein Radio berichtet im Hintergrund über die Ereignisse des Tages in der Welt. Noch immer füllt der winterliche Wetterbericht mit seinen Auswirkungen den Großteil der Nachrichtensendung.

Norio San und ich lauschen der letzten Meldung des Tages: Die *partito democratico*[166] ist in Hungerstreik getreten, um ihre Position gegen die Verabschiedung eines Gesetzes zu demonstrieren. Eine bemerkenswerte Maßnahme, die uns zunächst aufhorchen lässt. So etwas ist in unseren Heimatländern noch nicht vorgekommen!

Wir wechseln gerade einen stummen Blick der Anerkennung, als die Sprecherin erklärt, wie dieser Hungerstreik abläuft. Auf ganz italienische Art verweigert nur jeweils immer ein Abgeordneter die Nahrung und das nur für einen Tag. Sie wechseln sich ab.

---

[166] Zu Beginn der 1990er Jahre hat die italienische Parteienlandschaft einen tiefgreifenden Wandel erfahren: Durch das Ende des Kalten Krieges und den Mauerfall benannte sich die Italienische Kommunistische Partei (PCI) in Partito Democratico um.

„Das wird bestimmt große Sorge auslösen!", amüsiert sich Norio San und taucht seine Farbrolle in den Eimer. Ich habe ihn selten so lachen sehen.

Der bekannte Ruf meines Mobiltelefons unterbricht unser humorvolles Lästern. Gerade balanciere ich auf der Leiter die frische Farbrolle über meinen Kopf hinweg an der Decke entlang. Meine Augen sind fast geschlossen, denn ich versprühe dabei einen feinen Farbregen über mein Gesicht.

Ich bitte meinen Arbeitskollegen, das Gespräch anzunehmen. Er werkelt in Reichweite meines Handys, das ich unten auf einem Stuhl abgelegt habe. Meine Mühe der letzten Wochen beginnt sich auszuzahlen: Inzwischen hat sich die Anzahl der unbekannten Anrufe spürbar reduziert. Doch das gute Karma lässt noch immer auf sich warten.

Während ich die Farbrolle über meinem Kopf beharrlich weiter hin- und herfahre, bete ich Norio das zu wiederholende Sprüchlein vor.

Aber er wiederholt es nicht.

Stattdessen ein Ausruf der Überraschung: „Wer ist das denn?!"

Beinahe falle ich erneut von der Leiter.

Norio Sans Ausruf gilt nicht dem unbekannten Anrufer, denn nun spricht er artig die angewiesenen Worte ins Telefon. Der Ausruf richtet sich an meinen *Carabiniere*, der vermummt wie ein Eskimo vor der Glastür der ehemaligen Anwaltskanzlei auf dem Hof im Schnee steht und mich unvermittelt ansieht.

Ich schlucke meinen Schreck hinunter. Er ist eine Mischung aus Freude und Angst vor Schlimmerem, als das, was die Gegenwart gerade zurechtlegt.

In einem Satz springe ich von der Leiter, lege die Malerrolle zur Seite, wische mir mit dem Ellenbogen meine Haare aus der nass gespritzten Stirn und verschmiere damit die Farbe darauf noch mehr.

„Komm rein!", fordere ich ihn auf. Auf keinen Fall will ich bei der Kälte nach draußen gehen, um mit ihm zu sprechen.

Er wirft einen fragenden Blick auf eine Bewegung hinter sich und ich entdecke einen Hund, den er an einer Leine hält.

„Freilich! Der auch", beantwortet Norio in meinem Rücken an meiner Stelle die schweigende Frage und legt mein Handy wieder an seinen Platz.

Hund und Marco tragen Kälte und Nässe in den Raum, so dass ich die Tür hinter ihnen sofort mit einem „brrr" wieder fest verriegle.

„Ich bringe dir die hier zurück", beginnt Marco sehr verhalten und reicht mir meine Zweitschlüssel.

Die unausgesprochene Botschaft in dieser Geste lässt meine Glieder erkalten, wie es der eisige Luftzug zuvor nicht vermocht hat. Ich nehme die Schlüssel schweigend entgegen und harre der weiteren Worte, die ich im Grunde gar nicht hören will.

Ich hatte es tunlichst vermieden, die Schlüssel selbst zu holen und es dabei sogar vorgezogen, von einer Leiter zu fallen. Alles nur deshalb, weil ich die Verbindung trotz allem irgendwie aufrechterhalten wollte, die diese Schlüssel zwischen ihm und mir noch bildeten? Waren sie das Symbol unserer noch bestehenden Beziehung? Nun spiele ich unschlüssig mit ihnen in der Hand.

Wir stehen uns schweigend gegenüber.

Marco hält den Blick auf seine Stiefel geheftet und fummelt an der Leine in seiner Hand.

Unsinnigerweise probiere ich mein Äußeres irgendwie in Form zu bringen, weil ich mir gar nicht vorstellen mag, wie hässlich mein Anblick in diesem Aufzug sein muss.

„Ich mache uns Tee", verabschiedet sich Norio San diskret in die Küche.

Der Hund bringt sich mit einem schüchternen „wuff" in Erinnerung und setzt sich abwartend auf die Hinterbeine.

„Aber das ist ja ...", rufe ich mit Erstaunen. Ich zeige auf den großen, goldbraunen Mischlingshund, der mich mit treuen Teddybäraugen anguckt. Er beginnt, mit seinem Schwanz den Boden zu fegen. „Wieso .... hat Enrico nicht .... wollte den nicht dein Bruder nehmen?"

„Hm, ja", stottert nun auch Marco, als würde er mich kopieren, „das heißt, nein, er wollte ihn ... ich meine sie, schon nehmen, aber ..."

Er unterbricht sich selbst, räuspert sich und nimmt mit einem tiefen Atemzug einen neuen Anlauf.

„Das ist der Grund meines Kommens", meint er dann wesentlich fester und blickt mich direkt an, als hätte er nun den Mut dafür gefunden. „Ich wollte dich bitten, sie für drei Monate in Pflege zu nehmen. Ich muss weg. Und ich möchte sie nicht ins Tierheim geben."

Diese Nachricht trifft keine der zahlreichen Varianten, die ich mir im Verlauf der Wochen für unser Wiedersehen ausgemalt habe. Im Versuch mich vorzubereiten habe ich sämtliche Dialoge an grauenhaften Abschieden und verzückenden Versöhnungen in Gedanken mehrmals Wort für Wort durchlaufen. Diese Version ist aber nie dabei gewesen.

Mein Entsetzen darüber nimmt beängstigende Umrisse an. Anstatt der Klärung unserer Beziehung - unabhängig davon, in welcher Richtung -

eröffnet er mir nun, dass er für so lange Zeit gar nicht anwesend sein wird!

„Wieso musst du denn weg? Wohin? Warum so lange? Und wieso hast du diesen Hund aus Pompeji mitgenommen? Wo soll ich mit dem Riesenvieh denn hin?! Ich habe doch keinen Platz! Wann kommst du denn wieder?"

Meine Erschütterung lässt die Fragen ungefiltert und unausgegoren aus meinem Mund purzeln, wie sie mir durch den Kopf taumeln.

„Nach Libyen", erwidert Marco abgehackt mit der schwerwiegendsten Antwort aus der gesamten Auswahl.

„Libyen?! Aber das ist doch ein Krisengebiet!"

Ich mache unwillkürlich drei Schritte zurück und starre ihn mit aufgerissen Augen an: „Wieso, um Himmels Willen, willst du denn da hin?!" Ein eisiger Schauer läuft mir die Wirbelsäule hinab.

„Es ist ein Befehl", erklärt er kurz angebunden weiter.

„Aber du bist doch *Carabiniere* und kein Soldat!?"

Ich mache wieder die drei Schritte nach vorne in seine Richtung, als könnte ich aus der Entfernung seine Antworten nicht richtig hören.

Der Hund wird von meiner Aufregung angesteckt, springt ebenfalls auf, umkreist ihn und wickelt dabei die Leine um seine Beine.

„*Carabiniere* sind dem Außenministerium unterstellt und als solche können wir in Auslandseinsätze geschickt werden", erklärt Marco. Er versucht gleichzeitig, den Hund wieder in die entgegengesetzte Richtung zu bewegen, um sich zu befreien. „Es ist eine europäische Mission, an der sich Italien beteiligt. Und ich bin alleinstehend."

Es gelingt ihm nicht. Das Tier legt sich auf den Boden. Marco lässt es einfach sein, bleibt umgarnt stehen.

Ich glotze ihn währenddessen unbeweglich und sprachlos an, als sei ich diejenige, die eben gefesselt wurde.

Mit einem „Oh, Gott!" macht sich das Zentnergewicht auf meinen Schultern endlich Luft. Meine Hand presst sich vor meinen Mund, als wollte sie ähnliche Ausdrücke der Bestürzung davon abhalten, über meine Lippen schwappen zu lassen.

„Es ist nicht gleich ein Todesurteil", versucht Marco, mich zu beruhigen und streichelt kurz tröstend meinen Arm. „Zwar wird es nicht ganz ungefährlich, aber wir sind nur zur Absicherung eines Flüchtlingslagers eingeteilt. Das ist also eher eine humanitäre Aufgabe. Und es ist lediglich für die Dauer von drei Monaten. Deshalb wollte ich dich bitten, Poppäa für die Zeit in Pflege zu nehmen."

Der Hund wedelt bei Erklingen seines Namens aufgeregt mit dem

Schwanz und schaut uns beide erwartungsvoll an, bleibt aber beharrlich liegen.

Diese dramatische Neuigkeit liegt wie eine Tretmiene zwischen den Fronten meiner noch immer mit sich ringenden, ambivalenten Gefühlswelt. Es ist eine schockierende Nachricht, die mit ihrem ganzen Gewicht droht, auf die Marco zugewandte Seite meiner Gemütsbewegungen zu kippen und alles mit sich zu reißen.

„Wie kommt der Hund überhaupt nach Bologna?", frage ich indes monoton.

Mir kommt die Frage angesichts der dramatischen Wende der Ereignisse so unbedeutend vor, dass ich sie kaum stellen mag. Die Flucht in diese Nichtigkeit ist jedoch eine unkontrollierbare Reaktion, die mich zunächst davor rettet, den Tatsachen sofort in die Augen sehen zu müssen.

„In meiner Wohnung ist schon mit dem Kater kaum Platz."

„Ja, der Kater", meint Marco gedehnt, spricht aber nicht weiter, weil Norio San mit einem Tablett dampfender Teetassen in den Raum tritt. Er stellt es auf einem Stuhl ab.

„Ich höre, du brauchst für den Hund drei Monate einen Pflegeplatz? Ich kann ihn gerne so lange nehmen!"

Marco, der versucht erneut aus seinen Fesseln zu steigen, hält in seiner Umdrehung inne und sieht Norio erstaunt an.

„Das würdest du tun?", frage ich nach der ersten Sekunde der Überraschung. Auch ich bin perplex.

Doch die Erleichterung überwiegt, weil es zumindest einen Punkt auf der unüberschaubaren Skala der zu klärenden Dinge zwischen meinem Freund und mir lösen würde.

„Die Wohnung ist groß genug und sie hat direkten Zugang zu dem kleinen Garten hier", erläutert der Japaner und reicht uns jeweils eine Tasse dampfenden Tees. „Das ist doch viel geeigneter, als dein Ein-Zimmer-Studio im ersten Stock. Und mit dem Spazierengehen können wir uns abwechseln."

„Das wäre wirklich zu freundlich von dir", bedankt sich Marco und entfesselt sich vollends mit einer weiteren Drehung. Der Hund blickt auf, als wundere er sich über die Gymnastik, die sein Herrchen vor seinen Augen vollzieht.

„Ein bisschen Gesellschaft tut mir gut, sonst sitze ich nur den ganzen Tag vor meinem Computer und bewege mich nicht. Außerdem vertragen sich Hund und Katze nicht besonders gut", begründet Norio sein Angebot weiter.

„Das wäre, glaube ich, kein großes Problem", murmelt Marco und fügt dann schnell hinzu, als ich ihn forschend ansehe: „Aber bestimmt ist das die bessere Lösung!"

„In ein paar Tagen bin ich hier fertig", meint Norio weiter und blickt um sich. „Dann kann ich den Hund schon mal nehmen, damit er sich an mich gewöhnt."

„Ich fliege in drei Tagen", erklärt Marco wieder militärisch knapp und tonlos.

„Was?!", entfährt es mir, abermals völlig überrumpelt. „Noch vor den Feiertagen?! Du musst über das Weihnachtsfest schon dort sein?!"

„Jemand muss auch diesen Dienst machen", antwortet er und zuckt die Schultern beinahe wie um Verzeihung bittend. „Meine Mutter hat mir schon Vorhaltungen gemacht."

Er legt eine kleine Pause ein, in welcher er mit einem Schuh die Leine akkurat in Position schiebt, als müsse diese gerade wie eine Linie liegen. Dann blickt er wieder mit einem verschwörerischen Augenaufschlag auf mich: „Das kannst du dir jetzt lebhaft vorstellen, oder?"

Ich kann. Bereits nach dem Besuch seiner Mutter mit ihrer Geschichte über Marcos Großvater konnte ich die Aversion der Familie gegen diesen Beruf nachvollziehen. In diesem Moment beginne ich die Ablehnung zu teilen.

Schweigend trinken wir unseren Tee.

Nur der Hund schmatzt, weil er sich gelangweilt letzte Eisklümpchen aus den Zehen leckt.

„Es gibt da noch etwas, das wir besprechen müssen", fängt Marco schließlich an, nachdem er seine Tasse geleert hat. Er stellt sie zurück auf das Tablett. „Können wir das in deiner Wohnung tun?"

Nach dem mir noch in den Knochen sitzenden Schock über diesen Kriseneinsatz, wagt mein Herz nun einen Sprung der Hoffnung auf eine bessere Nachricht. Aber ich halte es im Zaum, stelle meine Tasse ab und nicke bemüht: „Natürlich."

„Lasst den Hund schon mal hier", schlägt Norio vor und streichelt Poppäa, die ihn sofort neugierig beschnuppert, als verstünde sie die Abmachung.

Auf dem Weg über den Hof, über die Treppe, hinauf zu meinem Studio, erfahre ich den ganzen Hintergrund zu Poppäas Anwesenheit:

Marco hatte sich durch den Sturz vor dem Zug eine Platzwunde zugezogen, die im Krankenhaus genäht werden musste. Da er kein dringender Fall war, musste er einen ganzen Tag warten, bis er verarztet wurde. Seiner

Familie wollte er das nicht erzählen, gaukelte deswegen vor, mit mir überraschend abgereist zu sein, weil er angeblich einen Befehl erhalten hatte - was sich im Nachhinein mit der jetzigen Situation sogar als sehr schlüssig herausstellte. Danach hatte er ein Auto gemietet und ist mit Hund und Kater zurück nach Bologna gefahren, wo er einen weiteren Tag damit zubrachte, die Formalitäten für den Hund zu erledigen.

„Mit Massimiliano?", falle ich ihm an dieser Stelle ins Wort und schließe die Tür zu meinem Apartment hinter uns. „Und mit dem Hund? Ich dachte, Massimiliano ist mit dem Zug gekommen? Er war doch am Bahnhof?"

Marco sieht sich kurz um und wendet sich dann zielstrebig in Richtung Sofa vor dem Heizkörper. Dort lässt er sich nieder. Er zieht seine Eskimojacke nicht aus, sondern die fellbesetzte Kapuze sogar noch über den Kopf. Er gleicht einem russischen Wanderer, der sich nach langem Fußmarsch durch die sibirische Steppe endlich an einem Ofen wärmen kann.

„Nein", erwidert er erst dann. „Ich habe ihn dort abgesetzt, das stimmt. Wer weiß, was er dort zu schaffen hatte? Das hat er dir wohl auch verheimlicht", bemerkt der *Carabiniere* mit einem Hauch heimtückischer Anklage.

„Nicht ganz", korrigiere ich ihn sofort. „Er hat erwähnt, dass du seine Existenz anerkannt hast. Gezwungenermaßen."

„Nicht nur gezwungenermaßen!", meldet sich eine deutlich zu vernehmende Stimme hinter dem Sofa zu Wort.

Massimiliano schält sich umständlich hinter der Couch hervor, wo er in direktem Kontakt mit dem Heizkörper gedöst zu haben scheint. An seinem Umhang kleben ein paar alte Spinnweben, die er sich mit spitzen Pfoten entfernt.

„Da er mir diesen großen Gefallen erwiesen hat, – und das durchaus freiwillig – kann man guten Rechtes behaupten, dass Marco mich – ich zitiere - als nicht erklärbares, jedoch reales Phänomen akzeptiert. Habe ich das korrekt widergegeben?"

Die letzte Frage geht an den *Carabiniere*, der dem Kater mit schmalen Lippen sehr langsam zunickt, als wolle er noch im Nachhinein seine Aussage der Vergangenheit lieber korrigieren.

„Welchen großen Gefallen?", bohre ich indes nach und hole mir ein nasses Tuch aus dem Bad, um zumindest mein Gesicht zu reinigen.

„Massimiliano hat mich bekniet, den Hund aufzunehmen", übernimmt Marco den Gesprächsbogen. „Er denkt, dass sie vielleicht auch ein *penato* ist."

„Penata!", korrigiert ihn sofort mein Hausgeist. „Sie ist eine *sie!"*

Ich halte mit dem feuchten Tuch vor meinem Gesicht in der Bewegung inne, als raube diese Mitteilung meine verbleibende Energie aus meinen Gliedern. Dann lasse ich das Handtuch langsam sinken und fixiere Massimiliano.

„Noch ein *penato*?!"

„Penata!", wiederholt er abermals.

Marco zuckt, sich mit der Lage bereits abgefunden habend, die Schultern. Angesichts seiner bevorstehenden Reise scheint ihm dieses Thema vermutlich nicht mehr schwerwiegend. Mir geht es, trotz erstem Schreck, ähnlich.

Ohne Rücksicht auf den schmutzigen Zustand meiner Arbeitskleidung lasse ich mich auf der Bettkante gegenüber Marco nieder, obwohl ich bereits vorsorglich ein Handtuch für den Schutz meiner Sitzgelegenheit mit aus dem Badezimmer gebracht habe. Es dient jetzt der Beschäftigung meiner Hände: Ich knülle es willkürlich zusammen und drehe es, in mich versunken, hin und her.

„Woher willst du das wissen?", frage ich schließlich.

„Oh, ich weiß es noch nicht mit Bestimmtheit", antwortet der Kater, schlägt seinen Umhang wie eine Toga über die Schulter. Er beginnt, einem Senator vor dem Auditorium des antiken Roms gleich, sein Plädoyer vor uns auszubreiten.

„Aber es gibt Indizien, die darauf hinweisen: So folgte sie mir in Pompeji vom ersten Tag auf Schritt und Tritt. Sie hat alles getan, um sich bemerkbar zu machen. Und sie lebte im Haus des Fauns! Das war damals das Zuhause meiner geliebten Freundin. Sie hört ferner auf den Namen Poppäa, so hieß meine Freundin. Und nicht zuletzt: Sie hat dich und Marco damals im Tumult mit diesen Amerikanern beschützt. Das wäre sonst in eine schöne Schlägerei ausgeartet! Er hier, ...", und er zeigt mit der Pfote auf Marco, als säße dieser auf der Anklagebank, „... hätte mit vier gegen einen, schlechte Karten gehabt. Ihr erinnert euch?"

„Das könnten auch schlicht Bemühungen eines streunenden Hundes sein, der die Chance auf ein bequemes Leben schnuppert", gebe ich zu bedenken.

Ich sehe dabei den Italiener auf der Couch an, der sich von meinem Hausgeist hat breitschlagen lassen, diesen verflohten Vierbeiner mitzubringen. Ich versetze Marco mit dieser Bemerkung einen kleinen nachdenklichen Stups.

„Auch er hat diese Möglichkeit in Erwägung gezogen", übernimmt

Massimiliano die Verteidigung des *Carabiniere* und beginnt, wie ein Anwalt vor dem Gericht der Geschworenen vor uns auf- und abzuschreiten. „Darüber hinaus hat er den Tatbestand ihres Unvermögens zu sprechen hinterfragt, was zugegebenermaßen ein noch zu klärender Punkt verbleibt."

Massimiliano hält einen Moment inne und lässt den Satz auf mich wirken. Dann nimmt er sowohl Bewegung als auch Monolog wieder auf.

„Fassen wir zusammen: Es sind nur Indizien, keine Beweise, dass es sich bei dieser Hündin tatsächlich um meine alte Freundin Poppäa handelt. Jedoch! Lass dich einmal auf ein Gedankenspiel ein: ..."

Wieder unterbricht er direkt vor mir sein Auf- und Abschreiten: „Stellen wir uns vor, du seist der einzige Mensch in einer Welt von *penati*. Das Leben ist einsam für dich, weil du niemand deinesgleichen hast, mit dem du dein Dasein teilen kannst. Schon seit zweitausend Jahren überlebst du solitär in dieser Welt, die sich mehr und mehr in komplexe Widersprüche verstrickt. Und dann", wiederum macht er eine kunstvolle Pause, beginnt mit weit ausschweifendem Arm abermals durch den Raum zu schreiten, „dann entdeckst du die vage Möglichkeit, dass vielleicht noch ein anderes Wesen deiner Spezies denselben schwierigen Schritt gewagt und auf diese Weise überlebt hat! Würde nicht auch dir diese ungewisse Hoffnung Grund genug sein, alles zu versuchen, das herauszufinden?"

Ein tiefer Seufzer entspringt meiner Brust.

Es ist der Ausdruck der mühsamen Verarbeitung aller Informationen der letzten Stunde. Es ist der Schmerz der Angst über diese schreckliche Reise, die Marco bevorsteht. Und es ist der Zentner Last der ungeklärten Fragen meiner Liebe, der tonnenschwer auf meinen Schultern lastet.

Massimiliano deutet es als Zustimmung: „Auch dieser noble Freund und Helfer hier ist diesem Gefühl gefolgt und hat aufopfernd dafür Sorge getragen, mir diesen Herzenswunsch zu erfüllen. Ich stehe tief in seiner Schuld!"

Damit verbeugt sich der Kater mit einem Kratzfuß wie vor einem König, indem er die Decke fest um seine Schultern geschlungen hält, damit sie ihm nicht vor die Füße fällt.

Marco lächelt schicksalhaft.

„Ist ja gut", gebe ich müde nach. „Sie wird in diesen drei Monaten unten bei Norio San bleiben."

Massimiliano richtet sich ruckartig wieder auf und blinzelt mich überrascht an. Dann dreht er den Kopf seinem noblen Freund und Helfer zu: „Willst du sie nicht mehr behalten? Hat sie sich schlecht benommen?"

„Er muss nach Libyen", antworte ich nun an Stelle meines *Carabiniere*.

Damit füge ich mir selbst einen mehrmaligen Stich im Herzen zu, als hätte mein Bewusstsein die Tragweite dieser Worte erst mit deren Wiederholung wirklich verstanden.

„Oh."

Noch nie habe ich den Kater so betreten gesehen. Er wendet sich herum und nimmt schweigend neben Marco auf dem Sofa Platz. Nachdenklich legt er die Pfoten in den Schoß.

Niemand spricht.

Bis ich das Schweigen nicht mehr aushalte und aus Bewegungsdrang an die Küchenzeile trete, um einen Kaffee zu machen.

Der bereits zuvor einmal erlebte Fatalismus macht sich wieder in mir breit. Es scheint eine, sich verselbstständigende Überlebensstrategie in mir zu sein, die immer dann einsetzt, wenn die Grenzen des Erträglichen überschritten sind.

„Das war es, was du mir noch erzählen wolltest?", schließe ich enttäuscht.

Trotz der Rückgabe meiner Schlüssel habe ich bis zuletzt gehofft, Marco würde mir endlich die frohe Botschaft seiner Trennung von dieser Frau mitteilen. Stattdessen sprechen wir über Hunde, seine Versetzung in ein Krisengebiet und weithergeholte Theorien meines Hausgeistes.

„Nein", antwortet Marco in meinem Rücken. „Komm bitte wieder her und setz dich."

Es klingt wie ein Befehl, obwohl er es sehr leise sagt.

„Würdest du bitte den Kaffee machen?"

Diese Aufforderung geht an den *penato* an seiner Seite, der ohne Murren und den üblichen Begleiterklärungen meinen Platz an der Küchenzeile einnimmt und sich still dran macht, die Espressomaschine zu befüllen.

Marco klopft mit der flachen Hand auf den frei gewordenen Platz neben ihm auf dem Sofa.

Gespannt wie der Pfeil einer Armbrust leiste ich dieser Einladung Folge und sehe ihn abwartend an. Mein Herz schlägt in der Halsgegend wild um sich, die Finger meiner Hände verkrampfen sich schwitzend ineinander. Unkontrolliert beiße ich auf meinen Lippen herum. Ich gebe das Bild eines innig betenden Protestanten ab.

„Du siehst süß aus in diesem Aufzug", lächelt mich Marco an. „Wenn ich wiederkomme, kannst du in meiner neuen Wohnung gleich weitermachen!"

Neue Wohnung?

„Soll das heißen, du trennst dich?"

Ich kann es nicht verhindern, dass die Worte schneller ins Freie dringen als gewollt.

Er sieht mich mit schiefgelegtem Kopf und zusammengepressten Lippen in einer Gestik an, die ausdrückt, dass er nicht wieder diese Diskussion des Misstrauens führen will.

„Ich habe dir bereits vor Wochen gesagt, dass ich die Beziehung mit ihr beendet habe. Aber ja, wenn du so willst: Ich ziehe aus meiner Wohnung aus, nachdem sie das nicht tun wollte. Wenn ich zurückkomme, werde ich ein neues Apartment suchen."

Nun kann ich meine Beherrschung nicht länger zurückhalten und falle ihm um den Hals: „Das ist ja wunderbar!"

Nach all den schlechten Nachrichten zuvor, endlich die lang ersehnten Worte aus seinem Mund zu vernehmen, wirkt wie Balsam auf einer schwelenden Wunde: heilend, beruhigend und Zuversicht schaffend.

Nun wird sich alles andere in Wohlgefallen auflösen! Bestimmt wird er einen sicheren Posten in diesem Krisengebiet erhalten, humanitär wirkungsvolle Arbeit leisten und gesund und munter wieder nach Hause kommen.

Aber er erwidert die Umarmung nicht, sondern bleibt steif sitzen, bis ich meine Arme allmählich wieder sinken lasse und ihn mit gerunzelter Stirn mustere.

„Hör mir bitte zu Ende zu", meint er mit fester Stimme.

Ich setze mich zurück, unsicher, was nun kommt, aber ich freue mich.

Es ist die Gewissheit, dass er sich nicht von den erotischen Tricks des Top-Models hat bezirzen lassen; er hat sich für mich entschieden! Er zieht aus. Das würde er als werdender Vater schließlich nicht tun! Also habe ich die ganze Geschichte mit dieser Schwangerschaft falsch verstanden! Was immer er jetzt noch an Rahmenbedingungen zu dieser Entscheidung mitzuteilen hat: Es kann mich nicht mehr aus dem Fluss der überschwänglichen Freude reißen, in welchem ich selig bade.

„Sie kann sich die Wohnung alleine eigentlich nicht leisten", fährt er fort. „Aber die Umstände haben sich geändert."

Ein Anflug von Ärger, dass er sich anscheinend noch immer für sie verantwortlich fühlt, überfällt mich. Aber ich warte ab, was weiter kommt. Was kümmert mich dieser kleine Umstand, wenn die große Tat doch ausschlaggebend ist? Nebenschauplätze zu betreten, wenn schicksalhafte und richtungsweisende Entscheidungen im Raum stehen, ist seit jeher ein verlockender Irrweg. Den werde ich nicht beschreiten!

„Sie ist schwanger. Ich bin der Vater. Ich werde mich um das Kind natürlich kümmern. Aber ich werde nicht mit der Mutter zusammenbleiben! Wenn du nun deswegen unsere Beziehung beenden willst, kann ich das verstehen, aber es wird nichts an meiner Entscheidung ändern."

Er betet es in einem Zug herunter, als wolle er alle relevanten Punkte unbedingt ausgesprochen haben, bevor ich ihn durch eine Reaktion daran hindern könnte.

„*Fermati-fermati-fermati!*",[167] stürze ich in der Tat hervor.

Ich springe auf die Beine, als hätte mich eine Tarantel gestochen. Meine Hände halte ich, mit der Innenfläche nach außen gegen ihn gekehrt in der Luft, als könnte ich so verhindern, dass diese Worte der Wahrheit in mein Leben eindringen.

„Was sagst du da?!"

Es ist eine rein rhetorische Frage und ein purer Ausdruck meines Schauderns, denn ich habe sehr gut verstanden, dass er meine gerade eben für voreilig interpretiert geglaubte Beobachtung nun doch als korrekt bestätigt!

Marco wiederholt seinen Spruch, Wort für Wort, in genau derselben Reihenfolge und Tonart, als spule er eine Tonaufzeichnung ab, so dass ich ihm ungeduldig mit einem „Ich-weiß-ich-weiß!" scharf ins Wort falle.

Ich bringe ihn damit zum Schweigen.

Die Espressomaschine röchelt einsam im Hintergrund. Man könnte eine Stecknadel fallen hören. Sogar der Kater scheint sich in Luft aufgelöst zu haben, so still ist er.

Kaffeeduft breitet sich aus; neben den Fragen, die groß wie Elefanten im Raum stehen und die jetzt niemand mehr ignorieren kann.

Da ist sie: Diese allumfassende Beichte, diese komplette Wahrheit, eine klare Entscheidung, das, was ich von ihm gefordert hatte. Aber nun wäre es mir lieber, diese Worte nie gehört zu haben.

Kaum habe ich losgelassen und bin im rasanten Höhenflug der Verliebtheit in die Sphären des siebten Himmels geschwebt, stößt mich dieses Geständnis nun wieder hinab in die Hölle, wie einen gefallenen Erzengel. Ich habe meinen Verteidigungsschild heruntergefahren und finde mich nun diesem Angriff auf mein Herz ohne Schutz ausgesetzt.

„Seit wann weißt du es?"

Es scheint mir die einzige Frage, deren Antwort vielleicht den letzten Funken Hoffnung in mir nähren kann.

„Ich habe es bis vor Kurzem nicht gewusst!", beteuert Marco. „Sie hat

---

[167] halte ein, hör auf, stopp, bleib stehen

es mir selbst erst gesagt, als sie endlich kapiert hat, dass ich nicht zurückkommen werde. Sie wollte nicht, dass ich nur wegen des Kindes bei ihr bleibe."

Dafür muss ich der Frau im Stillen sogar Tribut zollen. Diese Rivalin, die ich in meiner Fantasie erst zu einem männerfressenden Vamp und dann zu einem abgehobenen Topmodel hochstilisiert habe, schafft es nun, mich mit sympathischen Charakterzügen zu überraschen.

„Das Kind wird kurz nach meiner Rückkehr zur Welt kommen." Marco peilt mich examinierend an, ob diese Worte in mir eine Reaktion auslösen.

In der Tat tun sie es.

„Sie ist bereits im sechsten Monat?! Und das hast du nicht gemerkt!? Wie kann man denn so etwas nicht sehen?!", schnaufe ich und laufe aufgeregt auf und ab, wie zuvor der Kater.

„Bis vor einem Monat, als sie es mir gestanden hat, hat man nichts gesehen!", beschwört er mich wieder.

Seine Worte fallen auf fruchtbaren Boden. Denn noch während ich meine Vorhaltungen in den Raum werfe, erinnere ich mich selbst an meine eigene Beobachtung vor der Arztpraxis, in welcher auch ich nichts dergleichen bemerkt habe. Außerdem rechne ich bereits fieberhaft im Kopf nach, ob der Termin der Zeugung in den Zeitraum unserer Beziehung fallen könnte. Es beruhigt mich, dass meine Kalkulation seine Aussagen als wahr bestätigt.

Das Klappern von Kaffeetassen füllt die Pause, die an dieser Stelle eintritt, denn weder Marco noch ich wissen an diesem Punkt der Konversation offensichtlich weiter.

Der Kater trägt ein Tablett mit zwei Tassen Kaffee und ein kleines Tellerchen Schokolade, von dem ich nicht weiß, woher er sie genommen hat und stellt es auf dem Sofa neben dem *Carabiniere* ab.

„Ich glaube, das könnt ihr jetzt brauchen!", konstatiert er routiniert und reicht erst Marco und dann mir je ein kleines Tässchen duftenden Kaffees.

Eigentlich würde ich eher Beruhigungstropfen benötigen, so aufgeregt rast mein Puls. Aber ich bin dankbar für die willkommene Ablenkung.

Ich rühre so intensiv in der kleinen Tasse, dass die braune Flüssigkeit beinahe über den Rand schwappt. Vielleicht kann ich in dem Kaffeesatz ja eine bessere Zukunft lesen, als sie sich mir im Augenblick offenbart?

„Lisa muss das erst einmal verdauen", meint der Kater in väterlichem Ton an Marco gewandt und klopft ihm dabei aufmunternd auf die Schulter.

„Soll das heißen, du hast davon gewusst?!", fahre ich ihn aufgebracht an, als sei er die Ursache dieser unangenehmen Umstände.

„Nein", erwidert mein Hausgeist trocken.

Er drückt mich sachte nieder auf die Bettkante. Ich folge seinem physischen Befehl widerstandslos.

„Aber ich habe schon viele Kinder in wesentlich ungewöhnlicheren Umständen auf diese Welt kommen sehen", sagt er sehr bestimmt. „Wenn du dich an den Gedanken erst einmal gewöhnt hast, wirst du sehen, dass es kein Drama ist."

„Du verstehst das nicht!", murmle ich mit gesenktem Kopf, in den Sumpf einer Art Selbstmitleid gezogen.

„Habe ich diesen Satz vielleicht mit den Worten ‚wenn-eure-Majestät-es-für-richtig-befindet' begonnen?", fährt mich Massimiliano unerwartet heftig an, so dass ich erschrocken zusammenzucke. „Ich habe immerhin ungefähr eintausend-neunhundert-fünfundsechzig Jahre mehr Lebenserfahrung als du!" Er wendet sich ruckartig an Marco und fügt hinzu: „Als ihr!"

Dieser weicht auf dem Sofa ein wenig zurück, erwidert aber nichts.

„Wahrscheinlich sogar mehr", fährt Massimiliano dann etwas gesetzter fort und dreht sich wieder mir zu. „Ihr werdet mir jetzt also gut zuhören und meinen Rat befolgen!"

Er wirft seine Decke hinter sich, zieht sie wie eine Schleppe in einer schwungvollen Drehung mit sich und schreitet wieder zwischen Marco und mir hin und her, um jeweils dem einen oder anderen tief in die Augen zu schauen.

„Niemand weiß, was in drei Monaten sein wird! Alles ist möglich. Marco geht in ein Krisengebiet. Und du Lisa, weißt auch nicht, was in dieser Zeit mit dir sein wird."

Ich schnappe empört nach Luft, aber Massimiliano erhebt energisch die Pfote und bringt mich sofort zum Schweigen: „Du bist hier nicht das Opfer."

Er bleibt einen Moment nachdenklich vor Marco stehen. Dann nimmt er seine Schrittfolge wieder auf und fährt fort: „Das Einzige, was wir heute sicher wissen, ist doch, dass ihr beide euch liebt. Ihr habt noch zwei Tage und Nächte, um das endlich zu kapieren!"

Er mustert uns.

„Ich habe das schon lange verstanden!", sagt der *Carabiniere* leise und will sich erheben, um auf mich zuzukommen.

Doch der Kater stellt sich ihm in den Weg und schiebt auch ihn wieder, sanft aber bestimmt, auf seinen Platz zurück.

„Und schaffst es trotzdem, dich nach Libyen versetzen zu lassen!", schneidet er ihm zynisch das Wort ab. „Respekt, Respekt! Einen Liebesbeweis stelle ich mir anders vor. Sieh zu, dass du in einem Stück wiederkommst!"

Dann dreht er mit der Anweisung „wartet noch einen Moment!" ab und springt zu dem Besenschrank in der Ecke. Dort macht er sich mit dem Rücken zu uns an irgendetwas zu schaffen.

Ein „rmpf" und „ächz" dringt durch die sich ausbeulende Decke in seinem Rücken, unter der er herumfuhrwerkt. Das kratzende Geräusch eines Ziegelsteines, der aus der Verankerung gezogen wird, dringt durch die Decke. Dann richtet er sich wieder auf und kommt zu uns zurück. Er bleibt vor Marco stehen.

„Hier! Trage das zu deinem Schutz. Möge die Göttin *Aeternitas*[168] dich vor Unheil bewahren!"

Er reicht ihm etwas in die Hand.

Marco dreht ein Amulett in den Fingern, um es genauer zu betrachten. Dann schaut er auf. Schweigend. Er ist sichtbar gerührt: „Aber das ist viel zu wertvoll! Das kann ich nicht annehmen!"

Auch ich bin tief berührt. Leise setze ich mich neben Marco und schaue mit ihm auf das golden schimmernde Geschmeide in seiner Hand.

„Papperlapapp! Es bringt Unglück, ein Schutzgeschenk abzulehnen", erwidert der Kater mit Bestimmtheit und erhobener Pfote. „Das müsstest du, als gebürtiger Süditaliener, doch wissen!"

Das scheint zu überzeugen, denn Marco gibt nur noch ein sich fügendes Brummen von sich.

„Aber, ist das nicht ein Abbild des Tiberius?", frage ich langsam und nehme Marco das kleine Medaillon aus der Hand, um es ins Licht zu drehen.

„Möglich", antwortet Massimiliano auffallend gelangweilt.

Nun nimmt es mir auch Marco wieder aus der Hand und untersucht das Bildnis genauer. Beinahe gleichzeitig fragen wir: „Woher hast du das?"

„Du hast das doch nicht auch aus Pompeji mitgenommen?!" Diese letzte Vermutung spricht der *Carabiniere* aus, denn vor diesem Gedanken bin ich zurückgewichen.

„Nein. Ihr habt doch gesehen, dass ich es hier aus einem Versteck ge-

---

[168] Aeternitas ist die Göttin der Ewigkeit und der Unsterblichkeit, sie ist auch namensgebend für Ewigkeit: Eternitas.

holt habe."

Es macht mich stutzig, dass er sich über diese Unterstellung nicht empört, wie er es normalerweise tun würde. Ganz im Gegenteil: Er ist sehr kurz angebunden und antwortet direkt und eindeutig, als sei er auf dieses Verhör vorbereitet.

„Wir haben es bei unserem Umzug von Pompeji über Rom nach Bologna mitgenommen. Ich habe es seitdem in der Nähe des Herdes aufbewahrt, zum Schutz dieses letzten Rückzugsortes für mich. Es ist stets in meinem Besitz gewesen. Und da dieses Haus ebenfalls mein Eigentum ist und kein Museum, ist das kein Diebstahl. Ich kann es dir also schenken und es wird dich beschützen."

Marco und ich wechseln einen Blick. Diesmal hat uns der Kater mit unseren eigenen Waffen geschlagen.

„Ich werde jetzt hinunter gehen und Poppäa begrüßen", informiert er uns und läuft bereits zur Tür. „Dass ihr mir das hier nun ja nicht mehr verbockt!"

Damit schlüpft er zur Tür hinaus und lässt uns alleine.

Ich halte meinen Kopf lange Zeit gesenkt.

Nach den bestimmenden Worten meines Hausgeistes herrscht völlige Ruhe im Raum. Zerrissen zwischen allen Gefühlen taumelt mein Herz hilflos umher. Mein Kopf hat Sendepause.

Minuten der absoluten Stille rieseln leise wie Schneeflocken auf uns nieder. Nur unsere allmählich ruhiger werdenden Atemzüge hallen wider.

Endlich wage ich es, aufzuschauen.

Marcos blaue Augen streicheln über meine Seele. Sie sprechen die Wahrheit. Sie sagen das, was seine Worte nie vermochten auszudrücken. Sie vermögen in die Tiefe vorzudringen und zu vermitteln, was meine Ohren nie vermocht haben aufzunehmen: Er liebt mich!

Und mit einem Mal werden alle Schwierigkeiten in den Hintergrund gedrängt. Plötzlich öffnet sich eine Tür, ein Lichtstrahl drängt hindurch, der die Kraft hat, die als so unüberwindbar im Raum stehenden Probleme als meisterbar erscheinen zu lassen.

„Lisa, es tut mir leid, dass die Dinge so sind, wie sie sind", spricht Marco leise in diese Wallung hinein. „Ich weiß, es ist viel verlangt, diese Umstände zu akzeptieren. Und wenn du das nicht vermagst, kann ich es dir nicht einmal verübeln. Aber ich liebe dich. Und ich verspreche dir, wir werden es schaffen, diese Herausforderung zu meistern. Willst du?"

Mein Herz wirft sich ihm hemmungslos an den Hals, meine Lippen folgen etwas langsamer.

„Du meinst, du wirst es bewerkstelligen, in dieser Dreieckskonstellation zwischen Baby und Liebe eine glückliche Beziehung mit mir aufzubauen?"

Er zögert nicht eine Sekunde mit seiner Antwort: „Wenn du das auch willst: Ich schaffe das. Willst du?"

Nie hätte ich gedacht, dass die Worte „ja, ich will" in so einem Zusammenhang aus meinem Munde kommen würden.

Wir fallen uns in die Arme, als hätte ich soeben einen Heiratsantrag wie aus einer Märchenhandlung angenommen.

„Ti amo!"

17. Flugreisen

Wir hieven unser Gepäck aus dem Kofferraum des Taxis, bevor der Fahrer sich gemächlich aus seinem Sitz hinter dem Steuer schält.

Er scheint das für in Ordnung zu halten, denn er begnügt sich damit, die Klappe wieder zu schließen. Die Bologneser Sozialismusbewegung von einst beeinflusst noch heute das Serviceverständnis der Menschen in dieser Stadt nachhaltig: Er täuscht nicht einmal vor, uns behilflich sein zu wollen.

Marco schultert seinen großen, schwarzen Kleiderbeutel, der ihm wie ein Boxsack über dem Rücken hängt. Ich ziehe den Griff aus meinem kleinen Rollkoffer. Gemeinsam eilen wir, Hand in Hand, durch die sich vor uns öffnenden Schiebetüren des Flughafens.

Die Schlange vor der Sicherheitskontrolle ist überschaubar, weshalb wir uns noch zu einem letzten Cappuccino in eine Bar in Sichtweite flüchten. Es ist, als könnten wir dadurch den unvermeidlichen Abschied hinauszögern, der wie eine Zeitbombe mit jeder Sekunde unaufhaltsam näher tickt. Wir halten uns fest an einer Hand und schlürfen still unseren Milchkaffee.

Dann zieht mich Marco mit einem Blick auf die Armbanduhr und der knappen Aufforderung „*andiamo*"[169] in Richtung der in S-Form angelegten Absperrungen.

Da mein Flug sechzig Minuten vor seinem angesetzt ist, begleitet er mich zu meinem Abfluggate. Das Boarding hat bereits begonnen, als wir endlich dort ankommen.

Er drückt mich fest und lange und schweigend.

Ich will ihn nicht loslassen.

„*Coraggio! Ce la faremo, te lo prometto!*",[170] flüstert er mir sehr leise zu.

Mein Lächeln ist bittersüß.

„Wirst du auf mich warten?", fragt Marco mit direktem Blick in meine Seele.

„Ich werde da sein."

„*Mi scusi.*"[171] Die Stewardess tippt uns beide mit jeweils einem Finger einer Hand gleichzeitig leicht auf die Schultern. Wir blicken auf.

Ich bin die Letzte. Alle anderen sind bereits die Treppen hinunter im Zubringerbus verstaut.

Marco haucht mir einen letzten Kuss auf die Stirn und lässt mich los. Sofort überfällt mich erdrückende Leere.

„Melde dich bitte, sobald du angekommen bist!", werfe ich ihm im Hinausgehen über die Schulter zu. Die Flughafenangestellte gibt ihr „*boarding completed*" ins Telefon und schickt mich energisch die Treppen hinunter.

Ich winke meinem *Carabiniere* hinter den Panoramascheiben des Flughafengebäudes zu, bis mich der Bus letztendlich aus seinem Sichtfeld trägt.

Es fühlt sich falsch an: Marco winkt mir hinterher. Dabei bin doch ich diejenige, die zurückbleibt.

Ich kann mir nur noch in meiner Fantasie vorstellen, wie er die Hand langsam sinken lässt, eine Weile noch auf die Stelle starrt, wo das Fahrzeug mit mir um die Ecke verschwunden ist und wie er sich dann allmählich abwendet, um zu seinem eigenen Gate zu gehen. Zu seiner Maschine, die ihn weit weg in eine unsichere Zukunft bringen wird. Er wird daran denken, dass ich an diesen Ort unserer Trennung bald zurückkehren werde. Doch er wird nicht mehr hier sein.

Die Einladung der Personalabteilung meines Arbeitgebers in Deutschland zu dem Jahresabschlussgespräch anlässlich meiner Entsendung ins

---

[169] Gehen wir!
[170] Mut! Wir werden das schaffen! Ich verspreche es dir!
[171] Entschuldigen Sie bitte

Ausland war kurzfristig gekommen. Mit einem bereits gebuchten Flugticket für mich.

„Wie wir hören, haben Sie schon gute Verkaufserfolge erzielt", beendet der Personalleiter das einstündige Gespräch und klappt damit meine Akte vor sich zu.

Er hatte mich zu den üblichen Themen der Einarbeitung und meinen weiteren Absichten befragt, obwohl mein Vertrag auf drei Jahre noch nicht sehr fortgeschritten ist und mir diese Frage über die Zukunft verfrüht erscheint.

„Das war eher Zufall", bremse ich seine Euphorie aus. Auf keinen Fall will ich über diesen Verkauf mit der Familie Marino sprechen! Deshalb erkläre ich, dass ich die abschließenden Preisverhandlungen an meinen Vorgesetzten abgegeben habe.

Der Personalleiter nickt mich vielsagend mit einem „verstehe" an.

„Ich will damit nichts andeuten", schicke ich eilig hinterher und wieder bestätigt er wohlwollend mit einem „natürlich, natürlich". Aber irgendwie drückt er damit das Gegenteil des semantischen Ursprungs des Wortes aus.

Das Gespräch verlief bereits seit Beginn auf diese Weise: Was immer ich auch sagte, es schien auf gepflügten Boden zu fallen und dort in eine Form zu keimen, die sich meiner Absicht völlig entzog. Nach einer Stunde fühle ich mich durchleuchtet wie bei einer Röntgenaufnahme, obwohl ich nichts Ungewöhnliches von mir gegeben oder gehört habe.

Ich packe meinen Notizblock so unbenutzt weg, wie ich ihn zu Beginn des Gespräches hervorgeholt habe und klicke den Kugelschreiber sorgfältig, bevor auch er in sein Fach verschwindet.

„Könnten Sie sich denn vorstellen, eventuell auch länger in Bologna zu bleiben?", fragt der Personalleiter unvermittelt in meine abschließende Handlung hinein.

Ich schaue in meiner Bewegung überrascht auf.

Er erhebt sich von seinem Stuhl, geht einen Schritt um seinen Schreibtisch herum und setzt sich dann beinahe klischeehaft locker auf die Tischkante.

„Es scheint Ihnen doch sehr gut zu gefallen?", fährt er fort, ohne näher zu präzisieren und sieht abwartend auf mich hernieder.

Instinktiv erhebe auch ich mich, denn zu ihm aufzublicken, macht mich nervös. Der Mann strahlt mich an, als hätte ich ihm soeben ein Wunder versprochen.

„Soweit habe ich mich gut eingelebt", bestätige ich vorsichtig.

Die Tatsache, dass ich mich in Bologna sehr wohl fühle und Freunde gefunden habe, steht ziemlich konträr der anstrengenden Situation an meinem Arbeitsplatz gegenüber. Außerdem verzerrt die schmerzliche Trennung, der ich mich erst vor wenigen Stunden unterziehen musste, mein Urteilsvermögen. Da ist es besser, gegenüber meinem Arbeitgeber keine voreiligen Schlüsse zu ziehen.

„Und den Sprachkurs haben Sie auch mit Auszeichnung abgeschlossen", lobt mich der Personalleiter weiter.

Er greift hinter sich und zieht aus meiner Akte das Zertifikat der Universität heraus und überfliegt es, wie zur Bestätigung seiner Worte nochmals. „Sie haben eine hervorragend recherchierte Abschlussarbeit geschrieben, lese ich. Wer waren denn dieser *Agricola* und *Vitalis?*"[172]

In kurzen Zügen erzähle ich das Drama der beiden römischen Bologneser von einst. Meine Konzentration lege ich dabei auf nüchterne Fakten, denn der Aufwand zu dieser Arbeit hatte sich für mich in Grenzen gehalten. Massimiliano hat mir alles haarklein berichtet. Meine Leistung hatte nur darin bestanden, Zahlen, Daten und Fakten zu notieren, sie aneinanderzureihen und mit ein paar Worten auszuschmücken.

Das Lob des Personalleiters trifft auf meine unsinnige, jedoch beharrlich bestehende Überzeugung, dass man sich gute Bewertungen im Schweiße seines Angesichts verdienen müsse. Je mehr mich der Mann lobt, umso unwohler fühle ich mich. Denn weder der Verkaufsabschluss noch diese Arbeit waren wirklich auf mein Können zurückzuführen, sondern lediglich der glückliche Einfluss mich umgebender Umstände.

Er hört mir aufmerksam zu und streut mehrfach ein „höchst interessant" ein, bis ich meine Tasche schultere und damit das Ende der Geschichte signalisiere.

Der Personalleiter lässt mein Zeugnis sanft hinter sich auf den Schreibtisch segeln. Es landet direkt auf meiner Personalakte. Er geht an einen Seitenschrank, zieht ein Pamphlet heraus und winkt damit in Richtung meines Stuhles.

„Setzen Sie sich bitte nochmal", meint er, während er selbst zurück auf seinen Platz geht, den Sessel im rechten Winkel zu meinem Stuhl rückt und sich ebenfalls wieder niederlässt.

Langsam leiste ich Folge, ohne den Mann aus meinen Augen zu lassen.

Er schiebt mir die Dokumente über den Tisch: „Das ist streng vertrau-

---

[172] Die Gräber der beiden Märtyrer befinden sich in der Basilika Santo Stefano in Bologna. Agricola, ein römischer Adeliger, wurde in Bologna zusammen mit Vitalis gekreuzigt, nachdem er zum Christentum übergetreten war und seinem Sklaven Vitalis die Freiheit geschenkt hatte.

lich! Werfen Sie einen Blick hinein. Ich kann es Ihnen leider nicht mitgeben. Hören Sie mir einfach gut zu."

Die Anspannung lässt meinen Puls beschleunigen. Mir wird klar, dass ich mich aus diesem Gespräch nicht zurückziehen kann, ohne Neuigkeiten aufzunehmen, die ich im Augenblick nicht auch noch verdauen möchte.

Ein Fluchtimpuls in geschützte Gefilde durchfährt mich, während meine Neugierde gleichzeitig einen völlig entgegengesetzten Zug in Richtung leidenschaftlicher Begeisterung für eine neue Herausforderung vollzieht. Ich werde mich bestimmt nie an diese inneren Zerreißproben gewöhnen. Wenn ich sie auch noch so oft erfahre!

Meine Wangen färben sich. Ich kann fühlen, wie eine Flut heißer Wellen mein Gesicht durchzieht.

Mein Gegenüber scheint es als verfrühte Zustimmung des nahenden Diskurses zu interpretieren.

„Dieses Strategiepapier plant eine komplett neue Produktlinie", zielt er treffsicher auf die aktivierte vorauseilende Begeisterung in mir. „Wir glauben, dass in Zukunft die lokale Produktion von Lebensmitteln wieder wichtiger wird. Hochwertige Qualitätsprodukte mit kurzen Transportwegen. Dafür braucht es kleinere, aber ausgezeichnete Maschinenlinien. Es wird also eine ergänzende Sparte zu unserem Kernangebot sein."

Parallel zu seinen Worten blättere ich in den ersten Graphiken, lese zur Bestätigung, was er mir schildert.

Dabei kann ich mich gar nicht ernsthaft auf den Inhalt konzentrieren. Das ist doch genau das, was Marcos Vater bereits bei unserem Essen angesprochen hatte! Wie kann er gewusst haben, nicht nur, dass mein Arbeitgeber dieses Vorhaben plant, sondern auch, dass man dieses Gespräch mit mir führen würde!? Zu meinem emotionalen Zwiespalt gesellt sich nun auch noch diese heikle Frage, die sich in einer Endlosschleife penetrant in meinen Kopf bohrt.

„Diese Produktlinie erfordert eine dezentrale Organisation", fährt der Mann fort, ohne auf eine Reaktion meinerseits zu warten. Er glaubt sich meiner Aufmerksamkeit sicher und wirft den Köder geschickt aus:

„In Italien kommen da wenige Standorte infrage. Natürlich nur im Norden, also Mailand oder eben ...", er macht eine kunstvolle Pause und wartet, bis ich aufblicke, bevor er den Punkt zu seinem Satz setzt: „... Bologna."

Er lehnt sich in seinem Sessel zurück und lächelt mich aufmunternd an: „Es könnte also sein, dass wir in Zukunft eine Position der Geschäftsleitung in Bologna besetzen müssen."

Beinahe entfährt mir ein Überraschtes „und Sie meinen damit mich?!", aber ich kann es gerade noch verhindern. Es wäre keine kluge Reaktion gewesen, schon gar nicht für so eine Stellung!

Ich räuspere mich.

„Mein Vorgesetzter wird sich für diese Position bestimmt interessieren", bringe ich so unverfänglich wie möglich vor. Das kann als Frage, Feststellung oder Anregung interpretiert werden und wird mir hoffentlich die gewünschte Antwort liefern.

So viel Diplomatie in meinem Zustand der momentanen Gefühlsverwirrung verblüfft mich beinahe selbst. Zufrieden mit mir schaue ich den Personalleiter abwartend an.

„Damit ist zu rechnen", bestätigt er treffend. „Wir haben jedoch entschieden, dass wir beide Positionen parallel laufen lassen: Seine jetzige bleibt bestehen. Die neue wird von einer anderen Person besetzt werden. Wir möchten die Vertriebsschiene getrennt halten, da es ein anderes Kundensegment sein wird."

Ich nicke Verständnis signalisierend, kann mich aber gegen den kritischen Gedanken der in der Praxis zu erwartenden Überschneidungen in diesen Kompetenzen nicht erwehren.

„So sauber wird sich das nicht immer trennen lassen", gebe ich dementsprechend zu bedenken und er antwortet wie aus der Pistole geschossen: „Das wissen wir. Natürlich muss man solche Herausforderungen meistern. Aber das erwarten wir von Geschäftsführern."

Vor meinem geistigen Auge sehe ich meinen italienischen Vorgesetzten bereits hinterhältige Schachzüge planen und sie händereibend und hämisch grinsend ausführen. Das Bild meiner Einbildungskraft hat wenig mit dem fairen Meistern der besagten Herausforderungen gemein.

Der Personalleiter ist mir wieder einen Schritt voraus, denn genau in dieses Fantasiegemälde hinein schiebt er mir ein Blatt Papier mit wenigen handschriftlich hingekritzelten Worten und zwei Zahlen über den Tisch: Ein Firmenwagen, der sich mit dem Stammbaum der oberen Kategorie schmückt und eine variable Bonusbeteiligung auf Basis einer Summe, die mir Schwindel erregt.

Nie im Leben hatte ich erwartet, dass man mir so eine Position oder ein derartiges Gehaltsangebot jemals machen würde! Entsprechend konsterniert starre ich auf das Papier. Bin ich nur so naiv, dass ich das Angebot für ein außergewöhnliches halte oder hat die Sache einen gewaltigen Haken?

Bevor ich mich für eine Version entscheiden kann, schiebt mir der Mann noch einen weiteren, diesmal gedruckten Zettel herüber, auf dem das Versprechen einer Zusatzversorgung lockt. Er hielt mein Zögern wohl für Taktik.

Ich blicke abwechselnd auf den Tisch und auf ihn. Er wartet einen angemessenen Zeitraum, bis er sich scheinbar sicher ist, dass ich die Botschaften verinnerlicht habe.

„Lassen Sie es sich durch den Kopf gehen", schließt er und zieht sämtliche Zettel und Unterlagen wieder an sich. „Wir erwarten nicht sofort eine Antwort. So etwas will gut überlegt sein, darauf legen wir Wert."

„Ich fühle mich sehr geehrt", gelingt es mir, endlich hervorzubringen. „Aber ich habe kein Assessment durchlaufen? Ist es nicht Voraussetzung für so eine Position?"

„Richtig, richtig", bestätigt er wieder mit doppeltem Begriff, wie er es im Verlauf der letzten Stunde wiederholt getan hat. Diesmal kreiert er damit den Eindruck, einen lästigen Einwand vom Tisch zu wedeln. „Das wird in diesem Fall nicht nötig sein."

Er erhebt sich ruckartig und reicht mir die Hand als unmissverständliches Signal, dass der Termin beendet ist.

„Überlegen Sie es sich gut!", meint er und sieht mich beschwörend an. „So ein Angebot bekommt man nicht jeden Tag! Es wird keine leichte Aufgabe sein, aber eine einmalige Chance für Sie. Ich würde mich freuen, mehr Frauen in unserem Management zu sehen."

„Bis wann brauchen Sie eine Antwort?", frage ich und erhebe mich ebenfalls.

„Nächstes Jahr!", lacht er, fängt sich aber gleich wieder und bestätigt sich dann selbst nochmals mit den Worten: „Klingt irgendwie unwirklich, nicht? Ja, nächstes Jahr. Sie können es sich also in Ruhe über den Jahreswechsel durch den Kopf gehen lassen und mit Ihrem Partner besprechen."

Wie eine kalte Dusche überfällt mich mit seinem letzten Hinweis wieder die harte Realität.

Ich werde dieses Thema eben nicht mit meinem Partner persönlich diskutieren können! Der ist weit weg in Libyen.

Ich werfe einen schnellen Blick auf meine Armbanduhr. Genau in dieser Stunde sollte Marco dort ankommen! Mit einem Schlag erscheint mir die ganze Situation nur noch unwirklich.

Im Ergreifen meiner Tasche wende ich mich bereits zur Tür. Doch ich drehe mich nochmals kurz um, um dem etwas verblüfft dreinblickenden Mann mit einem „Danke für das Angebot" und „Ich werde darüber nachdenken" die Hand zu schütteln und hechte dann mit einem alles entschuldigenden „ich muss zum Flugzeug!" zur Tür hinaus.

Kaum vor der Tür des Personalbüros versuche ich Marco anzurufen. Er hat dreimal versucht, mich zu erreichen.

Vergeblich.

Nun ist er nicht erreichbar.

Enttäuscht halte ich mein Telefon auf der gesamten Rückreise griffbereit, für den Fall, dass er wieder anruft.

Doch auch das bleibt fruchtlos.

18. Sonnengott und Silvesterknaller

Meine Eltern verbringen die Weihnachtsferien in Süd-Afrika, was mich glücklicherweise aus der Verlegenheit rettet, etwa Massimiliano alleine zu lassen und womöglich in Deutschland noch ein freudestrahlendes Gesicht aufsetzen zu müssen. Das hätte ich nicht gekonnt. Ich habe meiner Familie noch nichts von Marco erzählt und die Umstände sprechen gerade auch nicht dafür.

Die Feiertage verlaufen somit, trotz schönster Straßendekoration Bolognas, wenig stimmungsvoll. Selbst meine Bemühungen, in meinen eigenen vier Wänden etwas Weihnachtszauber hervorzurufen, wollen nicht recht gelingen.

Zum ersten Mal in meinem Leben schmücke ich, ganz nach deutscher

Tradition am Heiligen Abend[173]. Allerdings keine echte Tanne, sondern einen Kunststoffweihnachtsbaum. Angesichts der nicht vorhandenen Tannenwälder in der Region Bolognas halte ich das aus Umweltgründen für sinnvoll.

Extra dafür habe ich auf dem Weg zum Flughafen einen Last-Minute-Umweg über den Dachboden meiner Eltern gemacht und meinen altdeutschen Weihnachtsschmuck aus Deutschland mitgebracht.

Ich dekoriere den Baum hingebungsvoll bei einem Glas Glühwein, internationalen Weihnachtsliedern, die seit Tagen aus dem Radio trällern und versuche, mich von meiner brennenden Sehnsucht nach Marco nicht allzu sehr von dieser Tätigkeit ablenken zu lassen.

Der Kater flegelt auf dem Sofa zwischen geöffneten Kartons und Papier und folgt interessiert jedem meiner Handgriffe.

„Du solltest eine Figur des Sonnengottes *Sol Invictus* auf die Spitze des Baumes setzen!", meint er bestimmend nach längerer Betrachtung meiner Bemühungen, die Kugeln gleichmäßig an den Ästen zu verteilen.

„*Ci mancherebbe!*[174]", erwidere ich und trete einen Schritt zurück, um mein Werk zu betrachten. „Ein Sonnengott hat nichts mit Weihnachten zu tun."

„Oh, da irrst du gewaltig!"

Massimiliano springt auf.

Er tritt direkt vor meine Füße, so dass ich nicht wieder zu meiner Beschäftigung zurückkehren kann, sondern ihn ansehen muss.

„Du solltest mittlerweile gelernt haben, dass vieles auf das alte Rom zurückgeht! So auch dies. Damals feierte man immer die Wintersonnwende genau am 21. oder 22. Dezember nach unserer heutigen Zeitrechnung, wenn die Tage wieder länger werden. Am 25. Dezember wurde die Geburt des Sonnengottes gefeiert!"

„Zufall!", verwerfe ich seinen Einwand und drehe mich um, um einen alten Rauschgoldengel, den ich einmal für viel Geld auf einem Flohmarkt erstanden habe, aus der Schachtel zu nehmen. Mit größtem Fingerspitzengefühl richte ich Haar, Flügel und Kleid der Porzellanfigur darunter in Position.

„Kein Zufall!", behauptet er betont. „Glaubst du vielleicht tatsächlich, dieser Jesus ist am 25. Dezember geboren?!"

Ich blicke auf. Tatsächlich habe ich das niemals ernsthaft hinterfragt: „Nicht?"

---

[173] In Italien wird der Weihnachtsbaum bereits am 8. Dezember geschmückt
[174] Das würde gerade noch fehlen!

„Es war ein Papst, ich glaube er hieß Julius. Irgendwann zwischen dem Jahr 336 und 350 nach der neuen Zeitrechnung – ich erinnere mich nicht mehr so genau. Der beschloss jedenfalls, diese Feierlichkeiten durch ein christliches Fest zu ersetzen. Er legte den 25. Dezember als den Geburtstag von diesem Jesus fest. Nach dieser langen Zeit wusste nämlich kein Mensch mehr, wann der eigentlich wirklich zur Welt gekommen war. Die Christen damals waren sowieso davon überzeugt, dass der die wahre Sonne ist. Deshalb haben sie wohl das Fest des *Sol Invictus* vom 25. Dezember schließlich für sich beansprucht. Du siehst: So werden Wahrheiten geschaffen und die Geschichte verdreht!"

„Interessant", gebe ich zu. „Wusste ich nicht."

Ich widme mich wieder mit Sorgfalt meinem Engel in der Hand.

„Es ist also eigentlich ein altes, römisches Fest! Und deshalb sollte auch der Sonnengott oben auf deinem Baum glänzen!", schließt Massimiliano seinen Vortrag und fixiert dabei die Spitze des Baumes. „Das wäre ein sehr würdiger Platz!"

„Aber immerhin feiert man nun seit dem Jahre 350 das Weihnachtsfest! Und das ist ja ziemlich lange!"

Ich richte den Goldengel in meiner Hand auf und halte ihn ins Licht.

„Gefällt dir mein Engel nicht? Der ist schon ziemlich alt! Der ist aus der Biedermeierzeit. Hat der Händler jedenfalls behauptet", erkläre ich mit ein wenig Stolz über meinen seltenen Besitz.

„Was du so als alt bezeichnest ..."

Der Kater schiebt die Hände in die Hosentasche und beäugt den Gegenstand in meiner Hand wie einen Feind.

Dann fällt mir ein kluger Schachzug ein und ich frage listig: „Wie sah dieser Sonnengott eigentlich aus?"

Massimiliano zuckt die Achseln, behält dabei aber die Pfoten weiter in den Hosentaschen: „Wer weiß schon, wie ein Gott wirklich aussieht?! Nicht einmal wir *penati* können sie sehen. Es gibt Abbildungen, aber die sind schließlich auch von euch Menschen gemacht."

Dann läuft er um mich herum und umkreist nachdenklich den Rauschgoldengel in meiner Hand.

„Das sind nur Widergaben der menschlichen Vorstellung. Du würdest mich auch als Katze malen, oder? Und in der Zukunft würden dann alle glauben, dass *penati* so aussehen müssen."

„Wenn also niemand sagen kann, wie ein Gott wirklich aussieht, dann könnte er doch auch so aussehen, oder? Und ein goldenes Kleid wäre für einen Sonnengott doch sehr passend?", lächle ich ihn an.

Er stutzt und wirft mir einen stirnrunzelnden Blick zu. Dergleichen Dialoge verlaufen zwischen uns in der Regel mit umgekehrten Vorzeichen: Normalerweise entkräftet er meine Aussagen mit derartigen Argumenten und ich kann nichts mehr dagegen sagen.

Er legt den Kopf schief.

„Du lernst schnell!", gesteht er dann gedehnt und unterzieht mich einer kritischen längeren Beobachtung, als müsse er noch überprüfen, ob dies tatsächlich der Fall sei.

Ich grinse ihn stolz an: „Ich gebe mir Mühe!"

Er verschränkt die Pfoten vor der Brust und brummt mich als Ausdruck eines widerwillig nachgebenden Gedankenganges leise an.

„Aber diese Dinger da auf dem Rücken! Das ist ja lächerlich! Wer hat denn jemals so etwas durch die Lüfte fliegen sehen?!", tönt er dann lautstark und zeigt auf die aus Gänsefedern gestalteten Flügel.

Er wendet sich ab und geht an die Küchenzeile, wo er sich ohne weitere Worte daran macht, das Essen vorzubereiten.

So verbringen wir einen ruhigen Weihnachtsabend zu viert: Ich habe Norio San eingeladen und der hat den Hund dabei. Nicht einmal das vereinbarte Videogespräch mit Marco per Internet kommt an diesem Abend zustande. Zu viele Menschen versuchen wohl ebenfalls auf diesem Wege Kontakt miteinander aufzunehmen.

Marcos Abwesenheit beschneidet diese besinnlichen Stunden. Ein wenig fühle ich mich wie der zerrupfte Weihnachtsbraten, den wir nur als Reste im Kühlschrank verstauen.

Nach dem besten je zubereiteten Menü – gemäß eigener Worte des Katers und uneingeschränkter Zustimmung meinerseits – sitzen wir, als unsere Gäste gegangen sind, am späten Abend zu zweit vor unserem Weihnachtsbaum.

Auf dessen Spitze thront ein ehemaliger Rauschgoldengel ohne Flügel, der zu einem römischen Sonnengott mutierte.

Zwei Wochen später streife ich mit einem „*permesso*" meine Schuhe auf einem cremefarbenen Fußabstreifer ab. Schon dabei habe ich ein schlechtes Gewissen, da ich dunkle Schmieren auf dem neuen Teil hinterlasse.

Max hält mir die Tür weit auf und winkt mich in das Menschengewirr in seinem Rücken. Anscheinend sind alle diese Gäste über diesen Abtreter hinweggeflogen, da nur meine Fußabtritte deutlich sichtbar bleiben.

„Das ist Enzos ganzer Stolz", flüstert Max mir zu und zeigt auf den Abtreter. „Keine Sorge! Wenn das trocknet, sieht man nichts mehr. Ist irgend so ein besonderes Material, das angeblich den Schmutz absorbiert. Bis jetzt funktioniert es. Mal sehen, wie lange? Ich glaube es ja nicht. Frage nicht, was der gekostet hat!"

Erleichtert überreiche ich ihm die Magnum Flasche des Edel-Proseccos, die ich anlässlich der Einweihungsfeier zu Silvester mitbringe. Jedes andere Geschenk wäre angesichts der durchgestylten Penthaus-Wohnung ein unkalkulierbares Wagnis gewesen.

Allerdings bezweifle ich meine Wahl schlagartig, als mein Augenmerk auf einen in allen Farben blinkenden enormen Weihnachtsbaum fällt, der sich von der edlen Einrichtung des Apartments grotesk abhebt. Sprachlos starre ich das über und über, mit geschmacklosesten Elementen behangene Objekt an. Der Kontrast zu den teuren Möbeln und dem gesamten Ambiente könnte nicht verdrehter sein.

„Gewöhn dich dran!", flüstert mir Maximilian von hinten auf Deutsch ins Ohr. „Italiener lieben Weihnachten bunt! Dagegen ist kein Kraut gewachsen, glaub mir!"

Er gesellt sich nickend neben mich. Beide betrachten wir eine Weile lang, Seite an Seite, mit beinahe nostalgischer Wehmut, einen Christbaum, der eher der Fassade eines Kasinos in Las Vegas gleicht, als einem stimmungsvollen Lichterbaum.

Dann dreht sich mein Freund achselzuckend wieder seiner Position an der Eingangstür zu und erteilt mir die Anweisung, mich unter die Gäste zu mischen.

Es herrscht dichtes Treiben edel gekleideter Männer, die sich in dieses Penthouse-Ambiente einfügen, als seien sie ein Teil des ästhetischen Konzepts. Vereinzelt stehen auch Frauen mit einem Glas Sekt in der Hand und bemühen sich, der überaus modischen Konkurrenz der Herren Paroli zu bieten.

Doch noch irritierender als die farbenfrohe Weihnachtsdekoration ist die rote Unterwäsche, die überall an den Wänden und an durch den Raum gezogenen Leinen hängt. Niemand scheint sich darüber zu wundern. Also ordne ich es als Dekoration der homosexuellen Szene ein.

Enzo schwirrt wie eine aufgebrachte Hummel mit einem Tablett minuziöser Köstlichkeiten von Gast zu Gast und nötigt diese zuzugreifen. Seine Schwester Alessandra, die sichtbar rote Unterwäsche unter ihrem weißen Kleid trägt, übernimmt lautstark, sobald er mit dem leeren Tablett in der Küche verschwindet.

Max begrüßt indes weitere Neuankömmlinge, nimmt ihnen den Mantel ab, drückt ihnen ein Glas Prosecco in die Hand und schickt diese damit in das Getümmel. Dabei entdeckt er meinen stirnrunzelnden Blick auf die roten Dessous und nimmt mich lachend in den Arm:

„Diesen Brauch kennst du auch noch nicht? In Italien trägt man zu Silvester rote Unterwäsche. Das bringt Glück für das neue Jahr!"

„Ich hoffe, die ist nicht getragen?", scherze ich laut.

„Iwo!", erwidert Max lachend. „Das war schon wieder so eine von Enzos Ideen. Die hat er auf dem Markt für ein paar Cents gekauft. Er findet das witzig. Er kann sich für solche Sachen so unglaublich begeistern!"

Mit diesem letzten Satz sieht er verliebt seinem Partner nach, der gerade durch eine Reihe roter Dessous hindurchtaucht.

Ich folge seinem Blick und lande mit dem meinen bei den anderen Gästen. Ich kenne niemanden. Deshalb halte ich mich weiter in der Nähe des Eingangs auf und hoffe, dass sich bald ein mir bekanntes Gesicht zeigen möge. Es ist bereits spät und das alte Jahr hat nur noch eine Stunde, bevor es abtreten und dem bejubelten neuen Platz machen wird.

Wenige Minuten später taucht dann auch endlich Norio auf dem teuren Abtreter auf. Er macht ein ebenso betroffenes Gesicht wie ich zuvor, weil der Hund an seiner kurzen Leine sofort mehrere Tapse mit seinen Pfoten auf dem hellen Flor hinterlässt.

Bevor Max auch ihn aus seiner Verlegenheit befreien kann, tönt ein „ohhhh!" quer durch die Gäste.

Enzo bahnt sich energisch seinen Weg durch die Menge, wie einst Moses durch das Rote Meer. Unterwegs drückt er sein Tablett mit einem „tieni un attimo!"[175] einem Gast in die Hand.

„Für den Hund haben wir hier eine Hundebar aufgestellt!", ruft er im Heraneilen und zeigt bestimmt auf zwei Näpfe in einem Holzgestell, das hinter Norio auf dem Flur an der gegenüberliegenden Wand prangt. Daneben ist eine Messingöse in die Wand eingelassen: die unausgesprochene Anordnung, das Tier dort anzubinden.

Norio verneigt sich höflich.

Dann versucht er Poppäa, die inzwischen den Abstreifer mit großem Interesse beschnuppert, zu überzeugen, dies aufzugeben und sich stattdessen dort anbinden zu lassen. Enzo eilt zu der Schüssel mit Trockenfutter, schüttelt diese geräuschvoll und lockt mit zuckersüßem „guarda, ecco la pappa"[176].

Doch der Hund ignoriert beide.

„Ich muss sagen, sie haben Geschmack! Eine sehr schöne Wohnung!"

---

[175] Halt mal einen Moment!
[176] Schau, Fressen

Der Kater schreitet erhobenen Schwanzes und in einen Anzug gekleidet, nicht minder elegant wie die der anderen im Raum, an diesem Schau-
spiel vorüber in die Wohnung.

Selbst ich habe ihn nicht kommen sehen, so abgelenkt war ich von Enzos Abwehr, den Hund durch die Tür zu lassen.

„Die Katze!"

Enzo springt herbei, um den Kater aufzuhalten, über Poppäa hinweg,
die daraufhin ein erschrockenes Knurren von sich gibt und nach ihm
schnappt. Sie erwischt ihn am Hosenbein und bringt ihn damit zu Fall.

Enzo verpasst den Kater in seinem Sturz nur um wenige Zentimeter. Es
sieht aus, als wollte er sich auf ihn hechten wie ein Torwart beim Elfmeter
auf den Ball. Der Kater hüpft ebenfalls erschrocken zur Seite und stößt
damit ein volles Tablett aus Alessandras Händen. Es segelt wie ein Frisbee
in hohem Bogen durch den Raum. Die Leckereien verteilen sich mit einem
schrillen Schrei aus ihrer Kehle über Kater und Bruder. Der liegt nun ausgestreckt vor meinem Hausgeist auf dem Boden.

Das Ganze hat etwas von Slapstick.

Max versucht die Situation mit Humor zu retten: Er bricht in schallen-
des Gelächter aus und reicht seinem Partner die Hand, um ihm wieder auf
die Beine zu helfen.

„Was suchst du denn da auf dem Boden?", neckt ihn Max und zieht
ihn hoch.

Auch ich kann ein Schmunzeln nicht unterdrücken, pruste nur deshalb
nicht so hemmungslos, weil ich Enzos Reaktion fürchte.

Der scheint ganz und gar nicht amüsiert. Mit spitzen Fingern und bebenden Lippen pickt er Essensreste von seinem teuren Anzug und legt sie
auf dem Teller ab, den seine Schwester lamentierend mit ruinierten *Antipasti* vom Boden belädt.

Während alle anderen Gäste sich um das Ereignis scharen und durcheinanderreden, verschwindet der Kater unbemerkt in Richtung Terrasse.

„Ist es nicht genug, dass wir eine Hundebar aufgebaut haben? Müssen
wir auch noch ein Katzenbuffet errichten?!", ereifert sich Enzo und klopft
sich die restlichen Brösel von der Hose.

Der Vorwurf geht an mich, aber er fixiert Max dabei. Der stellt sein Lachen zwar schlagartig ein, nimmt Enzo jedoch tröstend in den Arm und
versucht weiter, die sich ankündigende Szene abzuwenden.

„Wir haben vereinbart: Keine Tiere in der Wohnung! Es ist deine Aufgabe, die Gäste zu empfangen. Du passt einfach nicht auf!"

Auch Norio San guckt nun noch betroffener als zuvor, obwohl er

Poppäa mittlerweile erfolgreich im Gang angebunden hat und sichtbar ohne Tier die Wohnung betritt.

„*Dai*[177]! Du hast mir gar keine Chance gelassen", beschwichtigt Max seinen Partner noch immer mit bemühtem Witz. „So, wie du dich ins Zeug geworfen hast, im wahrsten Sinne des Wortes!"

„Ich habe nicht gesehen, dass dein Kater uns gefolgt ist!", entschuldigt sich Norio San im Flüsterton zu mir gewandt und mustert gleichzeitig die rote Unterwäsche auf den Leinen. Ich ziehe schuldbewusst die Schultern ein und meinen Mund zu einem verlegenen „mhm".

„Das war ein sportlicher Sprung: Respekt, Enzo!"

Ein mir fremder Gast kommt Max in seinen offensichtlichen Bemühungen zu Hilfe, die Situation zu retten. Eine Frau folgt dem Beispiel Alessandras und bückt sich hinunter zu ihr, die noch immer auf dem Boden die Essensreste zusammensammelt.

Ich werde dadurch ein wenig aus dem Zentrum des Interesses gedrängt und nutze die Chance, mich unauffällig abzuwenden und dem Pfad des Katers zu folgen. Ich will ihn sofort nach Hause schicken.

Gerade, als ich mich umdrehen und hinter einer Gruppe Gäste hindurchschlüpfen will, ertönt ein neuer Aufschrei Alessandras. Diesmal ist es ein Ruf des Entzückens. Es klingt jedoch nicht viel anders, als der kurz zuvor Vernommene.

Vittoria steht mit Maurizio in der Tür. Sie hält ein enorm großes, flach geschnürtes Paket mit einer großen Schleife in den Händen.

Alessandra drückt der Helferin auf dem Boden das Tablett mit den verunglückten Resten in die Hand und springt auf, um Vittoria das Geschenk abzunehmen.

„Enzo!", lenkt sie ihren Bruder endlich erfolgreich von seinem Lamento ab und dreht sich mit der Geschenkpackung vor sich in dessen Richtung, „Ein Bild! Bestimmt von der Künstlerin! Mach es auf! Mach es auf!"

Dieser scheint jedoch nicht halb so begeistert wie Alessandra. Sein säuerliches Lächeln gleitet von dem leidigen Thema des Tierhausverbots hinüber auf ein Geschenk, das ihm offensichtlich nicht so willkommen zu sein scheint, wie es seine Schwester anpreist.

Max lässt das Geschwisterpaar unter den neugierigen Blicken der anderen Gäste auspacken und drückt den Neuankömmlingen dankend ein Glas in die Hand.

„*Bellissimo! Che capolavoro!*",[178] kreischt Alessandra in die Runde der

---

[177] wörtlich: gib!, in dieser Fall: Komm schon!
[178] Wie schön! Welch ein Meisterwerk!

Gäste.

Enzos Gesichtsausdruck entgleist.

Er hat sichtbar Mühe, die Beherrschung zu wahren. Seine Mundwinkel zucken verdächtig, während er entgeistert auf das Abbild einer Nackten in Pose des indischen Tanzes schaut.

Ich frage mich, was Vittoria sich dabei gedacht hat, einem männlichen Paar ein überdimensionales Bild einer nackten Frau zu schenken? Auch die anderen Gäste beginnen, vermutlich durch denselben Gedankengang animiert, eine unsichere Debatte um das Bild.

Maurizio raunt der Künstlerin ein „Ich habe es dir prophezeit!" zu, worauf diese pikiert die Arme vor der Brust verschränkt.

Immerhin erlöst mich Vittorias *Faux-pas* aus meiner Verlegenheit. Vorsichtig pirsche ich mich weiter in Richtung der Terrasse. Unauffällig lasse ich ein rotes Spitzenhemdchen im Vorbeilaufen in meiner Hosentasche verschwinden. Vorsichtshalber will ich es heute Nacht noch tragen. Marco hat bestimmt keine rote Unterhose in Libyen, denke ich und stopfe deshalb auch noch rote Boxershorts weg. Dann werde ich eben beides für unser Glück im kommenden Jahr tragen müssen!

Leise schlüpfe ich zur Tür hinaus.

Draußen, über den Dächern, herrscht relative Stille. Der Kontrast könnte nicht extremer sein. Nur vereinzelt geht hier und da ein zu früh gezündeter Böller in der Ferne los.

Es ist kühl. Orange schimmernder Nebel überzieht die Häuser unterhalb des winterlichen Dachgartens und verbindet den nächtlichen Himmel mit den künstlichen Lichtern der Stadt zu einer funkelnden Einheit.

Der Kater steht mit den Pfoten in den Hosentaschen am Geländer der Terrasse und sinniert in diese Stimmung hinein, als sei er nur dafür aufs Dach gekommen.

Ich trete leise neben ihn.

Eigentlich hatte ich ihn rügen wollen, sofort nach Hause schicken. Doch die Stille der Nacht lässt mich verstummen.

Meine Gedanken fliegen hinweg über diese Dächer in ein ungefähres Dunkel, rasen über das Mittelmeer und landen in einem Gebiet auf der anderen Seite des Friedens. Dort wird man in dieser Nacht vielleicht auch Knaller vernehmen, nur werden diese anstatt bunt lebensbedrohend sein.

Eine kalte, große Hand umklammert mein Herz. Ich schlinge fröstelnd meine Arme um mich. Das Drama drinnen in der warmen, hell erleuchteten Wohnung erscheint mir so nichtig und fern, als hätte ich eine Zeitreise vollzogen.

„Wenn diese drei Monate nur schon vorbei wären", seufze ich.

Eigentlich hatte ich eine unbekannte Macht da draußen bitten wollen, Marco unversehrt zu mir zurückzubringen. Im Grunde hatte ich geplant hinzuzufügen, dass er sich nach der Geburt des Kindes nicht wieder von mir abwenden möge. Und ich hatte darum bitten wollen, dass meine Liebe unter dieser herausfordernden Situation besteht. Aber irgendwie hat sich all das in diesem kurzen, banalen Satz verdichtet.

„Er wird gesund wiederkommen", bestätigt mir der Kater unbeweglich mit einer Sicherheit in der Stimme, die mich tatsächlich ein wenig beruhigt. „Er trägt das Medaillon!"

Damit dreht er mir mit vielsagendem Augenaufschlag den Kopf zu. Ich bin ihm für diesen Satz dankbarer, als ich ausdrücken kann.

„Du weißt, dass er das Kettchen nicht behalten kann", bemerke ich nach einer Weile, milde darauf hinweisend, dass Marco und ich diesen Punkt nicht aus den Augen verloren haben.

„Wenn es ihn beschützt, hat es seinen Zweck erfüllt", erwidert Massimiliano und blickt wieder in die Nacht, als spreche er nicht zu mir.

Diese Worte überwältigen mich in der ganzen Wucht der über zweitausend Jahre alten Erfahrung, die aus ihnen spricht. Für den *penato* hat das antike Goldkettchen nicht den definierten Wert der Menschen, sondern dient einem höheren Zweck.

„Wir müssen Poppäa nach Hause bringen! Gleich wird dieses unselige Geballer wieder losgehen. Sie wird sich zu Tode fürchten!", meint Massimiliano, dreht sich um und winkt mir, ihm zu folgen.

„Bist du deswegen gekommen?"

„Weswegen sonst?"

Ich sehe ihm eine Weile hinterher, bevor ich ihm folge. Unter seinem Jackett spitzt der Ansatz einer roten Boxershorts hervor.

Roman 1
(mit Bonus-Kapitel)
Massimiliano
Dolce Vita auf leisen Pfoten
Trilogie:
Das Vermächtnis des Penato
ISBN: 9783752819908

Roman 3

Massimiliano
Rezept für Liebe piccante
Trilogie:
Das Vermächtnis des Penato
ISBN: 9783734785115

Es scheint ein eigenwilliger, aber liebenswerter Kater zu sein, der sein neues Zuhause bei der deutschen Lisa sucht, die für ihre Firma drei Jahre in Italien arbeiten wird. Doch während die junge Frau nach ihrer Ankunft mit den ersten praktischen und kulturellen Unterschieden zu kämpfen hat, entpuppt sich das kluge Tier als römischer Hausgeist in Designeranzug und Sonnenbrille. Massimiliano verfolgt, ganz Kater, seine eigenen Ziele und setzt dabei, ganz Hausgeist, seine über zweitausend Jahre entwickelten Fähigkeiten geschickt ein, um Lisas Liebesleben nach seinem Gusto zu gestalten. Eine humorvolle Liebeskomödie in Italien mit spritzigen Dialogen über kulturelle Missverständnisse, in welcher ein eleganter Hausgeist als Kater im Designeranzug herumspukt

Endlich darf die deutsche Lisa nach dreimonatiger Trennung ihren italienischen Traummann wieder in die Arme schließen. Doch das verliebte Paar kann seine Frühlingsgefühle in Bologna kaum genießen. Eine Überraschung nach der anderen stürmt auf die beiden von deutscher und italienischer Seite ein. Sogar der *geist*reiche Kater Massimiliano kann dem Treiben nicht entkommen, obwohl er selbst gehörigen Anteil an manchem Durcheinander hat. Die frische Liebe wird ernsthaft auf die Probe gestellt. Eine humorvolle Beziehungskomödie in Italien mit spritzigen Dialogen, in welcher ein eleganter Hausgeist als Kater in Designeranzug herumspukt.

.Massimiliano -
Geheime Rezepte
Alltagstaugliche Kochanleitungen
aus der Feder eines über 2000Jahre alten Chefkochs
aus Italien
ISBN: 978-3754300930

Für den Fall, dass du mich noch nicht kennen solltest: Ich heiße Massimiliano und bin ein 2000Jahre alter Penato, ein sehr alter, römischer Hausgeist sozusagen. Nun gut, ich sehe aus wie ein Kater, aber das zu erklären führt hier zu weit. Als Penato verantwortlich für alles, was meine Familie nährt - so will es die Tradition - ist es nicht weiter verwunderlich, dass ich mich zu einem großen Koch entwickelt habe. Ich will mich nicht rühmen, aber die Jahre der Erfahrung lügen nicht. Meine Rezepte sind mediterran, außerordentlich lecker, gesund und vor allen Dingen einfach zuzubereiten. Manche mögen dir auf den ersten Blick aufwändig erscheinen, aber du wirst sehen, wenn du sie einmal zubereitet hast, sind sie durchaus für den Alltag geeignet. Du wirst jedenfalls immer Lob einheimsen, das kann ich dir garantieren. Aber nicht weitersagen! Das muss unter uns bleiben. Hier ist also mein alltagstaugliches Kochbuch aus Italien mit kombinierbaren, schmackhaften Rezepten für dein ganz persönliches Menu, und dabei auch noch unterhaltend zu lesen. 2000 Jahre Erfahrung.

Von der Autorin ebenfalls erschienen:

Weiß der Kuckuck, wie der Hase läuft
Tiergeschichten für Kinder
über Streit und Versöhnung
(Für Kinder ausgewählte Fabeln der Transaktionsanalyse)
ISBN: 9783753463834

Warum transportiert ein Hai einen kleinen Hund auf seinem Rücken? Wieso will ein Papagei ein Nilpferd heiraten? Und wer hat überhaupt jemals ein fleißiges Faultier gesehen? In diesen Geschichten ist es aber so. Und das hat auch alles seinen Grund, auch wenn der nicht immer ein guter ist. Aber die Tiere sind schlau. Sie haben Ideen, obwohl es manchmal etwas dauert. Doch vielleicht hast ja auch du noch einen Einfall und kannst ihnen helfen?

„Weiß der Kuckuck, wie der Hase läuft" ist ein Kinderbuch (ab 10 Jahre) zum Vorlesen oder selbst lesen. Die Fabeln erzählen von Streit zwischen verschiedenen Tieren, wie sie sich auch wieder versöhnen und aus den Ereignissen lernen. Die Geschichten eignen sich gut, um in Gruppen mit Kindern darüber zu diskutieren. Die Fabeln erzählen von Verantwortung für das eigene Verhalten. Die Geschichten sind speziell für Kinder ausgewählte Fabeln aus dem Sachbuch zur Spieletheorie der Transaktionsanalyse „Spiele der Tiere".

Märchenwelt der Transaktionsanalyse

Psychologische Märchen und Erzählungen für Erwachsene zur Entwicklung der Persönlichkeit
ISBN: 978-3743163195

Diese Sammlung neuer Märchen in traditionellem Stil ist für alle Erwachsenen, die die Entwicklung der Persönlichkeit als einen nie abgeschlossenen Prozess betrachten. Die unterhaltenden Erzählungen basieren auf der Lehre der Transaktionsanalyse (TA) und vermitteln eine Botschaft, die der Leser auch ohne Kenntnisse der TA auf sich wirken lässt. Jede Geschichte ist in sich abgeschlossen. Doch sie fügen sich zu einem großen Gesamtbild zusammen, da sie in einem Königreich spielen und die verschiedenen Figuren in den Märchen immer wieder auftauchen. Die Erzählungen brechen auf sanfte Weise mit traditionellen Rollenvorbildern, ohne die Faszination der historischen Figuren zu verlieren.

Spiele der Tiere

Fabeln für Erwachsene zur Spiele-Theorie der Transaktionsanalyse
ISBN: 978-3753435374

„Spiele der Tiere" ist eine Sammlung neuer Fabeln für Erwachsene nach der Spiele-Theorie der Transaktionsanalyse (TA). Die Geschichten sind leicht verständlich, kurz und in traditionellem Stil gehalten. Die Erzählungen behandeln ausschließlich das Thema der psychologischen Spiele nach Eric Berne (teilweise auch Gefühlsmaschen). Die Fabeln erzählen anschaulich und verständlich verschiedene Beispiele von typischen Maschen und Spielen Erwachsener, deren vorhersehbares, ungutes Ende, und auch, wie man aus dieser Dynamik aussteigen kann. Sie vermitteln auf diesem Wege eine Botschaft, die der Leser auch ohne Vorkenntnisse der TA auf sich wirken lassen kann.

Kleine Feigheiten
Wie wäre das Leben, wenn …
ISBN: 9783751972895

Das Glück ist ein Miststück
Ein ironisch-psychologischer Roman
über Wendepunkte im Leben

Wie würde unser Leben verlaufen, wenn es die kleinen Feigheiten nicht gäbe? Diese Momente, in denen wir davor zurückschrecken zu tun, was richtig ist. Oder wir eine neue Erfahrung zulassen könnten, die uns weiterbringen würde? Wenn wir uns nicht aus einem Impuls heraus abschirmen würden? Wenn wir immer und in jeder Lage überlegt und bewusst handeln könnten? Nicht aus abgewogenem Risiko, sondern aus dem schlichten Grund, den Mut aufbringen zu können, um aus der eigenen Komfortzone zu treten. Dieses Buch ist eine Aneinanderreihung von Kurzgeschichten in den späten siebziger Jahren, zum Nachdenken und in sich gehen, über Personen, die unterschiedlicher nicht sein könnten und doch vieles gemeinsam haben.

Lissy ist als reife Journalistin glücklich wie noch nie. Da ereilt sie auf geradezu groteske Weise der Verlust ihrer großen Liebe. Ihre beiden Schwestern stehen ihr zur Seite, als sie entdecken, dass die Urne des Dahingeschiedenen vertauscht wurde. Lissy setzt alles daran, die Asche ihres Geliebten um jeden Preis zurückzuholen und gerät damit in ein riskantes Fahrwasser, das die drei Frauen vor immer mehr irritierende und spannende Situationen stellt. Lebenslange, gewohnte Verhaltensweisen scheinen vor diesen absonderlichen Konstellationen plötzlich nicht mehr zu funktionieren. Jede wird mit ihrem Selbst konfrontiert. Während Lissy sich der Trauer nur widerwillig und von den Umständen gezwungen schließlich stellt, muss sich ihre ältere Schwester Elena mit dem Verlust der Kontrolle über ihre Familie abfinden. Und auch Corinna, die Jüngste der Drei, muss erkennen, dass die für ihre Beziehung erbrachten Opfer Selbstbetrug sind. Ein ironisch-psychologischer Roman mit hintergründigem Humor, über Wendepunkte im Leben, Glück im Unglück, die Konfrontation mit dem eigenen Selbst.